鲁迅文学奖获奖作家自选集

刘笑伟　主编

★★★

中短篇小说集

逆光飞翔

温亚军◎著

中国言实出版社

图书在版编目（CIP）数据

逆光飞翔 / 温亚军著. -- 北京：中国言实出版社，
2024.6. --（鲁迅文学奖获奖作家自选集 / 刘笑伟主
编）. -- ISBN 978-7-5171-4832-6

Ⅰ. I247.7

中国国家版本馆CIP数据核字第2024KL9643号

逆光飞翔

责任编辑：宫媛媛
责任校对：张国旗

出版发行：中国言实出版社

地　　址：北京市朝阳区北苑路180号加利大厦5号楼105室
邮　　编：100101
编辑部：北京市海淀区花园北路35号院9号楼302室
邮　　编：100083
电　　话：010-64924853（总编室）　010-64924716（发行部）
网　　址：www.zgyscbs.cn　　电子邮箱：zgyscbs@263.net

经　　销：新华书店
印　　刷：北京铭传印刷有限公司
版　　次：2024年12月第1版　　2024年12月第1次印刷
规　　格：880毫米×1230毫米　　1/32　　8.75印张
字　　数：230千字

定　　价：59.00元
书　　号：ISBN 978-7-5171-4832-6

总　序

文／徐贵祥

　　2023 年八一建军节之际，欣闻中国言实出版社正在组织编纂一套"鲁迅文学奖获奖作家自选集"丛书，而且第一批十一卷本即推出十一位军旅作家的作品，感到十分振奋和欣喜。

　　鲁迅文学奖是体现国家荣誉的重要文学奖之一。中国言实出版社"鲁迅文学奖获奖作家自选集"丛书收录了走上中国文学圣殿作家的获奖作品（节选），以及由作家本人精选的近年来创作的代表作，每一本"鲁迅文学奖获奖作家自选集"既是对现实生活的生动写照，也是对时代精神的赓续和传承，体现了文学的风骨，彰显了中国精神、中国特色和中国气派。我为中国言实出版社的胆识和气魄叫好！据我所知，在第七届、第八届鲁迅文学奖的评选中，中国言实出版社连续两届都有作品荣膺鲁迅文学奖桂冠。这个成绩的取得十分不易，可喜可贺！

尤其令我欣慰与自豪的是，第一批十一卷本以军旅作家为代表，收录了十一位获得鲁迅文学奖的军旅作家的作品。这些作品体现了近年来军事文学取得的突出成绩，展现了新时代强军兴军伟大历史进程中人民军队的精神风貌，是新时代军旅文学的重要果实，是军旅作家们献给建军百年的一份难得而珍贵的文学记忆。

军事文学是社会主义先进文化的重要组成部分，无论在艰苦卓绝的战争年代，还是在意气风发的和平建设时期，军旅作家肩负着光荣使命，弘扬时代的主旋律，倾情书写爱国主义和革命英雄主义精神，在中国文学史上留下了一部又一部难忘的经典，耸起一座又一座艺术的高峰。

新时代以来，随着强军兴军的时代步伐的迈进，人民军队体制一新、结构一新、格局一新、面貌一新，发生了深刻的变化，军事文学也迎来了全新的机遇与挑战。面对强军兴军的崭新实践，军旅作家们深入生活、深入基层、深入官兵，创作出一大批优秀文学作品，捕捉到反映出新时代特质的崭新意象，描绘出一系列新时代官兵的艺术形象，非常值得鼓励和提倡。这套丛书，就是对新时代军事文学的一次检阅。

我想，军旅作家们任何时候都不能缺失责任感和勇气，军旅文学就是要勇于攀登思想与精神的高地。军队作家要进一步"根往下扎，树往上长"，贴近基层、贴近生活、贴近官兵、贴近现实。同时，要把握世界军事格局的新变化、新动态，掌握强军训练出现的一些新特点，这样才能够写出接地气、有温度、有力度的军事文学作品。

"鲁迅文学奖获奖作家自选集"丛书给了军旅作家这样一个展示军旅文学最新成果的平台，善莫大焉。相信这套丛书一定能够得到读者的喜爱！

2023 年 8 月 1 日于京郊

（徐贵祥，中国作家协会副主席、军事文学委员会主任，茅盾文学奖获得者）

目 录
CONTENTS

夜发严滩

风是午后时分刮起来的，干而硬的西北风，越过江湖虽说变得潮湿起来，却一点也没显出温润的样子，强劲地翻过山巅穿过峡谷跌落在新安江，与江水撞击出巨大波浪，气势不凡。江面曲折动荡，平坦辽阔成了不可触及的遥远，船身随之晃动幅度增大，像是以实物来体现并夸张着江水的波澜。倚靠在行李上打盹儿的子由，在浅淡的梦中似从高处跌落，被那种身无着落的悬空感猛然惊醒，按压着激荡跳动的心，茫然四顾。这一瞬，望着船舱里的几张陌生面孔，他一时竟想不起身在何处。风鸣被江水拍船的响声压制，淫威却在，疯狂地拍打船篷，像敲击巨大的牛皮鼓，沉闷而无序的响声制造出惊惧。船还在狂乱的颠簸之中，最厉害时，与江面几乎齐平，却最终没有倾覆。这样的颠簸由不得人心里不惶恐，那个身材粗壮的男人双手紧紧抓住船舷，与他身材极不相称的一对小眼睛左瞧右瞄，里面盛满了慌乱。

子由顿时跌入眼前的处境之中，他轻蔑地笑了一下，是在心里，表面没露出丁点波澜。粗壮的男人是京差，还没摸清底细，不能落下轻视之嫌。他伸手拍了拍粗壮男人的肩膀，问了句废话："是北方人吧！"谁知对方用浓浓的吴侬软语回答："本地人的啦。"本地人还这德行？子由名正言顺地冷笑了一声，嘲讽道："看这风浪，迟早会把船掀翻的。"他言语平静，神色清淡，并没有因为对未知的下一刻预设而心惊神动。粗壮男人辨不出子由的话是戏谑还是担忧，这种时候，他哪敢有自己的预判，只是抓住船舷的双手更为用力，骨节突兀地泛出了白点，小眼睛里聚集了更多恐惧而不是光亮，嘴唇也哆嗦起来。

　　舱门被粗暴地推开，一股劲风裹挟着低矮的许米尔卷进来，他眯起眼睛打量了一遍船舱里的几个人，盯紧被舱门裹挟的狂风吓得浑身哆嗦的粗壮男人，扯开嗓门叫道："这风还没我的屁大，掀不起大浪，至于吗？瞧瞧你，这嘴唇青了，脸都白了，真是——"没有说出后面的话。子由替许米尔在心里说了："白瞎了这么壮实的身子。"

　　粗壮男人不失时机地瞅了眼子由，收回抓船舷的手，抹了把脸，神色讪讪想说什么，嘴唇动了动，许是觉得不妥，干脆没吭声。许米尔冲他嘲笑了两声，走到子由跟前，凑近脑袋说："西北风阻碍性很大，我刚在船头看到，岸上的蜗牛都比我们的船要快。"

　　子由欠起身子，从舱门往外打量，颠簸的船身随着浪头起伏，白色的浪花晃得眼晕。况且，舱门外刮进来的风带着水沫，顿时舱里除了更为潮湿还多了几分凉意，到不了彻骨寒凉的程度，却也冷得堪比深秋。他收回目光，莫名地舔了一下并不干涩的嘴唇，又把披风裹紧了一些。这动作让他看上去有些紧张，意识到这点，他手下顿了顿，又放开了正准备抱紧胸前的双臂。

　　果然，许米尔迅速把嘲讽的笑意对准了子由，一副见惯大风大浪的模样。子由被许米尔这种眼神看得心里恼火，又不好发作，人家是派来送自己的行差，不是下属。于是，他干咳了一声，蹙了蹙眉问道："你有什么想法？"

许米尔挺直了身子，他身形瘦小，倒适合低矮的船舱，即使挺直了腰身，头部也没挨着舱顶，他双肩又努力往上拔了拔，也没能把自己的身高拔上去，只好用大嗓门给自己鼓气："子瞻大人，与其这样前进一步、后退三步，还不如停船靠岸，找个店打尖歇脚，等风小点再走。"

"我是子由！"子由强调道。他已经纠正过不下十次，已经走了两天的路程，不知还要纠正多少次，这个许米尔才能把他的名字记住。

"子——由大人，那您是弟弟，子瞻大人是您兄长无疑喽？"许米尔用手指梳理着被风吹乱的头发，一脸诸事了然于胸的样子，慢条斯理地摆起扯闲淡的架势。子由没来由地咬了咬后槽牙，没等他张口，粗壮男人早已忍不住了，冲许米尔讽刺道："这位许仁兄真是有趣，子由大人既然为弟，子瞻大人这个兄长还有什么疑问呢？难不成许仁兄还有别的认定方式？"

话音刚落，船剧烈地晃动了一下，随后能清晰地听到狂啸的风从船舱顶上滚过，粗壮男人一脸煞白地又抓紧了船舷。许米尔嘴角露出一丝讥笑，摇摇头，却冲子由说："子——大人，您如果没其他意见，那就让艄公往建德码头停靠了！"

"行程里没安排这里有停靠吧？"子由对行程烂熟于胸，却用征询的口气问了句。没等许米尔回答，粗壮男人迅疾抢答："没有！下站该是桐庐了。"抢答完，他滴溜着小眼睛不安地往左右转了转，船并未有刚才的动荡了，外面的风声似乎在给自己喘气的机会，也小了一些。

子由唇角微微往上翘了翘，对粗壮男人略点点头，把目光扔给低矮的行差，看他如何答复。谁知许米尔根本不接子由的这招，他拉开风中乱晃的舱门，指了指外面的江水说："刮风起浪了不是吗？刚才那股大风还算是温和的啦，真这么强行走下去，谁知道下一个风头过来，会发生什么——依我看，船倾覆的可能性蛮大的啦。为大人的安全计，临时停靠建德，避下风是可以的，这……不为过吧！"不等子由反对或者赞同，他直接自作主张，"就这样说定了，再犹豫就要错过建德码头的啦。要让在下说，大人不必冒这个险赶路，这么急着抵达桐庐，去严滩看严子陵垂钓过的地方，那有什么看头？他那套避世章法根本与现实不相符。在下说句大不敬的，要是当年汉光武帝刘秀真起用了这个严老头，采用他那套不着天地的理论，天下指不定乱成什么样子呢，他肯定也不会善终的，嘿嘿。"说完，他谁的脸色都不看，钻出船舱给艄公传话去了。

"这……"沉默了一会儿，粗壮男人打破尴尬的场面，松开抓船舷的手，摊给子由，"大人，这要停靠了，傍晚可真赶不到桐庐的啦？"

许米尔的一通乱讲，这会儿"桐庐"两个字竟让子由心里有了丝慌乱，却不能任由着这慌乱从心里泅到脸上，给粗壮男人看出来，他摆摆手："赶不到就不要硬赶，富春江是大江，不是这新安江能比的，风更大浪更急。"

"可是赵大人有交代……"

子由用手势制止住粗壮男人，心有不悦："您是京差，不归赵大人节制吧！"

"在下幸遇赵大人提携，曾落脚京城。"粗壮男人打拱道，"此次本不该在下护送大人您的，赵大人得知在下守孝期满，命在下陪您进京，同路也沾沾大人您的福气不是。"

难怪，自己一个小小的校书郎，怎么会有京差专门南下来迎接？真是自作多情。子由晦涩地一笑，摇晃了下脑袋，将瞬间泛起的失落抛开，随即钻出船舱，来到摇摆不停的船头。没有一点遮挡的船头，风刮得任性自由，将子由的披风高高地扬起，像身后有人给撑起来一般，没了披风的阻挡，再掀起宽大的衣袍，寒意借机不含糊地侵入他的身体，他没防备地打了个寒战。风尽管寒，空气却比船舱里面洁净通畅，相比之下，寒意倒也没那么难以接受。船逆风而行，在茫茫的江面像极无边的黑暗中行走的一星孤灯，让人有种走不出边界的无望之感。这也怪不得许米尔不愿意继续往前走了。子由心中块垒被风瞬间刮净，不似刚才那般淤堵，捻着乱飞的须髯，望着起伏不定的江水，水波却是清明的，与他经过的黄河之水决然不一样，到底是江南之地，有狂啸之姿却依然保持着澄澈之态。低头看久了翻腾的水，晕眩感袭来，子由不由随着船身摇晃了几下，把自己惊吓住了，伸手抓住身旁的桅杆，掌心的力度让他一下子想到刚才粗壮男人抓紧船舷的双手，他心有愧疚，却没松手，就那么一只手抓紧桅杆，一只手捻着须髯的滑稽模样挺立在风中，不知所措地望着远处秀丽的山峦愣神。

粗壮男人口中的赵大人即赵抃，现任杭州知州，曾以"铁面御史"著称，是反对王安石"青苗法"的主要成员，被贬出京后，宋神宗念及他昔日勤政奉公的才干，降职至杭州地方，以观后效。官场闲暇，赵抃善于舞文弄墨，对苏轼、苏辙兄弟向来高看一眼，赞赏他们的才干，更仰慕他们的才华，当年他们的父亲苏洵晋京任校书郎，便是赵抃力荐，他与苏氏父子渊源深厚。此次，子由返京赴任取道杭州，表面是家兄子瞻在信中嘱托，其实多半是这个赵大人的善意。他们同是反对王安石变法的旧派，无一例外被贬出京城。当然，子由的做法更为离谱，家兄子瞻被贬后，曾给神宗上奏谢表时多说了几句，被奸人从中挑拨，陷入一场名为"乌台诗案"的旋涡之中，差点命丧冤狱，子由为救兄长，无其他路可走，那会儿能找的人不多，连借口都不用就可以直接回避，也是，明知是飞蛾扑火的结局，何必凑这个数呢？子由身在官场，哪能不懂这种人情？情急之下，以中书舍人之职相挟，这当然是没有办法的办法。所幸救下了兄长的性命，但也惹怒了神宗，他被贬至筠州监盐酒税，而且五年内不准升调。说一点遗憾没有是假的，谁不希望自己的仕途一马平川呢？不过子由觉得值当，用自己的官位留住了兄长这座青山。可旧派前辈们却认为，子由本来前途可为，不该拿自己的前程来做赌注，一旦赌输了，苏家怕是再无复盘之力，子由到底是年轻，行事鲁莽，还是缺乏历练。赵抃就是怜惜者之一，当然，他对子由兄弟除过偏爱，还抱有更大的厚望。

风大浪急，艄公撑着竹篙在风中吃力地掉转船头，许米尔缩在窄小的甲板一角，冷漠的眼神不知道落在哪一处，面对艄公的奋力，没有半点要帮忙的意思。子由紧了紧肩头的披风，上前抓住竹篙的上端，用力帮着往外推，艄公转过头对他笑了下，用生硬的南方口音说了句什么，风把这句话迅速劫走，就是钻进耳朵里，子由也听不明白意思，以为他在表示谢意，便微微颔首。见此，一旁的许米尔乐得忘了形，跳出来扯住子由的披风硬把他拖回船舱，才忍着笑意说："艄公刚才说，大人您帮的是倒忙。船掉头，撑竹篙用的是巧劲。"

子由脸上发烧，心里明白这不是艄公的原话，他不会说得这么直接，但是不是这个意思，他没法知道。只是许米尔带着促狭的表情让他很不自在，子由不好反驳，没好气地问许米尔："你怎么知道，船掉头的巧劲在哪儿？"

许米尔嘿嘿笑道："当然知道啦，我从小在这条江里捕鱼捞虾，不懂得撑船哪里行呀。"

"你是富春江边人？"

"准确点说，我是新安江与富春江交汇处的建德人。"

子由心里咯噔一声，语气严肃了许多："你怎么隐瞒了这个？"

"您没问呀，子瞻——由大人，出生地我有必要隐瞒吗？"

船身趔趄了一下，似触上浅滩的礁石，左摇右晃，却不往前行了。许米尔趁机转移话题，说"到岸了，下船吧"。果然，艄公撑着竹篙，一边固定船身，一边回头叫嚷。这次，子由听明白了：风大，请他们赶紧下船。粗壮男人冲到船舱口，想阻止他们下船，当着许米尔的面，不好明说，只能给子由使眼色。子由装作没看见。与其说子由被许米尔架下船，不如说他是主动下的船。至于为何，说不清楚。江面有风就有浪，浪里行船，总让人心里踏实不了。现在船都停靠岸边了，心中再怎么摇摆不定，挣着身子留在船上又有何意义呢，不如顺其自然吧。

粗壮男人不得不跟上来，贴在子由耳朵上叮咛："大人可是赴京上任，不可与乱七八糟的地方官扯上关系，免得受牵连。"子由心里顿了一下，最怕的就是这个，但他又不能完全表现出来，他点着头，却对许米尔说："许行差，你没给建德县衙通过气吧？"许米尔拍着胸部保证，绝对没有，一路上大家都在一条船上，他也不会分身术。再说，建德县很小，不值得与他们打交道。

话是这么说，粗壮男人还是不放心，公开反对许米尔提出的找小店打尖，要去驿站，那里相对安全，条件也好一些。子由似乎没听他们的争执，仰头打量着西斜的日头，风起云散，日头倒红得通透，只是红得很虚幻，落在身上，感受不到多少温暖，倒可惜了这样的艳丽之色，让西北风抢占了风头。子由把披风往紧里扯了一下，突然下决定："听许行差的吧，到了他的家乡，还有什么不放心的？"

粗壮男人还在激动中，听到子由的话，忽地住了声，像被风猛然吹折的枝丫，断得很是利落，却将疑惑与委屈的目光投到子由身上。许米尔得意地笑了，他引领着大家走进码头小镇，曲里拐弯穿过两条街巷。码头的街巷并不长，只是被两边的房屋挤压，也就是并排约三人宽，故显出一种狭长的幽深感而已。子由不由打了个冷战，阳光西斜，巷子里的光线明显弱了，只有房屋与房屋的缝隙间才漏了些许光亮，斑块一样贴在某个不知所以的地方。许米尔找到的是家普通的小店，门口一块小招牌上，店名被风雨——或者说还有阳光给舔舐得墨色脱落，已辨不清它叫什么店了。这倒无妨，反而更像是家可靠的老店。许米尔进门将打瞌睡的小二唤醒，吩咐他准备酒菜。小二望着斜照进来的日光，愣神问了句："是烧晌饭还是晚餐？"子由正踩在阳光上，有阳光的地方显得通透明亮，他扑哧一声笑了，问分这么清干吗？一顿饭而已。倒是许米尔怒了，冲小二吼叫："少废话，晌饭晚餐一起烧，白条、鳊鱼有吧？拣江里最好的上就是啦。"待小二怏怏而去，回头跟子由解释，这种小馆的菜分中晚两种烧法，中午的简单点，晚餐要高端得多。放心吧，只有这种老馆子，才能吃到富春江最好的鲜味。

等了好久，饭菜端了上来，许米尔指着一盘红烧鱼，眼睛都直了，半天说不出话来。少言寡语的粗壮男人话倒多了，要去追问店家，深秋季节了，怎么可能还有鲥鱼？许米尔一把扯住粗壮男人，神秘莫测道："稀罕个鸟，咱穿开裆裤就在这条江里泡着，谁在哪个季节有逮江鲜的本事，心里明镜似的。"嘿嘿一笑，转向子由，"大人呀，这种口福可不是人人能碰到的，您有缘啊，动筷子吧。"

兄长在信里倒是提了一句什么鱼，说这种鱼只有在桐庐的严滩附近水域才是最佳的，子由没有在意，不知是不是眼前的这种。在许米尔的催促下，他从鱼尾处挑了一筷头放进嘴里，一股香气迅速充满口腔，鱼肉入口即化，真是鲜美无比，再看盘中的鲥鱼色白如银，诱人至极。子由是第一次吃这种鲜味，瞬时入了心，顾不得听许米尔啰唆，一门心思食鱼。这才是对美味的尊重。待盘里鱼肉挑净，剩下一副相对完整的骨架，才意犹未尽地放下筷子，打听鲥鱼的来历。许米尔却卖起关子，不说鲥鱼了，反介绍起白条和鳊鱼。

子由懒得催问，拿过酒壶给自个儿斟了满满一碗血液似的红曲酒，有滋有味地抿着。粗壮男人起身过来，附在子由的耳旁说，这红曲酒初饮甘甜爽口，但后劲很大，劝他少饮为好。

子由明白粗壮男人的心思，微微一笑，浅浅地又抿了口。这让许米尔抓住了机会，不说鱼了，讲起了酒，他点了点自己的碗，那里面也是小半碗泛红的清液，酒色像是落进了他眼睛里，又泛滥出来："你们难道没看清酒的成色吗，这是血一样的精华，滞留不得。"他的情绪同样像是染了酒色，又红又烈。

"子由大人，有句话叫入乡随俗，你是知道的吧，我们建德县的规矩，红曲酒倒进碗里那就是气场，不能浅尝辄止，得一饮而尽，才能显示对粮食的尊重。你这种喝法，太敷衍，太轻视我们的红曲酒。"

那就入乡随俗吧，一点酒而已，有什么可推脱的，喝吧。子由心已静，山一程水一程，既然落在这个码头，他何不随性点。许米尔却化身为劝酒者，除过艄公，连粗壮男人也被劝得愤恨不已，灌下了一大碗，恼火写满一脸，冷着脸起身，拿有孝在身挡箭，离席去门外等候了。子由喝了有五碗吧，少说也有一斤，出馆子门时全身燥热，门外的寒凉都压不下去，头脑倒很清醒。在陌生地方分不清东西南北，粗壮男人紧跟在子由身后，默然不语，这会儿只能由着许米尔，跟随着他出了这个窄巷，钻进另一个巷头的院落，说是他家老屋，正要进去，从破败的板门里走出一位老妪，见了许米尔像没看见，竟礼貌地给子由等人作万福，迎他们进屋，生火烧水泡茶。酒后走了一阵，被冷寒的西北风一吹，子由的确有些渴了，喝盏茶再好不过。可许米尔形态异常，劝酒时的执拗劲没有了，不坐也不说话，不停地去门口观望，眼神飘忽不定。同路了两天，子由已经接受许米尔的怪异言行，对他此时的举动视而不见，心想，大不了被他蒙蔽，这不是他家，但老妪以礼相待，态度坦然，喝盏茶肯定不成问题。

谁知水还没烧开，突然闯进来一个壮年人，直接冲向许米尔，抱住了不再松手。许米尔试图挣脱，壮年人越发抱得紧了，许米尔面露惊恐之色，用眼神向粗壮男人求救。粗壮男人瞄了一眼，漫不经心地把脸别开，装作没看见。这时，老妪从灶间出来，一巴掌拍过去，壮年人才松开手，脸色赤红，捂了被打的脸啊呀一通比画。没人听懂壮年人啊呀些什么。许米尔显得有些羞赧，小声说，他弟是哑巴，从小跟他亲近。

看出来了，亲近得过了头。子由细瞄了哑巴一眼，面相像极了许米尔。看来，许米尔没骗他们，的确带到他老屋来了。只是，许米尔在哑巴弟弟愣神的工夫，扯起子由，说了句快跑，话音刚落，他自己已夺门而出。粗壮男人怕出意外，不由分说架起子由就跑。冲出巷口，子由和粗壮男人都气喘吁吁，顾不得寒气，张着嘴大口呼吸。许米尔向来时的方向看了看，大概是确认他弟弟没有追过来，这才满怀歉疚地说，弟弟的哑病是他给害的，早年春寒时他领着弟弟跳入江中逮鱼，冻成伤风发烧，没来得及医治，烧成了哑巴，耳朵也失聪了。这也是母亲不理他、弟弟缠着他的原因。

子由看着许米尔，这个身材瘦小的男人眼神中此时再无促狭之意，倒是那被遮掩的愧意拨动了他的心。"那你带我们来你老屋干什么？不明不白的，要是苏大人出了什么事，可有你好看的。"粗壮男人还在张嘴大口喘气，他的粗壮看来是用来唬人的，待气息平稳下来，见许米尔并未与他争执，依然气愤难耐，还要埋怨，被子由拦住。子由能理解许米尔复杂的心情，有些事在心里就是一根刺，看在别人眼里或者早已风轻云淡，实际不过是被漫长的时间掩饰了，或许没有最初的锐利与刺痛，但刺还在，就算融进身体也成为不了身体的一部分。这也是子由不后悔自己的仕途被腰斩，能有什么比兄长的性命更重要的呢？

风没有一点停歇的意思，似乎比先前小了一些，但地面上扬起了尘土，不似北方的风沙粗粝蛮横，是细腻的尘土，一阵一阵如波浪一般滚动过去，尔后天空归于清寒。西斜的日头在风中蹲于山尖若隐若现，黄昏的气息如薄纱般拂动，在静谧的巷道里若有若无。气温明显有所下降，粗壮男人这时候倒显现出他的优势来，并未像许米尔那般缩着脖子，他在子由迎风的一旁，用粗壮的身子替子由抵挡着寒风。只是口渴难耐，红曲酒的劲儿这时往头上涌，子由走了几步感觉路不平整，这样下去可能会吐，便唤住许米尔，让他找个地方喝口水，压压肚子里的酒气。

　　许米尔望着贴近子由的粗壮男人，征询他的意见："是不是找家客栈，让苏大人喝口水、歇歇脚？"

　　粗壮男人望望天，看看地，一副无语的样子。马上黄昏了，不去客栈，难道他们一直这样在外面晃荡？许米尔似乎没有意识到粗壮男人的想法，仍用探询的目光看着他。粗壮男人这才无奈地点头，随即又坚定地说："自然要歇，不过得去官道上的驿站。"

　　"行，听你的。"许米尔没再如先前一样跟他抬杠，顺从地在前面引路。子由推开伸着双手准备搀扶他的粗壮男人，跌跌撞撞地在风里穿行，身上的披风真正披着风了，像张开翅膀的大鸟展示自己的本领，飞起又落下，招摇极了。

　　所幸驿站离得不远，很快就到了。许米尔去柜台递名帖办入住，粗壮男人唤小二先倒碗凉茶来，口渴得紧。这时，柜台那边的驿长突然高声叫起来："啊，是右司谏大人到了，快快迎接！"

　　许米尔不明就里，质问驿长："什么狗屁右司谏，我们校书郎大人先进的店，得分个先来后到不是？"

　　"您说的可是苏辙苏大人？"

　　"不是才怪。你可不能狗眼……"

　　驿长赶紧打断许米尔："我们要迎接的就是苏辙苏子由大人，他上任途中略有延迟，今早收到的《邸报》上已经标明，子由大人升任右司谏，不是校书郎了。恭喜啊，苏大人！"因为柜台挡着，面前还杵着许米尔，驿长半侧着身子，脸上带着谄媚的笑，双手高抬恭祝。

"哦，还有这种事。"子由闻言很是惊讶，顾不得口渴，冲过来问店主要过《邸报》，果然看到他任新职的文字，心中波涛汹涌，到底是欢喜多于惊异，却未喜形于色，任凭驿长例行公事般说着奉承话。这下，许米尔不甘落后了，跟着驿长唱和，一扫此前言行的不羁，但他的奉承似乎言不由衷，听着更像是嘲讽。子由转过身，用背肩抵制那些春意盎然的话语，如同在船头迎着冷寒的风浪。在错落的声高音低中，他听到风浪的远去声，也听到此刻的春意飘落在地之声，他的脸色依旧波澜不惊。

许米尔在子由转身的刹那间看清了一切，便停止拍马屁，趾高气扬地跟驿长吩咐："那你还不快给苏大人安排上等套房，让我们在这干等么子呀？"

驿长说："早预备下了。只是——"他瞅了眼子由，把嘴差点贴在许米尔的耳朵上，压低声音才说，"没想到右司谏大人会在建德下船，都这个时辰了，厨房也没备白条啥的，这可咋办？"

许米尔躲开驿长的嘴，故意提高嗓门："你不知道我是谁吧？我带他们刚从许鱼精的店里出来，鲥鱼都吃上了，谁还惦记你这儿的白条烂虾。没见大人脸色吗，是红曲酒染的，赶紧的，带大人去上房歇息。"

几杯凉茶下肚，酒味不往嗓子眼涌了，酒劲却蹿到了脑瓜顶，晕乎得厉害。子由脱掉披风，斜靠在被垛上想眯一会儿，无奈脑袋虽沉，思绪却繁杂，一直在半睡半醒中徘徊挣扎，免不了有些焦虑，一下子失重了般，猛然间清醒。人还昏沉着，身子也懒，索性拉开被子躺平，不想了，什么也不想了。果然一放松，便有了睡意，可没等他完全进入睡眠，外面传来了吵闹声，有个尖细的嗓音明显是粗壮男人的，那肯定与他有关了。子由在心里骂了一声，懒懒地爬起来，跌撞到门口，门侧的桌子上有个灯台，许是在他半睡半醒之时店小二进来点了灯，他的身影落在一侧的墙上，显得巨大而突兀。他侧耳听不清外面吵闹的是些什么，拉开门出来，绕到前堂，看到几个农民打扮的人把粗壮男人团团围住，不知在争论什么，个个都已脸红脖子粗了。

子由听不懂越语，只觉那些人说的话像冻硬的糯米团子似的，滚成一堆，他艰难地辨认着，没有一句话听在他耳里能轮廓清晰。他越发想知道他们争执的是什么，喷着酒气晃动着自己的红脸粗脖子往上凑。粗壮男人从人缝里看见了子由，突然间发力，两条胳膊船桨似的，将围住他的人划开，鱼一般冲出人堆，给子由边使眼色边吼叫道："好你个醉鬼，又来讨酒了，说不到你是吧？识相的赶紧走开，不然打断你的腿。"装作推搡子由，附在耳旁悄声道，"不要说话，赶紧从后门出，在巷口找个避身处等我。"

子由从粗壮男人的眼神里看到了危险，酒顿时醒了大半，扭身窜向后堂，想着回房取上行装，怕延误时机，便什么也不顾了，钻进厨房，从窄小的后门出了驿站。

天已黑透，不见月光，有风的夜晚，街巷空无一人，除过一阵紧似一阵的风声，连声狗吠都懒得有。月黑风高，街巷幽暗深沉，风啸在耳边流连，让子由有了身在行舟之上动荡不安的恐惧感。毕竟是陌生之地，子由不敢乱跑，身子贴在驿站对面的大树上，两眼紧紧盯着驿站那道窄小的后门。

夜太漫长了，风可恶至极，没顾得上拿到披风的子由，感到身子的冰寒与沉重，风像跟他捉迷藏似的，无论他把身子贴在树的哪一侧，都避不过。他索性倚着树身蹲下，抱紧身子，酒意并未完全消散，头又晕乎了，他盯紧驿站后门，迷糊地想从中捋清条理，竟没有一条可溯源的脉络。狭窄的月牙从云层里挣脱出来,投下一丝清澈的微光,树木、房屋在微光中影影绰绰,一切都变得似乎可以触摸,不像刚才的黑暗中万物皆为一体。终于,一个高大粗壮的身影从那道窄门里挤出来,他往前走两步,后撤一步,犹豫不决的样子逐渐清晰了,子由这才起身,跟对方挥手,不敢出声唤他。当然,子由也不知道粗壮男人的名字。

粗壮男人跑过来,将披风给子由披上,挽住他说:"此地不宜久留,咱们回到船上再说。"夜这么黑,风这么大,码头在哪儿都找不到吧。子由还没把自己的担忧说出口,粗壮男人补充道:"许米尔不知去了哪儿,现在顾不了许多。去码头的路,在下已问清楚了,沿着这条巷出去,往右拐直走能到。"

码头不难找,在一堆泊船里寻找自己的船却费了老劲,幸亏粗壮男人会说越语,找错船后不断地道歉,不然挨的骂更多更难听。吵嚷声惊醒了自己的艄公,他睡眼惺忪地把他们迎进船舱,点起油灯,卷起自己的铺盖,为客人空出地方。

子由瘫倒在行李上,悬着的心才落回胸腔,心想着即使那帮人追到码头,也很难从这么多大致相同的乌篷船中找到他们的船。只是,那些人是怎么回事?他为什么要逃?

粗壮男人眼神里竟无一丝波澜,语气平缓地告诉子由,那帮人是徐凝的后人。徐凝知道吧?子由点点头,太知道了,要是连徐凝都不知道,枉为诗人。可是,他何曾与徐凝的后人有过瓜葛,他们竟如此追逐他?

"在下不是故意的。"粗壮男人干咳两声,"想必大人也知道,您兄长子瞻大人曾评价过徐凝的七言绝句吧。"

"是有这么回事,家兄曾贬过徐凝的《庐山瀑布》。"子由欠起身子,揉着酒后发胀的脑袋,可能是在风中停留时间久了,身体里满是寒意,他心里没底,"家兄回应的后两句是'飞流溅沫知多少,不与徐凝洗恶诗'。难道,徐凝的后人是来找我讨公道的?"

粗壮男人点点头。

子由把披风甩开:"这关我什么事!再说,家兄那样评价,自有他的道理,李白何许人啊,他的《望庐山瀑布》从气势上压倒徐凝——"

"子由大人!"粗壮男人拱手打断,"现在不是明辨是非的时候。大人何不思量一下,徐凝的后人怎么知道您在建德登岸,住在这个驿站的?"

"你是说许米尔,他通风报信了?"子由坐直身子,"难怪他坚持在建德上岸,看来早有预谋。这个小人,一定不能放过他。"

粗壮男人浅笑了一下:"在下不懂诗文,也理解不了文人的做派。在下只知道一个道理:别把人惹急眼,一切还有余地。大人,在下请求立即开船,连夜赶往桐庐。"

夜船航行,险象环生。除此之外,还有更好的选择吗?

艄公傍晚补足了觉,这会儿精神抖擞,他是老手了,见识过多少大风大浪,富春江建德至桐庐这段,水浅域宽,这点西北风掀不起巨浪恶潮,唬不住他,一路破浪避滩,顺风顺水。

船似摇篮,左摇右摆,加带红曲酒后劲上来,子由睡得昏天黑地。一觉醒来,已是红日高照,江面风平浪静,昨夜的一切已随风而去。钻出船舱,伸个懒腰,子由突然想起严子陵钓台,问艄公现在到了哪里。艄公手搭额头,指向前面说:"快到桐君山了,后半夜过的严滩,黑乎乎一片,钓台一点都看不着。"还是一口的当地话,神情加动作,子由竟然读明白了艄公的话,沿着艄公手指的方向看去,远处天色明净,山体绿色沉稳,安详宁和,他忽然觉得内心无比平静。

跟出船舱的粗壮男人揉着眼窝,愧疚地说:"大人,要不咱们掉头,返回严滩瞻仰一下严子陵?这也是赵抃大人的意思。"

子由浅浅一笑，挥手道："别，天意如此，不可违背。既然到了桐庐，咱们去登桐君山，拜谒桐君老人吧。"说完，子由长长地舒出一口气，吸了口带有鱼腥味的江南寒风，顿觉神清气爽。

　　五十年后，宋高宗绍兴四年（1134），南宋词人李清照逃难，途经严滩，想起严子陵避世隐居于此，无暇拜谒，感慨万端，随赋《夜发严滩》一首：

　　　　巨舰只缘因利往，
　　　　扁舟亦是为名来。
　　　　往来有愧先生德，
　　　　特地通宵过钓台。

逆光飞翔

一

周建祥的腰疼了好多年，导致右腿发麻，不能久坐。单位整天开会学习，哪样不得坐着完成？以前上班跑来跑去瞅着空想坐下来歇息，坐下就不愿起来，坐才是人间值得。现在倒好，坐久了反而成了负担。所以周建祥很痛苦，去医院拍过多次 X 光，每个医院的医生拿到片子时说法都不一样，为此他做过不少治疗，均无效果。这次，他做了腰、颈两个部位的核磁共振，医生看完片子说，他的腰椎、颈椎已经变形，如果不想达到"严重变形"，就得采取些措施了。这个措施不是治疗，而是靠自身锻炼恢复——说缓解，似乎更恰当些。

目前，应对腰椎、颈椎的治疗方式只有手术，就是微创手术也得达到一定的严重程度，越严重当然治疗效果越好。医生是这么说的。周建祥的病情离能做手术的程度差得比较远，可对他本人来说肯定不想再严重下去，因为疼痛一刻都没有远离，时时折磨着他，若程度再重一点，他不知道自己还能不能走路。至于推拿、按摩，还有针灸，这几样常规中医治疗方式周建祥深有感触，这些年他扔进去的钱可不少了，当然没听到什么响声。

　　按照医生的指导意见，游泳或者打羽毛球，对颈椎、腰椎都有缓解的作用。周建祥在心里权衡，游泳一个人就能完成，不像打羽毛球，需要两个人才能打，对他来说找个帮手很难。妻子在生儿生女的问题上，与他意见严重分歧，别说陪他打羽毛球，就是散步也是奢望。他打球是为治病，得长期坚持，别说妻子了，谁愿意牺牲大块时间陪他玩？周建祥选择了游泳，他家附近的上河村小区里有游泳馆，离家只有七八分钟的路程，收费也不算高，游一次三十块钱，办月票才三百块，晚饭后、周末，只要有空都可以去游，每月至少能去十几次吧。可是，周建祥只去了七八次，就主动放弃了。他学不会。他完全按照游泳教练的方法去做的，可身体与自己别着劲，手脚并用，怎么努力身体也漂浮不起来。开始，教练还用了一种方法，用一只手托着他的肚子来平衡身体，周建祥果然像跳伞运动员在空中飞翔一般四肢张开浮上了水面，但教练一抽手，他便不由自主地往下沉，好像水底有只手扯着他，他努力划拉的胳膊和使劲蹬着的腿，除了把泳池的水溅出几尺高的水花，身子竟没能移动半分。看着在池子里一次次用力扑腾的周建祥，教练几近崩溃，宁愿把收取的费用全额退还，让周建祥另择高枝。周建祥不好意思，他一身的膘都漂不起来，教练好歹还让他在水面上浮了那么一会儿，就一再推让，退一半教练费好了，毕竟教了他月余，浪费了精力和时间的。教练坚决拒之，只有一个要求，千万别说是他教过的学员。如果再推让下去，估计教练自杀的心都有了。

只能选择打羽毛球了。周建祥从网上买了羽毛球拍，为了显得专业，他专门挑了价格比较高的单拍，同时查询到周边有好多家运动场馆里有羽毛球馆，或许在那里能找到像他一样孤单的球友吧。果然，在离家较近的露天球场，周建祥碰到了第一个球友，他背着崭新的球拍刚一亮相，有个男人眼睛一亮，上来主动打招呼："今儿个一个人哪？"周建祥装出一副老成持重的样子，矜持地点点头，算是搭上了线。稍微活动了下身体，两人拉开架势开打。周建祥对打羽毛球是不惧的，他以前在单位的球场上跟同事隔三岔五地也打过那么几把，自认接发球的水平还是上线的。可是只两个回合，那个男人就把周建祥打回了原形——他根本接不住对方的球，那球压根不是他以前接的那种路数，直白，规矩。弯腰捡球时，为掩饰自己的尴尬，他挥挥拍子，再仔细端详一番，想给对方一种拍子不称手的暗示。对方是老手，从球场边上取来自己的球拍递过来："新拍子还没沾上人气，是得沤一阵子。"

周建祥接过对方的老球拍，像握着一条粗壮的蛇，明明是冰冷的，手心却往外渗汗，他慌忙把球拍还给对方："我昨个夜里没睡好，精神不集中，改日咱们再练。"

昨晚——最近周建祥都没睡过好觉，妻子一直在没事找事，儿子还没出生呢，妻子挺着大肚子像个监工，在屋子里转来转去挑刺，只要他稍微停下手脚，看一眼手机，她就像逮到证据一般，极不耐烦地冲他喊叫，整天玩手机，手机能给你吃的喝的？还不抓紧去联系幼儿园，等儿子生出来就来不及了。好像他们家周边的幼儿园，已把三年后的名额提前招满了。

孩子没出生，没有户口，连个出生证都没有，哪个幼儿园会接见这样的家长？这道理周建祥只能装在心里，否则说出来会惹得妻子发脾气，这对胎儿不好。为应付妻子，他还真去过"汇智幼儿园"，门都没进得去，保安拦住不让进。他摆了一大堆理由，吵闹声把园长招了出来，她只听了个大概，懒得给周建祥解释，用眼神示意保安驱逐，还做了个打电话报警的手势，吓得周建祥赶紧离开了。回家后跟妻子说起，还没等他把自己的委屈表达完毕，妻子鄙视地瞪着他，高声叫道："汇智？让我怎么说呢，你也就这个水准了！"

满心以为妻子怎么着也得安慰他一下，这是听她的话才提前去找幼儿园吃了人家一顿瘪的，难道她不该好好反思一下？周建祥心里很不高兴，脸耷拉下来，跟妻子较劲："汇智离家近，将来接送方便，有什么不好？"

"你根本不用心，瞅清楚了，汇智是给外地打工人开的幼儿园，只管死活，不管教学。你可以让你的儿子上那种幼儿园，我可不能叫我儿子为了个'接送方便'，就输在起跑线上。"妻子气哼哼地说。

妻子的前一句话不无道理，汇智幼儿园旁边确实有个比较大的工地，说是在修建地铁重点枢纽，已经开工五六年了，四周的简易住宿楼少说能住好几百人，出出进进的有男有女，大多年轻健康，有了二胎、三胎政策后，他们一旦放开生育，一个汇智幼儿园恐怕都难盛下。这个幼儿园是不是为他们建造的，周建祥搞不清楚，他只知道妻子的第二句话大有问题。

儿子？凭什么你认定就是儿子！周建祥在心里恶狠狠地质问，从发现怀孕，妻子就一口一个"儿子"地叫，她非常希望生个儿子，所以认定了自己怀的必定是儿子。周建祥心里明白妻子不是重男轻女，她曾无数次地唠叨，不是她不喜欢女儿，而是女儿会受欺负，尤其是受自家人的欺负。妻子这样想是有原因的，她只有一个哥哥，父母名下两套房子，一套给了哥哥住，这无可厚非，可父母把他们现在住的这套房子，在房改政策变更之前，一心想着赶紧过户到哥哥名下，她为此质问父母，他们的回答竟然是"女儿哪有继承房产的道理"。哥哥更是盛气凌人，说她嫁了出去，生的孩子都跟别人姓了，哪有分房产的份？传统观念里一直是这个理，似乎顺理成章，可妻子咽不下这口气。起初说到这个话题，周建祥与妻子理论，他倒不是排斥生儿子，而是担心万一是个女儿，妻子的这种怨念会影响到日后孩子的心理健康。当然，对他来说，如果生的是女儿再好不过。妻子被气得又哭又闹，他只能仓皇败退，怀孕的女人情绪落差大，又敏感又矫情，惹不得。从此不在她面前提生儿生女，慢慢地对妻子自以为是的认定产生了倦怠。

三个月后，妻子顺利产下一女，起名周依，小名依依。出院后，周建祥拿着女儿的出生证去派出所落上户，回家后跟妻子炫耀，她都懒得瞅一眼，气急败坏地拨开伸到跟前的户口本，一门心思投身于手机游戏之中，对月子里的禁忌毫不顾忌。联系幼儿园的事，妻子闭口不提，周建祥却没忘记，他得提前着手。女儿的出生证、户口都已具备，周建祥揣着这些证件去找幼儿园心里有了底气。这次冲着最好的"启智幼儿园"去了。这个幼儿园门口的保安非常客气，得知他的来意，将他笑脸迎进去，使他顺利地见到了园长。听完周建祥一番言辞，园长见多不怪，随手接过周建祥的资料看都没看，又给他递了回来："你这个情况很普遍，不够我们的入园条件，没法进入我们园。"

周建祥一脸蒙圈，怎么连孩子的资料看都没看就说不够条件？园长说："做家长的，得用点心，我们园不是家长一腔激情就可以上的。"他还想再磨一磨，从园长这里找到解决的办法，谁知园长扔下一句："到网上找我们的招生简章自己看去。"再懒得理他。周建祥奇怪，怎么上个幼儿园也这么困难？难怪妻子刚怀孕就操心孩子上幼儿园呢，她未雨绸缪没有错啊。周建祥在手机上查看，别说那些苛刻的条件，光是网友的留言，就够他浑身打哆嗦的。他把问题想得太简单，初为人父，真以为世界所有的门都是为孩子敞开的。

垂头丧气地回到家，他不敢跟妻子说联系幼儿园的事，生下女儿后妻子每天情绪反常，他可不想触这个霉头。

有天打球时，球友见周建祥无精打采，歇息时间问他碰到了什么难事。他犹豫着，轻描淡写地说了幼儿园的遭遇。

这个时候的周建祥今非昔比，不光羽毛球技大有长进，人缘也广，在周边几个室内室外的羽毛球场馆都拥有了相当数量的球友。通过一个球友的点拨，他很快认识了老林。以前双打时，偶尔也和老林交过手，只是那时只顾打球没往别处想，与老林没有过多接触。球友告诉周建祥，老林除过打羽毛球，还喜欢足底按摩，打完球捏捏脚再舒服不过。周建祥主动邀约老林打球，几场球打下来，趁机约他去做足底按摩，老林爽快答应了。脚捏舒坦了，周建祥将话题引到小孩入园，老林听出了音，问清情况，即刻给幼儿园的园长——他女儿拨通电话，把周建祥女儿三年后上启智幼儿园的事敲定了。这可是双语幼儿园，区里的重点，是很多人想多花钱都上不了的。没想到周建祥以这种方式给搞定了。这给了他极大的鼓舞，原来难办的事不是办不了，是没找到方法。

妻子没有想象中兴奋，依然处于没有生出儿子的失落中，周建祥料到了妻子的反应，如果是儿子，他这样的办事效率一定会让妻子大加赞赏的。只是，没有如果。但这并不影响周建祥抑制不住的兴奋，女儿三年后的难题解决了，他为什么不能表现出喜悦之情呢？尤其是他经历过被园长当面拒绝的难堪之后。他不顾妻子的情绪，当着月嫂的面抱起女儿，亲了亲她粉嘟嘟的脸蛋，轻轻地往妻子的怀里塞。由于没有达到预期目的，出院后妻子扬言不用母乳喂养女儿，也很少抱女儿，料理孩子的一切事务全推给了月嫂。

周建祥很喜欢女儿，孩子没出生时他不敢说，现在女儿都生出来了，他没必要避讳，当着妻子的面他要表露出对女儿的喜爱。这没有错，妻子不好责怪他。可是，抚养一个孩子仅凭喜爱是不够的，得参与照料孩子的吃喝拉撒睡，月嫂除过照顾婴儿，还得给产妇做饭，一个人根本忙不过来。周建祥下班回来，来不及换衣服就投入给孩子换尿不湿，或者帮月嫂择菜做饭的忙碌之中，好不容易盼来个周末，懒觉是睡不成了，早早起来收拾卫生、洗衣服，为的是下午能出去打会儿羽毛球，缓解一下僵硬疼痛的腰颈。周建祥去打羽毛球，妻子不阻拦，连句抱怨的话都没说过，这是锻炼身体，况且还能交往一些意想不到的球友，以周建祥的交际能力，去认识一些达官显贵不可能，但剑走偏锋，也能起到意想不到的效果。解决女儿将来上幼儿园的问题，就是最好的例证，妻子虽然嘴上不说，心里却有数。所以，周建祥打羽毛球几乎没间断过，在球友那里的信任度始终保持着饱满的五颗星。

春末夏初，天气转热，大风浮尘等恶劣天气多了起来，紧跟着雨水也多了，曙光东里那边的室外羽毛球场因天气原因经常关闭，离家最近的一个室内球馆却在这个时候停业改造。无奈，一些球友选择停歇，或者天气好的早晨去公园里打会儿野球。周建祥是上班族，为打球迟到，再有身体原因作为理由也说不过去，这下与球友的时间对接不上，只能偶尔选择去远处的室内球馆过球瘾了。从网上搜到不少羽毛球馆，周建祥首先关注它的周边，有没有他下一步的需求。幼儿园首战告捷，给予了周建祥一定的灵感，锻炼身体的同时，他要抓住其他机会。他认为下一步的刚需应该是小学，便把目光锁定在昆玉河两岸。河东有数一数二的中关村三小，河西边有大名鼎鼎的人民大学附小。再不济，巴沟的万泉新新家园东边有个万泉小学垫底，那也是海淀区的重点小学。住在海淀区就是好，孩子的教育不用愁，到处都是好学校，小学、中学，大学就更不用说了，全国数一数二的大学全在海淀，而且距离不远，几里地的路程。且不说孩子将来能不能上这些大学，眼下周建祥心里就振奋不已。

按学区划分，周建祥家的位置与这几个小学都沾边，至于能上哪个小学，得看有没有人脉了，没有人脉的话，只能等电脑派位了。想想以后自己女儿得凭她的运气上学，他心有不甘，万一去了最不好的学校呢？但他没别的路数，凭他的工作性质和亲戚朋友，只能把心思继续用在球友身上。他想着先去好小学相对集中的巴沟附近碰碰运气。

　　热爱体育锻炼的各色人中，教师几近于无，他们平时上课、判作业，周末奔赴在教辅补习班之间，根本没闲工夫打什么羽毛球。但他们有家庭，有老公或者老婆，热爱羽毛球的亲属还是有的。不到一个月，周建祥认识了一个球友老高，他老婆是小学教务处的，比教师更管用，专管招生入学。周建祥赶紧凑上去，打听到老高喜欢喝两口，便在巴沟南边的春天酒楼订了个包间。酒至酣处，他们称兄道弟时，周建祥将所求之事和盘托出，老高明显愣了下神，说道："老弟呀，不瞒您说，咱家的确实在小学当教务主任，可这个小学不知在不在您家的学区？"

　　"您家主任在哪个小学？"周建祥只顾打听谁家有学校的人，却把重点给忘了。

　　"颐春小学，万泉河路东南角那个。"老高打着酒嗝，神气活现地说，"别听他们瞎掰，颐春早就不是普通小学了，前年挂上了区实验的牌子。实验您知道吗？除过师资力量超一流，他们正在扩建，据说上面已经定了，扩建后要并过去，成为××大学的第二附属小学。"

　　周建祥酒醒了大半，他根本没听说过颐春小学，凭印象他只知道万泉河南边是北理工附小，是个不亚于前边几个名校的一流小学，但它在三环内，属于另外的区域。

　　显而易见，老高的老婆所在的小学，肯定也是另外的学区。

　　没过几天，老高在球场上专门来找周建祥，告诉他确实不是一个学区。不过，这不打紧，可以通融。老高眯着他那对小眼睛，神秘兮兮地说："如果您不信，现在就打我老婆电话，让她跟您说。"

周建祥将信将疑的表情，促使老高拨通了他老婆的视频，从手机上看到了学校的样貌，正是课间休息时间，一群戴着红领巾的小学生在楼道打闹，嘈杂声无法说清一句话。老高的老婆挂断视频，随即发来微信，让把需求发成文字，她好记住。老高按照周建祥的叙述，把微信写好发过去，那边过了一会儿回复：除过人大附小，其他学校难度都不大。

大喜过望。六年之后女儿入学的事都搞定了，周建祥当即拉着老高要去华联商厦，那里面顶层全是吃饭喝酒的地方。高兴之余，周建祥也说出了自己的担忧，六年之后老高的老婆还在教务主任岗位上吗？老高拍着周建祥的肩膀说，放心吧，以她的年龄优势，六年后她如果不当教务主任，那就是副校长或者校长了。

这羽毛球打得真值。

还别说，自从打上羽毛球，腰椎、颈椎的疼痛感有所缓解，尤其是颈椎，仰头看球、接球的频率高，效果比较明显，连带着右臂的麻木感也减弱不少。身体上的毛病倒在其次，关键是女儿的入托、入学都落到了实处，这比他身体的健康重要。周建祥的成就感油然而生。

女儿依依出了月子，遇到好天气，周建祥带依依下楼去院子里转悠。刚出月子的孩子身体柔软，坐不成儿童车，只能大人轮换抱着，不一会儿胳膊累得酸疼。妻子经过一段时间的调整，已然接受了女儿的事实，母爱像棵芽苗，在现实的浇灌下不断成长，从最初的冷漠到经常引逗，再主动来抱，终于回归了一个正常母亲的样子，对依依每一种神态，每一个眼神，都是又惊又喜，不停呼喊周建祥过来看女儿的变化，她抱着依依亲了又亲，再无一丝嫌弃，反倒一副爱不够的样子。依依在他们亲来抱去之间，幸福地成长。秋天时，依依已经会咯咯笑出声了，笑声起时伴着她的手脚快活地乱蹬，没牙的小嘴巴张开着，露出粉嫩粉嫩的牙床，满脸堆起的笑纹，清澈得透亮的眼神，把周建祥两口子的心都融化了。依依第一次露出这样的笑时，周建祥都激动得手足无措，这小棉袄把他的心一下子给焐热了。妻子经受不住为人母的猛烈冲击，噙了两眼幸福的泪花，咧开大嘴，笑着笑着突然间变成了抽泣。

周建祥把妻子女儿揽进怀抱，那一刻，他觉得自己是世界上最幸福的人。

二

周日午饭后，周建祥接替妻子抱着一直不愿午睡的依依，为让妻子多睡一会儿。出了月子不久，就辞退了月嫂，他们的收入架不住月嫂这种高消费。周建祥家在外地农村，父母种有二十多亩地，他们把土地看得比命还重，不可能扔下地里的活来京帮忙带孩子，只能与岳母商量，请她过来帮忙。岳母嘴上不说，心里大不悦，当初女儿嫁给外地人，又是农民出身，老不乐意了，架不住女儿愿嫁，他们拗不过，后来在房产上寸步不让，主要是这方面的原因。现在外孙女出生了，是血亲啊，再怎么不待见女婿，也抹不开女儿的面子，勉强过来帮着带孩子，平时还好，只要到了周末，岳母总要找这事那事回趟家，直到天黑才返回来。其实周建祥心里明白，周末他不上班，岳母不想让他闲着。

这个周六下午，岳母已找足理由，说对门刘大爷家儿子周日结婚，一个月前就打过招呼，让她提前过去帮忙，做了几十年邻居，又是婚姻大事，这可马虎不得。临走时，岳母说婚宴一散，她立马赶过来，耽误不了周建祥打羽毛球。说到打羽毛球，岳母语气很重，就差咬牙切齿了，在她心里打羽毛球和搓麻将一样，都是玩儿了，别拿锻炼身体说事，没见着谁玩着能把身体疾病治好。有病还得去医院瞧，得吃药。像以往的周末一样，这次岳母走得很坚决。

周建祥好不容易把依依摇晃睡着，快两点半了，三点钟与球友约好了双打，失约或者晚去会扫他们的兴。他硬着头皮给岳母发了微信，没敢催问她走到哪儿了，只是留言，依依睡觉了，放在她妈妈跟前，不会有啥问题。至于他三点钟的约定，不用说，也没必要说，岳母心知肚明。说了，反而会惹她嘟囔。

这天下午有点热，羽毛球馆立秋后就关了凉气，室内有些闷热，打了几个回合热出一身汗。不出汗的运动不叫运动，运动是体能的消耗，出汗是体能的宣泄，几个球友爽快极了，在兴头上一直没有停歇的意思，他们的衣服物品全在场边的柜子里堆着，谁也没听到手机响声。直到周建祥的大舅哥冲进场子吼叫，才知道出事了。

依依从床上掉下来，脑袋磕到地板上，已送往附近的四季春医院抢救。

"抢救"两个字将周建祥的大脑轰炸得一片空白。他跟在大舅哥的身后，身子摇晃着就是迈不动脚步，几个球友抱起他的衣物追上来，架着他往馆外跑。大舅哥把周建祥塞进车里，才说："依依只是磕到了头，你别想太多。"

周建祥这才抹了把头上的汗，找到手机打开，看到有数十个未接电话，有妻子的、岳母的，还有几个陌生的座机号码。他不敢给妻子回电话，怕她气急败坏撒泼乱骂，只能拨岳母的手机，铃声响了好久岳母也没接听。他心里越发不踏实，只盼着大舅哥能把车开快点。眼看拐个弯能看到四季春医院的门诊大楼了，这时，大舅哥的手机响了，是岳母打来的，告诉他别来了，他们已上救护车，正在赶往儿童医院的路上。周建祥抢过大舅哥的手机，问为什么要转院？

岳母带着哭腔说:"依依太小,这个医院没有儿童专科,怕耽搁了。"

儿童医院是专业医院没错,可在月坛那边,距离远不说,去了能不能及时就诊,谁也保证不了。周建祥心急如焚。妻子刚怀孕不久,他们去儿童医院做检查,门诊大楼内人山人海,光排队挂号就两个多小时,当天还排不上就诊,只好放弃返回。眼下依依去那里,周建祥想都不敢想那场面。岳母在电话里说:"咱们去了进急诊,四季春这边给联系好了,你们只管往儿童医院去吧。"

掉头、堵车、红灯。周建祥擦着满头大汗,让大舅哥把他放在花园路地铁口,他坐地铁过去。因为不是直接到达,在地铁内先上六号线再换乘二号线,从复兴门地铁口出来后,还得骑共享单车,赶到儿童医院急诊室时,医生对依依已经做了简单处理,说依依有轻微脑震荡,需要住院观察。说是住院,其实是在住院部走廊加了个床位。没有预约、等待,哪能住进真正的病房!

依依的双眼合着,但不紧闭,小嘴唇半张着,露出粉红色的牙床,似乎能从中发出稚嫩的笑音。这会儿,周建祥多么希望依依的眼睛睁开,用她干净透亮的眼神盯着他,手脚乱舞地咯咯笑啊。周建祥忍不住泪如雨下,他低头亲了亲落在依依小脸蛋上的泪水,抬头用眼神询问妻子,还有岳母,她们商量好似的,统一转过头不搭理他。只要进了医院,心里就踏实,哪怕住在走廊,照样能及时治疗。周建祥的情绪慢慢平复下来,不再慌张,主动要求留下来陪依依第一个晚上,让妻子和岳母回去休息。妻子不愿走,蹲在依依的床前,握着依依细嫩的小手。依依睡得很平静,医院走廊上的喧闹并没有让她像往常一样被惊醒。岳母把依依的手从妻子手里轻轻地抽出来,拉起她,没跟周建祥打声招呼,转身走了。

夜深人静,周建祥在女儿身边坐一会儿,又起来站一会儿,他不敢多走动,下午吵闹的环境里,依依睡意沉重,而在这时的寂静中，一点声音会被无限地放大，他反倒担心自己的脚步声会惊扰到依依，同样也惊扰到旁边床上的病人。时间实在难熬，他把手机调到静音，翻了一会儿朋友圈，这个大秀场里，以前大都是在秀自己的生活，秀生活的精致，或者精致的自己，都是给别人看的，好像卖水果的，好看的总是摆放在外面；而现在的微信朋友圈，越来越失去了它应有的热情，很多沦为了工作场，漫不经心地转发一些跟工作有关的话题，或者无关的东西。有些人仅仅是为刷个存在感，免得朋友圈空置时间长了，自己失去这个阵地。他毫无意识地刷了会儿，又很无趣地退了出来。把手机揣进口袋，他不知道自己该干吗。过了会儿，他又拿出手机，进入微信群里找人无聊地搭话，没有人理他。大半夜了，有人理才怪呢，他进入球友群，一一查看他们的个人信息、朋友圈图片，看能否从这些上面嗅出谁的家人与医院沾边，想着把依依换到病房里。秋天了，冷倒是感觉不到，但走廊会有蚊子，秋后的蚊子才毒呢，婴儿哪受得了。

　　翻遍了朋友圈，没从认识的人中找到与医院有关的蛛丝马迹，周建祥觉得遗憾，怎么没想到这一层呢，看来还是自己眼界太狭窄了，依依的成长不仅局限于上幼儿园、学校。他应该早点到医院附近的球场去寻找机会，说不定能碰到一两个可以帮上忙的球友。现在说什么都晚了，等依依出院吧，他一定要考虑往医院附近的球馆寻找一下。儿童医院这边，离家太远，交通特别不方便，来这里一趟比打羽毛球耗费的时间还要长，损耗不起。要说北京大医院、好医院最集中的地方很多，像五棵松、帅府园、六里桥，尤其是五棵松，全国数一数二的医院全在那儿。周建祥在手机上搜索，五棵松附近的羽毛球场馆也多，室内的就有四五处，室外的更多。

　　就去五棵松吧，离家较近，还在海淀区地界。周建祥有辆电动自行车，骑过去最多二十分钟。

　　依依在儿童医院住了一个星期走廊，排除了脑震荡以外的其他症状，出院回家了。日子恢复到从前，周建祥背上他的羽毛球拍，来到五棵松找到第一家球馆。很快，他认识了一些新的球友。

小卉就是其中之一，三十多岁的样子，身材微胖，五官说不上精致，但很耐看。小卉人很热情，也不管熟悉与否，都很主动跟人打招呼，配对打球。周建祥就是被她的这份热情所吸引，虽然她的职业周建祥没搞清楚，但没关系，慢慢来，总不能说上几句话就问这问那吧，像查户口，太显目的性，别说交友，打一次球人家就躲开了。双打、单打几次之后，周建祥在休息的间隙，有意无意把话题往附近的大医院上引，小卉直言不讳，她原来是旁边这家大医院的外聘护士，嫌收入不高，每周还要值三四天夜班，实在受不了，前几年辞职做起了护工。

"护工？"周建祥差点惊叫出声。

对，是护工。小卉从周建祥的表情上看出了他的讶异，平静地介绍道，大家认为的护工是照顾重症病人，吃喝拉撒换洗，又脏又累。是的，这是大多数护工要干的活路。我也干的，这是我的副业，主业是为那些能看上病、住上院的重症患者联系、搭桥专家大夫。赚取一点点辛苦费，类似卖房子的中介。

具体细节不用问，周建祥也能想到，小卉靠的是人缘，凭能力和业绩吃饭的。难怪她对人都那么热情，其实跟他的思路是异曲同工。虽说小卉说自己是护工的身份，周建祥还是暗暗开心，心想这下找对人了，她的能耐肯定比那些办理入院、手术治疗的人要大，能把这种事做成职业，能耐肯定小不了。

小卉说："这些大医院网络系统非常完善，像入院、手术这样的事情，做不得假。我做的这种服务，是各个医院一直就有的相互之间会诊、手术之类的具体事情，病人不可能了解每个专家的特长、他们的时间安排，根据病人病情的需要，我负责给他们联络、规划。也有不巧的时候，赶上哪个专家出诊、开会，实在没办法了，我帮忙介绍护工，如果临时找不到，我也护理几天患者，不收取护理费。他们用各种方式感谢我，这不，球馆的年卡也是患者送的。要是我自己，平时哪有闲心思能想到来球馆打羽毛球啊？"

"不过，打羽毛球的确是不错的选择，全身都运动开了，出汗解压，也减肥，对一些慢性病也有减缓作用。"小卉拍拍自己的肚皮，"这不，才打了不到半年，肚腩不见了，最开心的是血脂也降到临界值以内。"

周建祥认为，与小卉这样的人交往，不见得能立马帮你办理入院、治病，但她在医疗系统的人缘，对医院各个程序的了解，说不定哪天能用上。再说了，自己在医药方面两眼一抹黑，头疼脑热了向她寻医问药，不比跑医院省事！加上微信后，除过约时间打球，时常多问候几句，不久他们就熟络了。有次打完球后，小卉竟然请周建祥去旁边的上岛咖啡喝了杯拿铁。这个人情得还，要不男人的脸面往哪儿搁。下个周末，周建祥请小卉吃烧烤，顺便喝了扎啤。

天气转冷，初冬的北京并不那么友好，又硬又冷的风刮了起来，裹着尘土携着枯黄的树叶乱飞。出了烧烤店的门，啤酒在肚子里凉凉地往上顶，可心里的热足够与外界的天气抗衡，哪怕是骑着电动车，迎面而来的风尘打在脸上，那粗糙感真切得像有人拿一把沙子揉搓在脸上一样，周建祥却抑制不住内心的欢快。一路回味他和小卉聊过的杂七杂八的话题，他竟然能把她的每一句话记得很清楚，像复刻了印在心里似的。奇了怪了，他何曾有那么清晰的记忆，为了把小卉这个人脉握在手里，看来他真的很用心了。

周建祥觉得小卉这人还行，本真，一点都不矫揉造作，与她每次交谈竟然意犹未尽。小卉的业务都需要她自己出面协调、沟通，有时实在无法脱身来球馆，周建祥只要没看到小卉的身影，难免心里空落落的，球打得没力道，对手实难配合，打几个回合提不起劲，便借口换个场地再另配对。周建祥一点都不觉尴尬，他握着球拍，这里转转那里看看，好久都等不来小卉，才快快地离开。

如果小卉突然出现在球场，周建祥心神一下荡漾起来，瞬间像换了个人似的，眼神流波，神采奕奕，整个人打了鸡血一般兴奋，在球场上的身姿矫健如飞，更别说球了，打得活力飞扬，精准狠。当然，他的话也多了，且妙语连珠，逗得球友停止发球，专听他讲笑话。小卉也是一样，竖着耳朵听到精彩处，跟着大家哈哈大笑，整个球馆笑声一片。这是周建祥身心最愉悦的时刻。他对小卉越来越有种相见恨晚的意思，甚至意识不到自己把她当成的只是一种人脉。在这种感觉的驱使之下，他越发在意小卉的存在，有时在微信上直接问她，明天或者后天她去不去球馆，如果她答应去，他会兴奋地发一大堆奇闻逸事，用那种荒诞的故事增加话题，来延续他们之间的聊天；假如她说有事要处理去不了，他心下一沉即秒回一个流泪的表情包，一个字都不多说，他知道此时即使说了什么话，她也未必回应他。可他抗拒不了想见她的念头。

冬至的时候，北京下了一场雪，薄薄的一层，像纱衣一样，将北京城轻轻地笼罩了起来，树木向上的枝枝节节，都白了，近看远看，这浅尝辄止的雪都让暗沉的北京多了几分悦容，更添了一层浪漫。怎么说这场雪都是稀罕之物，让人心情为之一振，微信朋友圈里更像是经历着一场盛宴，铺天盖地全是雪的景色和话题，每个人都在诉说着自己对雪的喜爱和感受，好像不表达对这场盛宴的欢欣，就是与这世界格格不入的异类。午休时，周建祥下楼也拍了几张雪景照，只是这个时候的雪在逐渐消融，除了枯草坪和树杈上还残留些雪迹外，余下地方就只有雪水——甚至连雪水都不复存在，湿痕尽失，像大地的斑秃，反倒丑陋不堪。到底还是用尽各种姿态拍了几张，好歹有雪迹，总比什么都没有的强，把镜头凑近了，小小的一片雪也一样可以有大片的感觉。又去朋友圈里挑选了几张气势足的，截了图，想着够九宫格赶紧发出去凑个热闹，也不枉这场雪降临于人间的意义。这时，妻子打电话过来，接通后不说话只管哭，周建祥顿时心惊，他心虚地一边催妻子说事，一边往身上套羽绒服，终于听清楚是依依突然呼吸困难，小脸都憋红了。他的脑袋"嗡"的一声木了，手脚不协调起来，半天也没能把羽绒服的拉链扣上。他索性不拉了，敞着羽绒服，嘴唇哆嗦着让妻子赶紧给女儿穿衣做好准备，他打电话叫过救护车，冲下办公楼，打出租车直接往五棵松方向赶。在车上，他给小卉打电话，小卉那边不知是午睡，还是谈事，一直没接听。周建祥心里更没底了，给她微信留言，语气都是颤抖的。

　　出租车把周建祥放在医院门口，他撒开脚丫冲进门诊楼，直接去急诊室，里面空荡荡的，没有患者，也没医护人员。他怀疑妻子和女儿进了哪个房间，家里离医院更近一些，应该比他早到一步，只要看到门，他便冲上去啪啪乱拍一通。不一会儿，出来三两个年轻护士，她们围过来，见周建祥不像急病患者，正要询问，被周建祥抢了先，他语无伦次，听得几个护士更加糊涂。

　　这时，外面响起了救护车的鸣笛声，急救人员很快将依依推了进来，后面跟着红肿着眼睛、惊慌失措的妻子。周建祥冲上去想推急救床，被医护人员拉开，他顺势扶住几乎摔倒的妻子。

　　护士把依依抱到急诊床上，闻讯而来的医生一边查看病情，一边给护士做手势，迅速给依依上呼吸机，采取紧急救治措施。有护士发现周建祥两口子凑在跟前，她顺手拉过屏风，强行把他们隔开。周建祥哪里待得住，往旁边推屏风，他想看着依依。护士严厉地警告他："再推，让你们出去等！"

　　周建祥带着哭腔哀求："让我们看着女儿吧，我认识你们医院的小卉。就是这个，她在哪个科……"边说边掏出手机，给她看小卉的手机号码。

　　护士根本不看，小声再次警告道："能不能不叫喊？这是急救室，别净在这添乱。"

妻子本来呜呜地哭，像手拉风箱发出的声音，护士的警告让她意识到这里不是发出声音的地方，她一下子收住声，像摊烂泥伏在周建祥的肩膀上，继续无声地抽泣。周建祥心里焦虑，像有把火在灼烧五脏六腑，妻子的抽泣加剧了这把火的燃烧，他觉得自己快要被烧成灰烬了。他想把妻子推开，他不想成为灰烬，这个时候他得保持清醒保留精力时刻准备着上前观看女儿的状况，可妻子像被眼泪抽尽了浑身的力气，粘在他身上甩不脱。他呼了口气，准备用力把妻子扶直了身子再说。这个时候，哭能解决什么问题？他最烦哭了。

一个护士急吼吼从屏风后面冲出来，叫道："周依家属，孩子情况紧急，得送ICU，请你过来签字。"

周建祥趁机挣脱开妻子，让她靠着墙慢慢去哭。妻子的反应比周建祥更为迅敏，抬起泪眼，揪住他不放："ICU？什么ICU？"

"重症监护室。"周建祥抛下这句，跟着护士去签字办手续。靠墙站立的妻子一下子失去支撑，萎缩了下去，坐在冰冷的地上又哭起来。周建祥听到压抑的、尖锐而细长的哭声爆发起来，他的脚步没停，眼泪却随着妻子隐忍哭声的响起而倾出，他视线迅即模糊。

天黑时，小卉打来了电话，蹲在重症监护室门外的周建祥毫不犹豫地摁断接听键，再响起，他把手机调成了静音。半夜冻得受不了，在过道走来走去时，他忍不住掏出手机，看到小卉又打过好多次电话，在微信上问到底出了什么情况。他木然地收起手机，继续走动取暖。过了会儿，他给小卉简单回复了一下，没想到小卉秒回：我在上海。等下，马上有人送条棉被过去。最后，小卉发了一个双手合十的表情符。

第三天，依依因呼吸窘迫综合征，出现低氧血症以及肺泡塌陷，肺衰竭而亡。

三

是不是与依依上次从床上掉下来，脑袋磕到地板有关？

周建祥回答不了妻子的这个疑问。显然，妻子问的也不是他，她是在问自己，大多时候她问的仅仅是空气。依依出事后不久，妻子稍微能冷静下来，却没有直接指责或抱怨过周建祥，她去别人介绍的儿童病专家，还有从网上查到的心理咨询师那里，非要弄明白依依到底是什么原因导致死亡的。尽管没有人能确切地解答依依死亡的原因，但专家们对这个问题还是有各自的见解，他们给妻子开出了各种方子：膳食疗法、冷水泡澡、跑步锻炼，最多的是中药汤剂。一时间，家里像开了中药房，妻子对熬药、喝药制定了各种时间节点，什么时段该干什么，乐此不疲，一点都不含糊。

这样也好，用另一番忙碌或者叫依托，能冲淡她对依依的思念，帮助她从痛苦深渊中慢慢走出来，也是好的。

说句实话，依依的意外亡故，最痛心疾首的是周建祥，按他的理解，妻子喜欢男孩而不喜欢女孩，失去了女儿她会难过，但总不至于太长久。而他对依依的喜爱和依恋是一开始就生根发芽了的，他的生活都是以依依的生活成长轨迹为轴，所有与依依无关的活动在他都可以被放弃，可是，为什么给了他这么可爱的人儿，倏忽之间，又要将她带回去呢？他无法接受这样的事实，太残酷了，他对女儿的感情如此蓬勃，可他居然没有机会听她稚嫩地叫一声爸爸。就是说，他还没有真正体会到为人父的快乐，上苍竟残忍地给他关上了这扇门，让他没有任何准备就一头扎进黑暗之中。他锥心般的疼痛没人能体会到，妻子也不能。妻子反复追问的问题，正是他最害怕面对的，不管怎么说，依依从床上掉下来，他有无法推卸的责任。当然，他没有推卸的意思。从来没有过。但是，妻子呢？她的追问仅仅是为了确认依依死亡的真相，还是想要用这样一种方式来加深对他的怨愤，或者是减轻她内心对依依死亡的歉疚？

他觉得自己陷入一个认定的怪圈，那就是他和妻子都在试图摆脱对依依亡故的责任。

元旦前，周建祥发现妻子对中草药突然间没有了兴致，吊儿郎当，吃了上顿忘下顿。他暗自窃喜，是不是妻子要下凡回归人间了？一切终将过去，也必须过去，时间可以改变一切，谁也没法让时间停滞不前。悲伤也不行。再痛的悲伤也要随时间而去。活着的人总归要活着。

趁周建祥上班时，妻子整理好行李，带着给依依准备的儿童折叠车，去太平里跟父亲母亲住在她出嫁之前的闺房里。周建祥顶着大风从单位回来，发现家里空空荡荡，似风刮干净了一般。其实该在的东西全在，原来的位置都没变动，只是没有了妻子，她没有像往常一样从厨房或者卧室出来，用她被悲伤沉浸过而失去了变化的淡漠眼神扫他一眼，他时时装作放东西仓皇躲避开。眼下，屋子里少了浓浓的中药味，空气似乎被过滤了，无限的安静之中有种蔓延开来的陌生感。他莫名感到心慌。

在沙发上坐了一会儿，翻微信朋友圈，心思浮沉，也不知道朋友圈里都有些啥，都是以往的套路，他没看进眼里去。周建祥忍不住拨打妻子的电话，手机里好听的音乐响了好久，她也没接听。天已经黑透，他想到她肯定回自己父母家了，可还是想证实一下。这次他不拨电话，而是连接语音，她依然不接。过了许久，她回复了一条微信：我在太平里——自己的房间。今后有什么要说的，你可以电话联系，但不要过来。

元旦假期，他顺从地一个人窝在家里。睡不着时他想过，在太平里那个普通、老旧的小区里，一幢并不高大，却装有轰隆隆打雷一般响声的电梯房里，没有他在场，没有任何干扰，妻子躺在那间淡粉色的闺房里，一定能恢复些理智的。毕竟，一切都过去了。

新年了，该有新的开始。周建祥意外接到妻子的离婚协议书，快递过来的，她单方面分割好了财产：房子归他，她只要一部分补偿款。当然，不菲的房贷也归到周建祥名下，也只有他的收入才符合还款的一些硬性规定。她在每份协议上签好了自己的名字，字一笔一画非常认真，有点不像她的墨宝。她以前是潦草的，做许多事都是，包括写她自己的名字。

忍不住，周建祥还是想与妻子在电话上聊聊，为什么？这个时候。

"什么也不为，就是离婚而已。"接通电话，妻子在那边异常平静，是恢复了理智的那种。

"可是，这个时候，叫我说什么好呢？"周建祥哽咽了，泪水随即模糊了双眼，他吸了下鼻子，控制住情绪说，"都这样了，为什么还要这样呢？"

妻子抬高了声音："都哪样了？你告诉我，为什么不能这样呢？房子给你了，我只要一份补偿款，很少的，没有为难你吧？"

"不是！我指的不是这个。我是说咱们失去了依依，更应该相互——爱护，一直走下去。"他本来想说，依依曾是他们两个人的依靠，她的抽身而退，也许就是为了让她的父母成为彼此的依靠。但他说不下去，泪水不但模糊了他的双眼，也模糊了他的语言。那一刻，他想起依依被送到急救室的时候，妻子悲痛地黏在他身上，那时她就在依靠他啊，可他只想推开，他厌烦眼泪，现在他却一样控制不住自己的泪水。

"可我走不下去了。"妻子似乎笑了一下，绝对不是冷笑。他知道此刻的她，冷静而理智。她语气平缓地接着说道："回不到过去了，放手吧。我们都放手，各自过各自的吧。建祥，你是知道的，我一直觉得不公平。我的父母对我不公平。老天对我更不公平，非要我成为现在的样子，一无所有。你别插话，听我说完。你是你，不是我一个人的，记住，我不可能回到过去了。怎么回得去呢？依依还能回到我的肚子里，再出生一次？"

周建祥的悲伤越发汹涌，电话落下，他号啕大哭。

离婚后，一个人的生活很无聊。平时上班还好点，早上匆匆忙忙出门，在单位忙忙碌碌一天就过去了，或有清闲的时候，去别的办公室走动一下，那空闲也混过去了。中午有单位的食堂保障着，倒不觉得难过，晚上回到家里就是另一番景象了，屋里一片寂静，他的脚步声和平缓的喘息被这寂静放得很大，可仍然填不满没有了老婆和孩子的空洞。之前生活里的磕磕碰碰、争执吵闹，还有更多的细枝末节，如今看来，反倒是平凡中的微光，让生活有声有色。再看现在，面对的是冰锅冷灶，肚子很饿，吃什么都没滋没味；洗完上床，被窝里更冷，丁点热乎气都没有。最惨的是周末，从三餐开始发愁，时间不紧迫，任由发挥的时候，却是干什么都无趣。一个人的日子是没有温度的，很难熬。

多久没去打羽毛球了，周建祥竟然没觉着这阵子腰椎和颈椎有多难受。失去女儿、失去家庭的苦楚比身体的疼痛要剧烈得多。突然间想到了羽毛球，腰椎、颈椎也像是复苏了感觉，怎么坐卧都不得劲，似在报复他这段时间的遗忘。那就去打羽毛球吧。

不想去远处，就附近吧。曙光里那个球馆还没开放，周建祥扑了空，刚提起的劲头泄了一大半。垂头丧气往回走时，路过板井路边的室外场地，见几个年轻学生在双打，水平处在初级阶段，可他们嘻嘻哈哈玩得够痛快。周建祥没心情凑热闹，走过去了，鬼使神差又返回，钻进铁网格内，看着他们打球。也没有看得多认真，他目光散漫，思绪也很随意。学生们的心思不在打球上，主要是玩，见有人观看，不知道是不太好意思，还是失去再玩下去的兴趣，一个手势呼啦一下撤走了。空荡荡的场地里，只有几个网架与周建祥远远对视着，在温暾的阳光里无比落寞。周建祥许久才发现偌大的场地，只剩他一个人像树桩似的杵在场地的边缘，细细的风带了些许微微泛青的草腥味迎面扑来，没等他有所感触又不见了。他愣愣地望向那几个空网架，由于是逆光，他眯起眼睛，看到一粒羽毛球在空中划过一道美丽弧线，迅速向他飞奔而来，他下意识去抓球拍，抓了个空，那粒白色的羽毛球砸向他的面门，却感觉不到疼，他摸着被砸中的部位，半天没回过神来。

回家后，周建祥翻看微信通讯录，寻找曾经的那些球友，依依遭遇不幸后，他的记忆力骤降，只能通过通讯录一个一个去翻看。当然，也看了小卉的朋友圈，她好久没在朋友圈亮相了。依依出事之后，周建祥没主动与小卉联系过，小卉也没问过他最后的结果。他们都静默了。依依离开后，周建祥没在朋友圈里发过一次哀悼或者怀念的文章、图片，什么形式都缓解不了他心里的哀痛。除非时间。可时间太慢，像砂轮一般打磨着伤口，使之很难结痂、愈合。他知道，这个过程必须自己默默承受，谁也代替不了。

但可以跟别人诉说，释放内心的压力。周建祥给小卉发了条微信，问她最近怎么样？

原样。小卉像是等着他的信息似的，秒回。

算是重新接通了电源，两人拉开了聊天的架势，说了些不咸不淡的话，小卉突然单刀直入："您女儿的事，我知道后，一直不敢问您。"

"都过去了。"周建祥发出这四个字，泪水噙在眼眶里，与他的内心发生激烈的搏斗。最后，他的身心以失败告终。扔下手机，他歪倒在床上，号啕大哭起来，这段时间压抑在内心深处的所有苦痛、伤悲都像决堤的水，喷涌而至，他瞬间被这些感觉淹没至无法呼吸。他一个人承受了这么多的疼痛，却还要强自镇定地去面对这个世间，这一刻，他想沉溺其中不能自拔。哭累了，迷糊睡着了。这一觉睡醒后，感觉郁结在胸中的块垒在逐渐消散。人是需要宣泄的，痛哭也是一种方式。他没再犹豫，背着羽毛球拍来找小卉打球。

似乎回到了原来的状态，小卉一如既往地经常失约，她的工作性质没法保证按时守约，不过是打羽毛球，运动锻炼嘛，比起一个生命的救治，太微不足道了。她繁忙往来于各大医院、全国各地，为各类重症病人提供帮助，其中的繁杂交涉、奔波辛劳，不是几个词语概括得了的。可是，只要时间空余，小卉必来打羽毛球，解压、减肥，和能聊到一起的球友说些烦心事。

周建祥大抵属于"能聊到一起的球友"吧。如果不是，还能是什么？知己吗？他们还没到知己的地步。起码，小卉应该是这么认为的。她聊的都是哪个专家临时变卦、增加手术费，或者哪个患者失约、赖账之类，都是她在工作当中遇到的各种麻烦事。他们唯一聊过的各自工作和爱好以外的事，偶尔涉及周建祥的女儿依依，虽寥寥数语，却异常小心，轻轻地碰触一下，便不约而同跳开的那种浅谈。周建祥不愿多说依依，女儿的死是他锥心的痛，他自然不愿意这痛像口袋里的某个物品，可以随时拿出来给人展示，以谋得同情。当然，除了那次在微信里，小卉仅仅那么一句话之后，再见面也只字未提。也许是懂得周建祥内心的苍凉，也许——是她不想因为这个话题而沉浸在于她而言司空见惯的悲伤氛围中。小卉的避而不问反而让周建祥有些失落，萌生了要跟小卉说说自己内心的想法，可试了几次，又不知从哪儿说起。

失去女儿的悲伤、离婚的真正原因，还是下一步的打算？想想跟小卉说这些都不妥当。没到这分上。他有些烦躁。

打完球后，只要小卉的时间允许，他们依然一起喝咖啡、吃烧烤，甚至喝酒，可从未喝醉过。有次，喝酒的过程中，两人沉默着，只有碰杯的时候才抬眼看对方一眼，小卉突然问他，现在是不是好多了？她一手端着杯子，一手指了指心口。

周建祥愣怔了一下，轻描淡写地说："不好，还能怎样？"

也是的，这个话题本就不好回答。

小卉微微转动着杯子，奓着眉眼说："一直躲着这个话题。您发现没有，只要您在，大家都不提孩子，怕伤到您。"

"看出来了。"周建祥微笑了一下，"难为这帮球友了。我一个人的伤心事，影响到了大家。"

"别这样说，您心里的痛苦，大家感同身受。"小卉举起酒杯，与他碰了一下，"我接触这样的患者家属比较多，与他们一起哭过，撕心裂肺过。可又能怎么办呢？谁也改变不了，老天都没法子，何况我们凡人，只能接受事实。"

直接面对这个话题，应该是周建祥一直期待的，可真正掀开帐篷一角，他却不愿出来，他的心里畏光。小卉瞧出了端倪，小心地说道："没别的意思，觉得您老这样，不是个事，一直想开导您，怕说错话。我当护士的时候，遇到这样的事，尽量少说话，多跟着哭，准没错。"

周建祥扑哧一声笑了。本来，他想调侃一句"那你也哭呀，哭给我看"，觉得不妥，太轻薄了，他也不愿拿依依来开这种玩笑。

气氛骤变，轻松多了。

小卉说："放下吧，也只能放。趁现在年轻，再生一个或者两个，感情是能转移过来的。"

"生不了，一个人怎么生！"

"果然。"小卉避开周建祥的眼神，望着另外桌上的一对男女，说，"让我猜中了，只是没敢问，碰到这种不幸，不少家庭跟着就破裂了。我特别能理解，无法回到以前，再要面对，的确很难。"

小卉的手机不失时机地响起，她起身找僻静处接电话，周建祥思忖着，下一步该怎么展开话题。没想到，小卉接完电话回来后说，有个患者要退约好的专家，明天就手术了，这个时候提出来很麻烦，她得赶紧回去处理。临出门，她又回转身，扬了扬手机，示意再联系。

四

小卉给周建祥介绍的章倩倩。所有背景资料只有两个字：护士。其他一概不知，还是小卉不想说，周建祥猜不透，干脆给她也回了两个字：不见。

过了好久，不见动静，周建祥有些心虚，觉得自己这是较劲了，微信发出已过了撤回的时间，没法消除"不见"两字存在的痕迹，便补充道：我有社恐症，完全陌生的人，真不知怎么相处。

没想到小卉秒回：是嫌陌生，还是没这个想法？

周建祥想都没想就回复：陌生。也没想好。

小卉识破了周建祥的心思，打来语音电话，给他做工作，先见见，至于其他，都是次要的。她不把章倩倩的情况告诉他，是想让他自己去了解，她说得多了，会先入为主地代入个人的想法，这样难免影响他的判断力。

这么说，周建祥不好拒绝。

应该在饭店或者茶馆约个地方见面，可从小卉话语里的意思听得出，这种场合太过俗套，还有，她不想当电灯泡。说这句话的时候，小卉忽然笑得很开心。周建祥也不知道这有啥好笑的。

周建祥选择了在羽毛球馆见面。小卉没反对，她也不好躲开。时间最后约定，在一个周末的下午。周建祥提前到达球馆，约定的时间快到了，小卉还没现身，他和几个面熟的三级球友练了会儿球，才看见一个中等个儿的年轻女人，牵着一个扎小辫的女孩走进了球馆。女人一走进来，周建祥想到了她是章倩倩，没小卉在场介绍，他也不能装不认识或没看到。平时打球的就那么几个，突然出现个新面孔，又没带球拍，显而易见不是为打球而来。别人或许可以选择无视，周建祥却不能。他接住球，打手势给对家表示想休息一会儿，转过身向女人走来，微笑着说："您是章倩倩吧？"

因为运动，周建祥此时的状态很好，大肚腩早就消除了，紧致的运动外套使他的身材显得匀称，虽称不上健硕，却无累赘之感，泛着微笑的脸上很柔和，没有他沉浸于悲痛时的沉郁和疲惫。章倩倩的脸明显红了，她穿着白色的羽绒服，衬得脸要更红一些。她点点头，抿了抿嘴，说："是小卉姐让我来的。您是周……先生吧？"她有些犹豫，大概是不知怎么称呼周建祥合适。他们说着话时，躲在身后的小女孩探出来半个脑袋，身子却更紧地贴住了章倩倩。她有些不好意思，往旁边让了让，把躲在身后的小女孩往前扯，孩子瞪着两只亮晶晶的大眼睛，好奇地望着周建祥。

球馆里暖气很足，没打几个回合，身体还没出汗，周建祥的手心却潮了，握着的球拍汗津津的。他眼神柔和极了，蹲下将球拍伸到小女孩跟前："来，我们一起打球去。"小女孩抬手摸了摸球拍中间的网线，网线很硬，她缩回双手背到身后，背靠到章倩倩的腿，觉得还不自信，索性折过身子抱住了妈妈的腿。章倩倩弯下身子说："叫叔叔。叔叔会教你打羽毛球的。"

女孩只是看着，不叫叔叔，也不接羽毛球拍。

正尴尬时，小卉及时出现了，离很远她就把声音抛了过来："哟，都比我准时，抱歉！六里桥那边堵死了。"

小卉快步走到跟前，朝章倩倩皱了下眉头。这个轻微的动作被周建祥看在眼里，他蹲下身子，故意靠女孩更近点，让她接受球拍。小卉边脱大衣边对小女孩说："哟，看这是谁啊，打扮这么漂亮，不像是来打球的呀。"

小女孩歪着头比画了一下："我要长这么高，就能打羽毛球了。"

三个大人哈哈大笑。小卉看了章倩倩一眼，明显有责怪的意思，章倩倩装没看见，帮小女孩脱羽绒服。小卉望向周建祥，用询问的口吻说道："不用我介绍了吧？"

周建祥不置可否地笑笑，扯过小女孩的手，把球拍硬塞进她手里："来，你叫什么名字？不用等你长那么高，叔叔现在就教你打羽毛球。"

小女孩仰头看着她妈妈。章倩倩摸着女孩的头说："她叫妙妙，章妙妙。"

"妙妙！"周建祥拉过她的小手，"咱们先从握拍开始练起。你用两只手握，球拍有些重，两手一定要握紧。对，仰起头向上看，咱现在没球，想象一下，羽毛球在上空划过，一条弧线，向你冲来。你得给它迎头痛击，将它狠狠地打回去。"他握着妙妙抱着球拍的手，向前推了一下，好像是在击打想象中的羽毛球。跟妙妙说完，周建祥意识到什么，嘿嘿一笑，回头对小卉说："看我这教练当得，妙妙肯定不知道迎头痛击是什么玩意儿。"

妙妙跳着脚说："我知道弧线呀，像彩虹一样，弯弯的。是妈妈教我的。"

"对，妙妙说得没错，你想不想看像彩虹一样的弧线？"

"想看想看，叔叔你画一个呀。"

周建祥扯着妙妙往场地中央走："叔叔画不出来，但能打出来一个，可需要有逆光，才能看得清晰。来，咱们转过身，迎着窗户这边，太阳刚好照了进来，我打给你看。"

小卉凑到章倩倩耳边，不高兴地说："不该把妙妙带来。"章倩倩张了张嘴，把解释咽回肚子，直接压进了心底。她们看着周建祥带着妙妙打球的侧影，各自的心里五味杂陈。

初次见面，叫章倩倩自己搅黄了。她在场馆边上站着，心里想着小卉的话很伤感，更觉得无趣，便拿着妙妙的红色羽绒服，追到周建祥他们跟前，硬往女孩身上套。妙妙不愿离开，章倩倩边套羽绒服边对周建祥勉强笑了一下："抱歉！四点钟我要换班，得先走一步。"

有时候，在这春天的晚上，从紧闭的窗户和门缝溜进来的春寒，一丝潮湿的春天气息，黑暗中呼呼乱叫的风声，在周建祥平静的内心里激起的涟漪，不亚于春天的响雷。

"一声惊雷万蛰醒，忽去温巢动离情。红尘陌上风烟重，涅槃重生踏春行。""涅槃重生踏春行"，他咀嚼着这几个字，一种异样的情绪在心里升腾。

扔下手机，他从床上爬起来，去厨房喝了杯水，返回卧室后复又躺下。自从离婚后，下班后只要在家里，除非吃饭上厕所，大多时间他是在床上度过的。反正坐久了腰椎颈椎疼，不如躺床上看电视、看手机，两不误。暖气如期停止了，在春天寒冷的夜晚，他钻在同样冰凉的被窝里，翻看手机里的相册，前妻、依依的照片他一直没删，她们的音容笑貌犹在眼前，经常看得他泪水涟涟。特别是依依，他一次次地想起她张开粉嫩的牙床，咯咯的笑声清澈透亮，手脚兴奋地乱蹬，多么可爱的模样！可是，上苍不给他机会好好爱她，陪伴着她长大。回想起刻意去结识那些在依依的未来里可能有所帮助的人，感觉自己用力过猛——为啥他不把这个时间用来照料妻子，好好陪伴依依呢？到什么山头唱什么歌，他打那个提前量实在没有意义。此时想起，心里酸涩难忍，他咬着被角，沉闷的哭声还是像湍急的水流一般轰然而出。

哭过，去卫生间洗了把脸，回来抓起手机让小卉将章倩倩的微信推送给他。

"我想与妙妙说几句话。"他给小卉发了这条微信，算是给自己找的借口。同样，很快加上章倩倩的微信后，他也跟她说了这句话，算是与她开启了交往模式。不然，他与妙妙能用微信聊什么呢？妙妙还不认识字，除过语音或者视频，没法与他进行文字交流。

接通视频后，他告诉妙妙，哪天带她去打羽毛球，肯定能打出彩虹一样的弧线。

过后，章倩倩对周建祥说："第一次在羽毛球馆见面，还以为我带着妙妙，您嫌弃我呢，所以我找个借口撤了。"

周建祥实打实地回答她："当时，小卉只说您是护士，其他什么都没说，我对您一无所知。我对猜谜式相亲不抱希望，都这个年龄了，玩不起捉迷藏。但是，正是妙妙的出现，我心里似被一束光照亮，柔柔的、暖暖的东西慢慢从心底升起。您是知道的，我失去了女儿，这个打击太沉重了。当然，您不要多想，我没别的意思，每个人心里最柔软的地方都不一样，我女儿是个意外，是残酷的事实，谁也改变不了。我不是拿妙妙当替代品，更没有注重妙妙而忽略您。"

这也是章倩倩想知道的，她一直不好问，既然他自己说出来了，她就不能再计较。通过几次的接触，章倩倩能感觉到周建祥那颗真诚的心，只是她还在犹豫，至于犹豫什么，连她自己也说不清。总之，她心里就是不踏实。私下里，她跟小卉交流过，小卉说："你原来担心的是妙妙，你害怕人家不接纳孩子。很显然，这个担心在周建祥那儿是多余的。那次看你带着妙妙，我心里咯噔一下，想着要坏事，没想到歪打正着，反而是妙妙帮你扳了回来。"

"卉姐！"章倩倩哀怨道，"人家跟您说正经的呢。"

"谁不正经了？"小卉一针见血，"你不就怕他是看在妙妙的分上，才待见你的！"

这话鲜血淋淋，却疼得痛快，可也只是道出了章倩倩心里正常的一种担忧。在她那里，还有一种模糊的、隐隐约约的、无可名状的，连她自己一时都无法表达清楚的东西，始终笼罩在她心头挥之不去。

小卉告诉她，再婚最大的障碍是孩子，有几个人愿意接纳别人的孩子呢？事实证明，周建祥这人不同于其他人，我们的担心纯属多余，这应该值得庆幸。至于你与妙妙在他心里孰轻孰重，根本不是个问题，你和妙妙才是亲母女。告诉你啊，像周建祥这样没孩子、有房子、有固定收入的离婚男人，可是抢手货。从他对前妻和女儿的态度上，不难看出周建祥用情专一，这样的男人如今不多了。下决心吧，过了这个村可没这个店喽。

章倩倩不是那种缺乏主见的女人，只是有过一次失败的婚姻，她心存恐惧也很正常。之前，她也觉得妙妙会成为她再婚的障碍，当然，她心里也暗下过决心，如果谁不接受妙妙，那她也无法接受对方。但周建祥对妙妙的喜爱，超出了她的预期，原以为会是拖累，竟然成为"香饽饽"，她自己反倒像是"充话费的赠品"。确定感情的，不是对自己的看重，而是因为有女儿这个事实的助推，这样的反转让她有些无所适从，更无法判断周建祥对她感觉的真实度。她不是心里泛酸，而是对自己的再婚前景举棋不定。

一朝被蛇咬，十年怕井绳啊。

失败的婚姻对女方来说，伤害要比男方大得多。上一段婚姻，给章倩倩造成的心理阴影，不是周建祥的真诚接纳，就消除得了的。进去很容易，出来就很难，感情倒成了其次，看不见摸不着，最现实的是子女谁抚养，财产怎么分割？她哪有选择的权利？她在北京无依无靠，经济收入没法承担那套房子的房贷，近万元的月供，想想都可怕。她从那套精心购买的窝里搬出来，牵着懵懂无知的女儿，一路泪流满面。

出租屋太小，可离单位近，值夜班方便。她是外地人，在北京上完大学后就业，不久就结婚生子。刚离婚那阵，她不想母女分离，把妙妙带在身边其实是个累赘，妙妙还没到上幼儿园的年龄，她也不想让母亲来京帮忙，主要是不愿让母亲看到她住在狭小的出租屋，过着狼狈不堪的生活。她从超市门口的小广告里，找到同一小区里的私人小饭桌，托管妙妙的费用不菲，加上房租，她每月的工资勉强够她娘儿俩生活。小卉对她的境况深表同情，却也没有什么更好的办法来帮她，小卉对她说过最多的一句话就是："要改变这种生活状况，唯一的办法就是再婚。"

再婚的路不好走啊。小卉也曾这样说过。

对了，既然周建祥人品俱佳，条件这么好，小卉怎么不嫁呢？她也是离婚的单身女人，自身条件比我还要好呢。这个算不算问题的关键？章倩倩仿佛突然间看到了自己内心，那个困扰自己不明就里的犹豫，会不会是这个？

她不能确定，窗户纸是自己捅破的，可屋里的内容她实在是看不清。不能直接问小卉，更不能问周建祥。她能怎么办呢？

最美人间四月天，大朵的白玉兰张开不久，桃花、榆叶梅、海棠、樱花一夜之间全蹿出枝头，红的、白的、黄的争奇斗艳，谁也不甘落后，尽显自己的俏丽艳容。凌寒的冬天压抑了无数期待盛放的心思，春天才微微有些暖意地绽露，那些深浓浅淡的心思便饱满了，繁忙起来。春天真的是一个太过妖艳、丰饶的季节。

昆玉河畔的玲珑公园有不少的郁金香，每年这个时候开得最繁盛。周建祥提前一周跟章倩倩说，周末一起带妙妙去看郁金香。章倩倩查了下排班，周六有她的白班，答应周日去看花。到了周五快下班时，护士长找章倩倩，说郝蕾的母亲病了，周日的轮班得她来顶，下周一、周二连续调休两天。事发突然，章倩倩一时找不到更好的拒绝理由，仅仅为看郁金香这个理由是不充分的，也很拙劣。她只能答应护士长，却不知怎么跟周建祥说，替别人顶班对护士的职业来说很正常，但用这样的理由去回绝一周前的邀约，显得不那么真诚，何况用微妙一点的说辞，她和周建祥的关系还在薄如蝉翼的建立当中，这个时候是很脆弱的。章倩倩只能回家给妙妙做工作，这个周日不去看郁金香了，待下周一再去也不迟。她是想用妙妙来作借口，觉得更合适一些。

妙妙一点都不配合，生气地说："为什么这个周日不去看？说好的不能骗人。"

章倩倩很烦躁，她也不愿意爽约，可是没有办法。她不耐烦地对妙妙说："护士长给我调了班，周日没法带你去，要去你一个人去。"

"周叔叔会带我去的，你不去拉倒。"妙妙不甘示弱，也叫喊起来。喊完，她气哭了，咧开大嘴哭得很委屈。

章倩倩脑子里顿时一片空白，每当这种情况，她的思维就停滞不前了。有时她在心里责问自己，当初坚持把妙妙带在身边，是不是错了？这种窘迫日子，别人有的，她没有，就连别人看似正常的一日三餐，在她却是寄人篱下的小饭桌，别说陪伴，眼下能给她的，只有安全地活着，别的不敢奢求。远的不说，就拿即将开始的教育，以章倩倩目前的能力，能给她什么样的教育环境？妙妙还没起跑呢，就已经输了，这给她的成长造成的不良影响不知有多可怕，将来她肯定会怪她这个母亲的。

把妙妙搂进怀里，章倩倩的泪水无声地从脸上滑过，流入嘴里。她已无数次品尝到泪水的滋味，只是淡淡的咸，不是苦的。没有现实这般苦。她一直认为自己内心坚不可摧，可每次面对妙妙，她却无法坚强起来。

给周建祥发出爽约的微信后，见他好久没回复，章倩倩心里忐忑不安。她把这条爽约的微信，当成试金石了。虽说她对周建祥没太多了解，但她认为，以周建祥对妙妙的态度，提出让他单独带妙妙出去看郁金香，不该成问题，他不会找理由推脱的。可是，她不能主动说出来，想用妙妙再试试他的态度，到底是摇摆不定，还是想往前推进一步？

果然，周建祥看到微信后，提出由他带妙妙去看郁金香。"说好的周日您也调班了，还不如周六我就带妙妙去吧，反正我周六也没事。如果您放心，这两天把妙妙都交给我，我会好好照顾她的。"

"您不去打羽毛球了？"章倩倩情绪大好，"别让妙妙影响您的正常安排。"

"打球呀，到时带上妙妙一起，她不是一直让我教她吗？多好的机会啊。"

"那可给您添大麻烦了，妙妙好动，喜欢闹呢。"

"放心吧，妙妙喜欢跟我一块儿玩，她偷偷告诉过我。"

周六早上，章倩倩主动把妙妙送过来了。周建祥接到电话，跑下楼接母女俩上去。章倩倩瞄了眼单元门洞，尴尬地笑笑，说她得去接班，这次没时间了，下次吧。

周建祥不好再邀请，接过妙妙的小手，对章倩倩说，都怪当时没想到，把这茬给忘了，应该他去接妙妙才对。

章倩倩心里一暖，她看到了周建祥的持重与贴心。要赶着去接班，章倩倩没再多话，只叮嘱妙妙几句，让她不要调皮，别跟叔叔吵闹。妙妙乖巧地一一答应着："妈妈你尽管放心，我跟叔叔关系好着呢。"小大人般的话，逗得两人相视而笑。

妙妙习惯了小饭桌，一点也不黏她妈，与周建祥相处挺融洽。上午他们坐地铁去玲珑公园看郁金香，还有其他一些叫不上名字的奇花异草，可能是女孩子对花草有着天然的喜爱，妙妙看到不同颜色、花型的花，表现得极为激动，不停地招呼周建祥欣赏她的新发现，用最稚嫩的词汇来表达花色和美丽。周建祥原以为带着妙妙观花，不过就是走走阵，看看而已，却想不到自己反被妙妙对鲜花由衷的喜爱感染了，两人比赛着去寻找各种花的不同。这天阳光明艳，各种鲜花摆阵，既壮观又婉约，周建祥兴致高昂极了，给妙妙偷拍、抢拍、抓拍了不少照片，不断地给章倩倩发过去。照片里的妙妙无一不是神态天真，笑容憨厚、可爱，被阳光照耀的小脸泛着红晕，黑亮的眼睛让她笑成了两条圆润的短曲线。章倩倩在医院值班看来也没啥事，在微信上他们频繁互动，妙妙的每一张照片都让她心动。妙妙正是天真烂漫的时候，可她作为母亲，又何曾领略到孩子的这般明媚与生机勃勃。

到中午了，周建祥征求妙妙的意见，去附近的八里庄吃了肯德基。妙妙吃了什么，吃了多少，他都要发给章倩倩，在微信上提醒一番。整个周六，章倩倩人在医院里，心却在周建祥和妙妙这边，同他们一起看花、拍照、吃炸鸡。这是她周末值班最愉快的一天。

下班时，章倩倩提出要来接妙妙。周建祥在电话里说："妙妙下午就跟我说，明天她要跟我一起去打羽毛球，晚上不准备回去了，让我跟您交涉，要您同意。"

"这怎么行呢？"章倩倩想都没想就冒出了这句话。

周建祥只好说："如果您不放心，那吃过晚饭后，我送她回去。"

"不是这个意思。"章倩倩心想，幸亏是电话，要是面对面，或者视频，她得多尴尬。她难为情地说，"没什么不放心的，我怕妙妙太闹人，给您添乱。"

这算是同意了吗？周建祥给妙妙的回答是确定的。吃完饭，陪妙妙看了两集动画片，临近九点，他找出以前储存的毛巾、牙刷，帮妙妙洗漱完毕。他觉得这个晚上很充实，家里有了孩子的声音，有了跳跃的身影，立马没那么空荡，也没有了无聊和空虚。当然，对他而言，忽然间与一个活蹦乱跳的孩子相处，听着她对着某样东西自说自话，间或问他一些他也解释不了的问题，烦琐中明显带有幸福。虽然，他从未单独照料过这么大的孩子，没有任何经验，但他很享受对未知的孩子世界的琢磨与领悟。这就是自己的孩子，他想到，是已经长大的依依。他的心里充满了柔情，看妙妙的眼神里全是慈爱。

与妙妙倚靠在床上玩了一会儿手机，他怕影响她的视力，跟她商量说："咱们不看手机了好吗？早点睡觉，明天就会有体力去打羽毛球了。"妙妙没有吵闹，很乖地把手机递给了他。不是他想象中的难缠，可他大意了。十点半，他把妙妙抱到另一张床上，让她单独睡，她没有反对，只是看他的眼神有点不对劲，他没在意，刚回到自己床上躺下，妙妙毫无征兆地突然大哭起来。他奔过去，拍着她的被子安慰，没料到妙妙哭得更凶，怎么问她都不说话。他六神无主，不知怎么办才好。在妙妙的哭声中想了好一会儿，才反应过来，唯一的办法就是给章倩倩打电话。

章倩倩说了些抱歉的话，让把电话给妙妙，刚叫了声，妙妙听出是妈妈，哭得更响了，边哭边要妈妈。章倩倩在电话里不知说了些什么，妙妙的哭声渐渐减弱，直至停歇。末了，妙妙将手机递给周建祥："给，妈妈要跟你说话。"

周建祥听到章倩倩说，她马上过来接妙妙回去。他刚要说，太晚了，她一个女人晚上不方便，还是他送过去。话没出口，那边已经挂断了电话。他拧了个热毛巾，帮妙妙擦去泪痕，又帮她穿好衣服。等待是漫长的，妙妙不停地催问妈妈走到哪儿了，他没法估计，就算告诉她到哪儿了，她也不知道哪儿是哪儿。尽管这个时候的妙妙与之前的表现不太一样，但奇怪的是他一点都不厌烦，只是有点遗憾，他太不懂孩子的心理，无法掌握妙妙的情绪变化。为替心急的妙妙分忧，他带她来到阳台，抱起她往窗外看。

今夜难得月圆，一轮满月挂在天空，周围一圈淡淡的月晕，预示着今夜有风，不是一般的风，是能吹皱人心思的春风。

白亮的月光将院子照得如同清晨，近处的树木清晰明朗，尤其是正在盛开的玉兰，花瓣清晰可辨，远处的其他花草树木在朦胧中尽显春天的美好。几盏昏黄的路灯倒显得可有可无。他指给妙妙看院子里的各种花草，其实花草并不如树木那般清晰，繁杂的花色模糊，倒有点国画里的墨色，唯有浓淡之分。妙妙安静地随着他的指点看着，偶尔会认真地说一声"那花好香啊！"使劲嗅着那隔了窗玻璃的遥远花香，做陶醉状。他被妙妙逗乐了，再看月色如水，在身边荡漾，怀中孩童嬉笑，他觉得这就是一幅人间美景图。一时间，他们竟然忘记看楼下的人了。

门铃响起，妙妙喊叫着"妈妈"，从周建祥怀里挣脱下来，冲过去打开门。章倩倩抱住扑在怀里的妙妙，不知说什么好。周建祥扶着门框说："进来，快进来呀。"

章倩倩说："不进去了，够打扰了。妙妙，咱们走吧。"

妙妙扯住妈妈的手，回身对周建祥说："周叔叔，明天你还跟我玩吗？"

周建祥说："玩，肯定玩。"

妙妙把章倩倩往门里拽："妈妈快进来，让你看看那个小房间，周叔叔说要给我一个人的。"

"太晚了，明天再看吧。"章倩倩不肯进屋，弓着身子，把自己置于门外，"咱们赶紧走吧，周叔叔还要休息呢。"

妙妙甩开妈妈的手，跑进屋子，又冲出来说："妈妈来了，我就不走啦，明天还要跟周叔叔接着玩呢。"

五

周建祥和章倩倩能走到一起，妙妙功不可没。

在周建祥的建议下，章倩倩退掉了出租屋，搬到他这边住了。反正离五棵松也不算远，她上下班还方便，两边的地铁、公交都很发达。只是妙妙比较难办，这边一时找不到近点的小饭桌托管，章倩倩每天带着她去医院附近的小饭桌，这样就得早点起床，妙妙对此非常不满。周建祥想起以前的球友老林，好久没与他联系了，打通电话先约他去盛京大脚丫捏脚，待老林捏舒坦了，他适时说出所求之事。老林现场办公，当即给他的园长女儿拨通电话，园长女儿听完情况介绍，牙痛似的说，接收也得等到下半年呀，九月份才开学。

老林瞄了眼周建祥，对女儿说："我知道开学时间，不是得先挂个号？女儿，这是我的铁杆球友，他不容易得很，你看能不能先跟那些普通的幼儿园说一下，让孩子先上几个月，不然他们上班孩子没地儿搁，每天早晨五点多得起床，带到五棵松那边让小饭桌托管，这算啥事啊。"

没过几天，老林打电话来说，他女儿已给"汇智"幼儿园打过招呼，让孩子先去上着。周建祥感激涕零，约老林改天再去盛京大脚丫泡脚。老林答应着，逗周建祥娶了新媳妇把老球友给忘了，多久没在一起玩儿啦，球拍都锈了吧。

把妙妙办进"汇智"幼儿园，周建祥才知道，前妻说得没错，这个幼儿园里的孩子大多是外地人子女，没有户口也能进，多交三千块钱赞助费就行。妙妙的户口没办过来，花钱倒省了事。

当然，周建祥没把幼儿园的性质说给章倩倩听，怕她多想。在他们两人的关系上，章倩倩一开始有所保留，周建祥催促过，她说不急，等等吧，忙过这阵再说。他不知道这阵是多久。春天的花儿轮番登场后，繁华散尽，复归泥土，剩下的就是各种绿叶的天下，一天比一天繁茂，浓稠得有种铺天盖地的气势。天气渐渐热起来，周建祥心里躁动，忍不住跟小卉聊起，小卉说："人都在你家了，还怕跑了不成？"

周建祥说："我还是觉得名正言顺的好。"

"人家女人没说啥，你一个大男人倒说这话，不臊得慌！"

"早臊过了。"周建祥没皮没脸地说，"妙妙这孩子嘴巴甜得腻人，叫咱爸呢。她第一次叫时，我真蒙了，没敢回答。在这世上我还是第一次听到这个称呼，担任这样的身份，我这心里虚啊。小卉您是知道的，我想踏踏实实地接受'爸爸'这个称呼！"后面的话说得极其真诚。

"我知道您心里的痛楚。"

"还不得找您不是，您是谁呀，咱一家人都在心里头记着呢。"

"行啦，别给我戴这种大帽子。你们修得正果，不正是我盼望的？我这好事做到底，督促她一下。"

"那敢情好。"

周建祥只能通过小卉来说这事，不然怎么办？面对章倩倩，他也担心说多了反让她顾虑更深。大凡女人恨嫁，有几个男人像他这样恨娶的？

在约好的咖啡馆里，小卉与章倩倩面谈，章倩倩心里跟明镜似的，周建祥找过小卉了，可她不说破，当作是小卉关心她，说了许多感谢的话。小卉不耐烦了："咱俩是一起受过罪的姐妹，用得着说这些没用的？我想弄明白，你到底还在犹豫啥？"

"我没犹豫呀，连人都奉献出去了。"章倩倩边搅动咖啡边说，"卉姐，我相信你的眼光，也相信周建祥这个人。"

"那你还等什么？他对待妙妙像亲生的一样，你还要怎样？"

"卉姐，我是不是心理有问题，幸福来得太突然，总觉着不真实。"

"快拉倒吧，别给我来小姑娘的那一套。"

"我是害怕，来得太快，消失得也快。像我当年，就是盲目乐观了。"章倩倩看着小卉说，"卉姐，现在的我，不能光为自己考虑，更多的得为妙妙。你说得对，周建祥对妙妙视为亲生，可你知道我是怎么想的吗？他越是这样，我心里越不踏实。他是对自己失去的女儿进行一种感情补偿，如果妙妙只是替代品，有一天，我与他再有了孩子——他肯定还会要孩子的，他会不会感情别移？那时候妙妙怎么办，她能接受这种情感落差吗？"

"你啊，就是想得太多。咱做女人的，想要寻个好男人，对自己好，对孩子好。寻到了吧，又顾虑重重，怕是昙花一现……"小卉本来是劝说的，却反被章倩倩的话惹下了眼泪，她们给对方递过去纸巾，轻轻抹去眼泪后，小卉动情地又说，"倩妹，姐能理解你，即使周建祥这人再可靠，站在你的立场，这个担心也是有道理的。咱都是离过婚的女人，对婚姻的警惕心提高了，算没白离一次婚，总得吃一堑长一智吧。行，虽然短短的一句话，姐却听到了你的心声。这样说吧，见你之前，姐心里一直有个疙瘩，你心里是不是有个疑团解不开，既然周建祥这人值得托付，为什么我不嫁，却把你介绍给他？"

"姐——"

小卉用手势制止住："你不要否认，我都能想到的问题，你怎么会想不到呢？姐要你相信，见到周建祥后，姐也是心动过的。可是，姐与他不是一路人，就算我们很多时候能谈到一块儿，我也清楚地知道。我是个很现实的人，不需要用情很深的男人，这会绊住我。姐已经不是以前的姐了，辞职做这行后，每往前走一步都很艰难，你根本想象不到，这也是我不想你辞职跟着我做这一行的原因，我不愿让你蹚这浑水。姐孤身一人，你还有妙妙呢。妹妹，姐走得太远，曾想过回头，可这担子卸不下身了，只能硬着头皮往前走。"

谈过话后，小卉给周建祥回复："耐心点吧，饭在锅里呢，迟早是你吃。倩倩不是怀疑你，她属慢热型性格，得慢慢适应突如其来的幸福不是！"

这话似乎没毛病，又出自小卉之口，周建祥这下得说服自己了。"人家一个女人都搬过来跟你住了，不计较什么名正言顺，你一个男人心里却不踏实，这算什么事？"

要使生活有滋味，天天要去找乐趣。打羽毛球锻炼身体，缓解腰椎颈椎疼痛，也是一种乐趣。周建祥重拾起荒废已久的乐趣，还别说，有阵子没打羽毛球，腰和颈椎又在闹幺蛾子了，只是最近顾不上，忽略了。见到老球友，他们嚷嚷周建祥娶了新媳妇，连口喜酒都没喝着。周建祥有口难辩，打完球后，他带老球友去了金源购物中心五楼，在东来顺涮锅喝了一场，算是请他们提前喝了喜酒。

除过去打羽毛球，周建祥最惦记的，是下班去幼儿园接妙妙。他每天最想看到的场面，是傍晚六点钟，妙妙从幼儿园小班门里冲出来，边跑边喊爸爸的那一刻。这声爸爸把他的心彻底融化了，妙妙扑进他怀里搂住他脖子，那异乎寻常的幸福感把他的心全塞满了。回家的路上，他牵着妙妙的小手，听她讲幼儿园的老师和同学，他不时插话，赞扬或者提醒，妙妙与他争论对错，一路上其乐融融。

有次从幼儿园接到妙妙，她把手背到身后，笑眯眯地说她有礼物要送给爸爸，让他猜猜是什么。周建祥猜了几个都不对，实在猜不出来，妙妙这才伸出手，握着一枚红皮鸡蛋，说是丁香老师生了双胞胎，送给小朋友们的喜蛋，她舍不得吃，专门留给爸爸的。当时，周建祥感动得热泪盈眶。父女俩推来让去，最后还是两人共同分享了那枚红皮喜蛋。

早上送妙妙去幼儿园，大多时候是章倩倩顺路带过去，她上班早，然后再坐地铁去单位。如果她值夜班，第二天则由周建祥负责送。妙妙有各种不愿去幼儿园的理由，章倩倩事先与周建祥说好了的，不能由着妙妙的性子。周建祥不理会妙妙，只管她穿衣洗漱，幼儿园早饭前把她送过去。妙妙有时耍赖磨叽，不赶时间，周建祥抱着她一路疾走，让她赶到幼儿园吃早饭。妙妙进幼儿园那一刻，两眼噙着泪水，叮嘱周建祥下午要早早来接她，门打开要第一个看到他，然后挥手告别。每当这时，周建祥眼眶热乎乎的。

　　夏末的时候，球友老林提醒，该给妙妙在"启智"幼儿园登记了，别到开学时手忙脚乱。周建祥回家跟章倩倩说了，她想都没想，脱口说道："是不是咱俩得先去登记，才能把妙妙的户口转过来？"

　　周建祥确认自己没有听错，在一起生活这几个月，他对章倩倩的性格也摸得差不多了，既然她觉得该领证了，就是她心里认可，时机已成熟。选择一个工作日，两人请了假，去海淀政务中心领了结婚证。

　　接下来商量婚事怎么办时，章倩倩有自己的主见，她说，本来一切该听周建祥的，可她觉得没必要大办，首先她的同事不用请，她们经常一起私下议论，对凑份子深恶痛绝，就别触这个霉头了。

　　"你那边的同事想必也是，让他们背地里咒咱们，还不如自己聚一起吃个饭，算是把事办了。至于时间放在十一假期，没什么不妥，只要不请同事，什么时间都行，省得他们长假时找各种借口，挺难为情的。"

　　"结一次婚呢，不操办一下，似乎——好像——以后——"

　　"没事的，简单点没什么，咱们——觉得好就行。"章倩倩差点说成了二婚，"没必要考虑太多。"

　　"我心里觉得对不住你，还有妙妙。"

　　"关妙妙啥事？！"章倩倩忍不住笑道，"又不是妙妙结婚，你别只顾着她，小屁孩懂啥呀。"

　　距十一长假还早呢，到跟前再说吧。说不定，到时候章倩倩的想法又变了呢。眼下要做的，得把房子归置一下。重新装修动静太大，关键还得搬出去租房子住，近点租房太贵，普通的两居室都在一万块上下，离远点的要便宜些，可妙妙上幼儿园不方便。依章倩倩的意思，不装修了，第一次装的才六七年时间，半成新，还能住，如果可能的话，把必要的家具换一下得了。

家具都是橡木实木的，赶不上红木高贵，可也美观大方，环保实用。周建祥在心里犹豫了一下，没说出口，想听听章倩倩的真实意图。她似乎早已想好，在屋里转来转去，指着主卧的床说："这个床得换吧，人都换了。"

"这个是得换。"周建祥不假思索，冲口而出，"之前我想到了，没有付诸实施。还有妙妙，她早就给我说过，要睡公主床，给她也得买个新床。再就是厨具、洁具也得换掉。"

"厨具不用换吧，洁具也是部分换一下，比如马桶。"章倩倩在厨房、卫生间比画着，"不能换太多，新材料里甲醛多，对身体不好。"

周建祥都同意。

周末，他们带上妙妙去西四环定慧桥那边的集美家具城订购。一进展厅眼花缭乱，各式各样的家具应有尽有。特别是儿童床，只有你想不到，没有人家做不到的。没转几家店，妙妙就挑花了眼，见一个爱一个，转了一上午，累得走不动路了，她还没定下要哪个床。原先，她只想着要公主床，可在家具城，看了几个公主床后，她毅然放弃，转身盯上了高低床，各种式样的高低床不光爬上爬下好玩，她还想着分时间段睡上面下面。章倩倩笑话她："那半夜还得叫你起来，换上来或者换下去睡？太麻烦了，你可别指望我半夜叫醒你。"

妙妙抱住周建祥说："爸爸会叫我的，对不对？"

周建祥说："只要你不嫌影响睡觉，我来叫你，别到时耍赖就行。"

在妙妙的再三比对下，终于订下了蓝色调的海洋式高低床，连楼梯都是波浪形的。床送来安装好后，妙妙的小屋子像极了童话世界，她的幸福感顿时爆棚，还没到睡觉时间，扯着周建祥一会儿爬到上面，一会儿又躺到下面，折腾出一身的汗，兴奋地哼唱着自己编的不知什么歌曲，连当晚的动画片都不看了。

别说是妙妙，周建祥和章倩倩看着一直处在兴奋之中的妙妙，他们心里的满足感也在脸上荡漾着。章倩倩悄悄抓握住周建祥的手，他把她的手握在掌心，细心地注意到，她的眼眶湿润了，虽然她没说一句话，但从她的表情上能看出，她内心涌动着千言万语。

六

周五下午快下班时，章倩倩突然发来微信，说她去接妙妙。周建祥回复，他顺路接了，不用她拐弯赶过去。天气酷热，周建祥与妙妙早已达成协议，每天从幼儿园出来准她吃一盒冰激凌，这是个秘密，不能让章倩倩知道，她严格控制妙妙吃零食，包括冰激凌。每次，妙妙将冰激凌吃完了才回家。

章倩倩没回周建祥微信，他认为她接受了建议，还由他去接妙妙。出了地铁站，在便利店买了妙妙最爱吃的草莓冰激凌，周建祥脑子里幻想着妙妙看到他，还有草莓冰激凌会兴奋地喊叫的情景，他心头甜滋滋的。

在幼儿园门口的人堆里，周建祥远远地看到了章倩倩。她怎么来了？难道她没看到他的微信？他将冰激凌藏在身后，往她身旁挤去。

这时铃声响了，孩子们从各个班级跑出来，幼儿园的大门随即打开，两名保安将接孩子的人们往两边驱赶。门外人太多，周建祥挤不到前面去，先不顾章倩倩了，他伸长脖子在孩子堆里寻找妙妙。

终于看到了，妙妙瞪着一双圆圆的大眼睛，正在人堆里找他呢。周建祥举起手中的冰激凌，想想不对，赶紧放下，另一只空手挥动着，喊妙妙往这儿看。妙妙看到了，高兴地跳起来喊叫爸爸。

一双大手将跑出来的妙妙拉住，随即抱起她，往人堆外边挤。周建祥擦把额头的汗，好不容易挤过去，扯住抱妙妙的男人："哎，你要干什么？"

男人回头看了周建祥一眼，狠狠地说："你要干什么？"

"我是孩子的爸爸。"周建祥抓住妙妙的小手，"妙妙，叫爸爸！"

"爸爸？要点脸吧，你知道她姓什么吗？"那个男人愤怒地说。

"姓章，叫章妙妙。"

有热闹瞧了，人们兴奋地迅速围成一圈，孙子、孙女、儿子、女儿也不接了，瞧热闹要紧。

那个男人在妙妙的哭喊声中，冲周建祥高声叫骂："没脸了吧？连孩子姓啥都不知道，还爸爸呢，人贩子吧。"

"人贩子"三个字似三粒火星，轰地一下将众人的怒火点燃。可算逮着了，一帮老头老太太死死把圈子缩小，生怕"人贩子"趁乱逃脱。幼儿园保安及时拨打110报警。

周建祥有嘴说不清，他抢不到妙妙，急得四处寻找能证明他的人，他看到了章倩倩，站在人群之外，哭得跟泪人似的。他喊她，快点来帮忙接妙妙啊。她只管哭，没有上前帮他的意思。

怎么了，这是？有种不好的预感袭上他的心头，难道是妙妙的亲爸爸来了？这可怎么是好！他停止喊叫，用求助的眼神看向章倩倩。她捂着嘴，哭得上气不接下气。

妙妙在那个男人怀里挣扎，哭声撕心裂肺，她张开双臂扑向周建祥，大半个身子悬空，冲周建祥喊叫爸爸。周建祥知道妙妙喊的是他，可他无法把她抢夺过来。此时，他已成为众矢之的。他感觉到有人走近他，应该是章倩倩，她抓住他的胳膊，把头贴在他的肩上，用颤抖的声音对他说道："对不起！妙妙是判给他的，只是一直跟着我。他来接妙妙，要去上那边的幼儿园。"

顿时，周建祥心里透凉。

幼儿园一旦有情况，警察很重视，警车鸣着笛已越来越近。围观的人们兴致更加高涨，平时只在电视里看到"人贩子"，今天见到真面目了，那可得瞧清楚点，免得以后上当。

周建祥似泄了气的皮球，四肢无力，妙妙的哭喊声将他的眼泪逼出来，他迅速给自己打气，撑起腰杆，含泪再次扑上去，将冰激凌递给孩子："妙妙，这是今天的冰激凌，草莓味的。"

妙妙不接，哭喊着只要爸爸。那个男人——妙妙的亲爸将周建祥手中的冰激凌用身子挡开，大声喊叫："把这有毒的玩意儿拿开。"

旁边一个老头趁机打掉冰激凌，好几个人冲上去将其踩得稀烂。有个老头冲过来，往周建祥脸上吐口水，骂道："呸！大家伙儿挤紧点，可要看住这'人贩子'，交给警察，一枪崩了他！"

占　位

一

　　车刚起步，父亲打来电话，我心里顿时紧张起来，摁断了没有接听。我先得设想一下，可能会发生怎样的事情，不然父亲不会大清早给我打电话的。商务车上坐满了七个人，赶早去会议中心参加一个报告会，好几个人没来得及吃早饭，此时我接听电话如果发出惊慌失措的声音，他们会更加烦躁，恐怕连暴揍我的心都会有的。可是，父亲以为我时刻都在等待着接听他的电话似的，执着地不给我思考应对的机会，两秒钟后又打了过来，我继续摁断，他继续打。这是父亲的风格，说他犟也罢，固执也行，依照我对他的了解，这种拉锯战至少得持续八九个回合，不然他不会罢休。果然，我的手机铃声响了十次之后，开车的小海终于忍受不住，扭头冲我冷笑道："求你接下电话吧，否则我会走神。"全车人不满的目光全聚焦到我脸上，他们居然忽视小海脸朝后开车更加危险。

在众人愤怒的目光中，我只好硬着头皮回拨父亲的手机，试探着问怎么了，到底有什么事急到这个份上。父亲照例不正面回答我的问题，只问我跟谁在通话，这么长时间？摁断电话拒绝接听会有语音提醒"您拨打的电话正在通话中"，我试图用哼哈应付过去，父亲怎么会吃这一套，他非要问个究竟。我扫了眼大家竖起的耳朵，烦躁透顶，冲父亲小声抱怨："我现在忙着，如果没什么大事发生，那我先挂断了。"

父亲的怒火从电话里传过来："你倒不耐烦了，能给别人讲十几分钟电话，却不愿与自己的父母多说一秒。"

那你赶紧说呀。我强忍着，没把这话说出口，压抑着自己的情绪等待父亲继续往下说。电话那头却沉默了，父亲与我较上劲了，我的耐心快至极限，如果这时候再摁断父亲的电话，不难想象会是什么结果。我任由沉默在电话的两端蔓延，好像扁担两头的担子，在时间的磋磨之下变得越来越沉重。我转头把目光投向窗外，一棵桂花树闪过，又一棵桂花树一晃而过，细密的花在苍绿的叶子间闪烁着，正向世界释放它们清淡又浓烈的香味，还有稀疏的月季依然艳丽，骄傲又努力地挺拔着，展示今年最后的美丽。秋季绚丽而壮美的凋败还没有开始，眼前宁静安详的美好事物让我激烈的情绪慢慢平复下来。再怎么着，没有理由与父亲赌气，何况隔着几千公里，赌气没什么用，对我们彼此都不好。我本来想编个理由给父亲，可看到身边几个人的表情，迅速放弃了这个想法，主动寻找话题，一句"早饭吃过了吗"还没说完，父亲硬生生将其折断，话里带着怨气："昨晚的饭吃过了。咱不讨论吃饭的问题。不是我一大早非要找你，是你妈有话非要跟你说不可。"

听筒里传来母亲的哭泣声："儿子，是你吗？你在哪里啊？"

握着手机的右手心里瞬间潮湿了，我的声音也随之颤抖起来："妈，是我呀，您怎么了？"母亲听清了我的声音，不再压抑，放声大哭起来。我左右看看，相信同事们都听到老人的哭声了，怕影响他们的情绪，我鼓足勇气对小海说："海哥，能不能找个地方停车，让我下去。"带队的樊副主任两眼顿时瞪得溜圆："千万别想好事，你这种情况不能算作借口，今天的报告会少一个人，我就得挨批。"我有气无力地说："我没逃会的意思，怕影响大家的情绪，只是下车跟我母亲说上几句。"

樊副主任为人处世还算正派，与我平时也只是上下级关系，过去没有私交，去年我儿子精神出现抑郁倾向，单位要派我去援藏，得知我的难处后，他去领导那里据理力争，将我从那批援藏干部名单里删除，让我留下陪伴孩子。这会儿他见我一脸惊慌，便设身处地为我着想："那路上塞车，可不是咱们左右得了的。"小海巴不得听到这话，将车迅速拐到路边停住，跳下去抽烟，几个假烟鬼也凑了上去。

留我一人在车上，我劝母亲不要哭，到底出了什么事。母亲不知从何说起，边哭泣边向我诉说，早上她做好饭，也不见我来吃，她找了好久也没找到我，"儿子，你去哪儿了，是不是坏人把你带走了？"

母亲又犯糊涂了。准确点说，母亲的老年痴呆症越来越严重，她一大早在自己家里找几千公里之外的儿子，难怪父亲拨打不通我的电话生这么大气。我劝了一会儿母亲，她显然听不进去，说父亲骂她是老糊涂，害得家里鸡犬不宁，她很委屈，如今环境保护，早都不让养牲畜，咱家里没养一只鸡，更没养过狗，哪里来的鸡犬不宁？

我扯了扯嘴角，母亲这会儿的脑回路倒是真清晰，有理有据，逻辑上没有一点问题，还很风趣。我觉得父亲不该跟我生这个气，这样有条理、会反驳的母亲以前可是很少见，父亲为什么不懂得转换个思路，依着母亲的思路闲扯几句，顺着生活的纹理往下捋，总好过逆锋向上吧。想是这么想，我却知道懂得"顺"的绝对不可能是父亲，他只能是被"顺"的那个。

只是现在，我要照母亲的这个话题扯下去，上午的报告会肯定泡汤，这个责任太大了，我可承担不起。赶紧稳住母亲，告诉她我早上出去跑步，跑得太远，早饭赶不回来吃了，晌午一定回来吃饭。母亲顿时停止哭诉，瞬间高兴起来："那我擀好面，烧好水，等你回来了再煮面。就说呢，我明明看见你回来了，你爸偏说没有，这个老糊涂骗我呢。"

没忍住，眼泪顿时模糊了双眼，车窗外近在眼前的月季花原来并不那么美，失去水分的花瓣没了一点水灵，好像人到中年，却依然要挣扎在青春的水平线上，明显力不从心；远处的桂花也失去了香气，让我生出之前的香气或许只是一种错觉罢了的想法。不管多炫美，多挣扎，总归是秋天了，天气渐渐生寒，风也在变冷，万物在走向凋零。我没办法让情绪从酸涩中挣脱出来，把脑袋倚靠在车窗玻璃上，有种深深的无力感，而脑子里晃动的全是母亲在灶台前忙碌的身影。

两年前母亲突然出现异常，先是她的记忆力有了问题，东西放在哪里转身就忘，说好要做的事，她明明答应得好好的，甚至还会与人积极地讨论一下工具或者程序什么的，可到了跟前，她竟一无所知。当然，母亲并没有觉出自己有什么问题，她沿袭以往的生活秩序，不曾察觉她不经意中其实跳脱了许多事情。比如有一次，她应承去帮村人采摘花椒——有几年，她每年都会跟人一起去摘花椒，这也是在忙完家务之后，以她这样的年龄能够接纳的一种挣钱方式，钱不多，却可以由她自己支配。没等父亲提出反对意见，她自己却怎么都想不起来谁是雇用她的主家，一个人沉闷了好几天，最后不了了之。母亲记不住事儿，但不影响她在灶台间忙乎，她做了几十年饭，驾轻就熟使她照样能掌握饭菜的火候，目前还没出现母亲把饭烧煳的现象，只是母亲把那些剩饭剩菜随处乱放，到了下顿饭点要热的时候，翻遍冰箱怎么也找不着，便说父亲背着她倒掉了，恼怒得经常哭泣，为那点剩饭剩菜气得吃不下饭、睡不着觉。多年的生活习惯让她对于饭菜的珍惜刻骨铭心，所以剩余饭菜的不翼而飞对她是个情绪落点，已经引起家人的重视，尽量不让她为此情绪多受影响。

我在电话里答应母亲中午回来吃饭，心里一直忐忑不安，生怕她会一直惦记着，会议一结束，我赶紧跑出去拨通电话。接电话的是父亲，他拿着手机进了厨房，问母亲做了几个人的饭，我分明听到母亲理直气壮的声音："就咱们两人，你要我多做点，背着我再偷偷地倒掉？"我心里顿时踏实了，可想起母亲对于倒掉剩饭菜的耿耿于怀，又心酸不已。

母亲记忆力出现问题后，去医院检查结果是小脑萎缩，目前没有治愈的可能，而且会越来越严重。我时常叮嘱父亲，剩饭剩菜都是小事，不值一提，眼下最重要的，别让母亲单独外出，免得她在外面突然出现什么状况，找不回家，那可就糟了。父亲一边答应，一边说没事，还没到那种地步。对于父亲敷衍的态度我很不放心，几乎每天都会打个电话问下情况，也经常叮咛妹妹和侄子，让他们多操心。妹妹隔三岔五回家去看母亲，侄子给家里拉了宽带，连带着装了个摄像头，让我从手机里随时都能看到父母的身影。只是，父母过惯了节俭的日子，为了省电经常关掉路由器，让摄像头形同虚设。刚开始我在电话里提醒，父亲不以为然，说他不愿暴露在摄像头下，谁还没点隐私啊？再说了，就是你们从摄像头里看到我们摔倒或者怎么了，又能怎样，难道能从摄像头里伸出手来扶我们一把？我被他噎得一时说不出话，心里是恼怒的，可又不能跟他硬杠着来，便开玩笑说，摄像头又没有装在你们卧室，换个衣服啥的也看不着，就瞅着你们在院里走来走去，这咋还侵犯你们的隐私了？你们真要有事，我们是不能从摄像头里扶你们，可能及时联系人，不是吗？父亲显得不耐烦，哼了哼，跳开这个话题，说起根本不搭界的其他事。

二

人活到七老八十，本来是越活越明白，几十年的生活体验，各种风霜雨剑的经历，当一切都平静下来去思虑，那不就是给人生一个归纳总结吗？可我父母恰恰相反，他们八十岁的年纪了，反而变得一意孤行，越来越不可思议，事无巨细均要参与其中，而且斤斤计较，什么事都得按照他们的想法去做。有一次，妹妹上家里来，正赶上做中午饭，她专门去问父亲想吃什么，父亲说随便，啥饭都行。妹妹来到厨房，母亲跟了进来，妹妹问母亲该做什么饭，母亲顺口说天天吃面条，都吃腻了。妹妹知道母亲爱吃米饭，心里有了底，开始洗米蒸饭、泡粉条、切菜。待她把烩菜做好端到客厅，还在看电视的父亲瞧见米饭，脸色一沉，说他没胃口不想吃。妹妹抹着额头的汗，劝父亲多少吃点，不然半下午饿了又得热饭，父亲不停地换着电视频道，像没听清楚似的。母亲这会儿却对我妹妹说，你爸爱吃面，一天三顿吃面都不厌烦，我给他重新去做面吧。妹妹知道父亲爱吃面，只是她想着既然之前说过吃什么都行，那就照顾下母亲，一顿饭而已，谁知父亲竟然是这种态度，要是他直接说吃面条，至于成这样吗？现在米饭都做好了，父亲却不吭声地使起性子，母亲又来了个一百八十度大转弯，贴心地操持着父亲的喜好，这让妹妹一时无所适从，她强忍住委屈，去厨房帮母亲擀面了。这下父亲不再含糊，竟然跟进厨房，也不顾及母亲的感受，当着母亲的面对我妹妹说，等会儿不要让你妈调面条汤，她的手艺越来越差，汤不是咸了就是醋少，也不知道她是怎么放的调料，反正味道不正。

我在电话里听妹妹这样说时，气不打一处来，父亲是不觉得母亲有病，还是不把母亲的病当回事？我生气地让妹妹转告父亲，要想吃得可口，那得自己亲手去做。妹妹笑道，她当时就是这么想的，差点把这句话说出口，幸亏没说，说了还不知道闹成啥样。算了，他们都到这个年龄了，多包容点吧。

包容就是放纵。我心疼母亲，一时对于父亲的做法无法以一种平常心去对待，父亲这么理直气壮地苛求一个病人，这哪行啊！

再怎样老爹也是妈的依靠，妈至少能记住老爹的喜好。妹妹这么一说，我觉得是自己偏激较劲了，没有妹妹的宽和。

母亲记忆力不行，父亲记忆力却超强，陈芝麻烂谷子旧账翻出来，经常叨叨个没完，而且越来越计较。去年五一期间，我二叔的小女儿结婚，在家里办酒席，主事的人安排座位时，弄错了我母亲的年龄，没把她安排在上席，母亲不在意这些，她也记不起坐上席的人年龄比她小，也可能根本忘记了为啥分上席偏席。我父亲本来在另一张主桌上，看到我母亲这个桌子排座位的情形，当即冲过去拉起我母亲要回家，这种酒席不吃也罢，他认为这是主事的人有意而为，明显在降低母亲的身份。主事的人赶紧过来重新安排座位，二叔闻讯也来补白，父亲碍于弟兄的面子回到他自己的座位上，但我母亲这下却觉醒了，与这事杠上了，受了极大委屈似的，哭着甩开众人的手，不听劝阻，一个人回家了。

这事在母亲心里撒下了种子，而且迅速长起了野草。当晚，母亲翻来覆去睡不着觉，不知是哪根神经被激活，竟然想起五十多年前的困难时期，她从我外婆家借过一个织布用的梭子，织完自己家的布后，将梭子借给了二婶。这个梭子不知二婶后来还回来没有？

母亲越想越睡不着，这么重要的物件，下落怎能不清不楚呢，当即唤醒父亲一起寻找梭子。睡得糊里糊涂的父亲肯定不高兴，深更半夜去寻一个毫无踪迹的梭子，他才不愿费那个劲，不理会母亲的茬。母亲一夜无眠，好不容易盼到天亮，扛上梯子要钻进房子顶端的夹层找梭子，父亲拗不过，打上手电筒与母亲一起在楼上翻了一上午，顶着一头蜘蛛网，找到一大把那个年代的油票、肉票、布票，他们当年没钱买都作废了，还有工分册、分粮本，甚至他们的结婚证都找到了，大都是些成为古董的旧东西，就是没找到那个织布的梭子。

这下算是抓住要害了，母亲顾不得做午饭，顶着比她头发更白的蜘蛛网，迈着匆忙的步子，去二婶家要梭子了。

二婶傻了眼，几十年前的事，有没有影儿是小事，关键是她不能承认梭子还在她家里，也不觉得梭子还在她家。昨天酒席上那一出，二婶一肚子气还没出来呢，哪儿还愿意接这个从天而降、莫名其妙的茬儿。她不搭理我母亲，只顾忙着自己手头上的事，这给了我母亲更充足的底气，更加坚定梭子还在二婶家里。

不承认不等于没有。在母亲的纠缠下，二婶没法做到一开始的无视，承认曾借过梭子不假，但当年用完后就归还了。母亲这下算是抓住了二婶的把柄，说如果归还了，那梭子在哪儿呢？她翻遍了楼上，连布票都找到了，就是不见梭子，这说明梭子没还给她。为了证明自己的说法，母亲叫二婶上自己家楼上去找，看能不能找到，要是二婶自己都找不到，就说明确实没还给她。二婶认为这是无理取闹，不再理会。最后，还是二叔出面调和，说他忙过女儿的婚事，抽空一定去找，才把我母亲劝回家。

这次，母亲的记忆力超常地好，过个三五天，不见二婶将梭子送来，便上她家去要，一副不依不饶的劲儿，完全颠覆她大半生谦和与忍让的为人处世态度。二婶被缠得气不过，与我母亲争吵起来，母亲振振有词，一点都不示弱。无奈，二叔给我妹妹打电话，让劝下我母亲，这样闹，或者说是借座席的事，发挥得有些超常了吧，安排座席的事又不是他有意为之，怎么就过不去呢？杀人不过头点地，闹了这么多天，差不多行啦，难不成真要把两家闹得无亲无故？二叔的话说得相当严重，想来也是被母亲烦扰所致。妹妹听着心里不是个味，嘴上给二叔连连道歉，说了我母亲检查出来小脑萎缩，让他和二婶多担待点。二叔顿时语塞，原以为是母亲借题发挥，没想到是他思虑过重，无端地与一个病人较劲，失了分寸，赶紧偃旗息鼓。

妹妹劝说母亲，不要再去二叔家要梭子了，就算是要来了又能怎样，现在连织布机都找不到，还要织布咋地？母亲茫然的眼神看着我妹妹，没有梭子就是有织布机也没法用。她理解不了妹妹的话，脑子里根本放不下梭子。过后，母亲依然来二叔家要梭子，二婶厌烦不过，不想跟母亲再当面纠缠，见母亲来了，就赶紧找地方躲开。二叔不能与一个病人计较，态度和蔼了不少，但解决不了问题。思来想去，二叔有天专门上我妹妹家，商量这事怎么处理。要是能找个梭子，让二婶还给我母亲，她就不会再纠缠了。关键是织布机淘汰已经五十多年，上哪儿去找个梭子？

我妹妹还是答应二叔，她一定找个梭子把这事了结。说句实话，我妹妹这个年纪根本没有见过织布机，她出生时生活稍有好转，买得起洋布做衣服，没有人家自己织布了。再说，人工纺的棉线没经过加工处理，只是在米汤里浆泡一下，织出来的粗布可想而知，缝出来的衣服穿不到几个月就脱线烂洞，一点也不牢靠，不算买棉花的钱，花的精力和时间，一点都不划算，可在那个缺吃少穿的年代，不纺线织布，就得光着身子。我记得小时候，母亲白天干农活挣工分，晚上参加完生产队的政治学习回来，在油灯下不是纺线织布，就是纳鞋底，经常伴着一星灯火到天明，一家人的吃穿用度，全在母亲的脑子里盘绕着，得靠她来具体操作实施。俗话说，"巧妇难为无米之炊"，在那个年代为了填饱肚子，不至于我们一家人饿死，母亲所受的煎熬和压力，真是一言难尽。我脑子里突然闪过一个想法，是否那时候母亲为了一家人的生存和生活绞尽脑汁而透支了脑力，故而才有了现在各种记忆的损耗？这个念头一冒出来，我忽然觉得时间真是太可怕了，默不作声地抹去、损毁一些记忆也就罢了，居然还玩积木似的，将一些事件的片段重新揉搓再黏合，弄出一些似是而非的东西来。关键是，我们并不知道那些似是而非到底是"是"还是"非"，却在这些是非里纠结。

三

我儿子还没抑郁的时候，吃饭特别挑剔，家里做的饭基本不动一下筷子，每天靠点外卖和速食来果腹，似乎唯有那些用各种调味品、添加剂组合起来的食物才能供养他的生命。我阻止不了他的行为，心急如焚却装出很有耐心，抓住他心情好的机会，讲过去为填饱肚子，我母亲把稀菜汤留给家人，她自己背着人吃观音土差点腹胀而亡。讲到动情处我泪水涟涟，过去那些艰难往事牢靠地存储在我的记忆里，像一部无声电影，一直循环往复在我的脑海中，只要愿意，随时可以被我的语言组织调动出来。但我只能感动自己，儿子听得两眼无光，好心情逐渐受到影响，先是吼叫不让我再讲，然后狠狠地拍打自己的耳朵，似乎他的耳朵被我的讲述刺伤。这样的场面出现过多次之后，我不再给儿子讲过去的那些饥饿年代，那是我作为他父辈的经历和体验，他自然不能跨越几十年的时光去感受那种悲苦与无奈，但他的焦躁与厌烦还是灼伤到我，心里极不舒服。我不知道几十年前母亲千方百计地想有正常的粮食给她的儿女吃，和今天我处心积虑地想让儿子正常地吃点粮食，这两种貌似同源的行为，怎么就变得南辕北辙了？与母亲那时潮水一样的悲伤相比，我则是内心的愤懑越来越强烈，可谁要是无视饥饿，嘲讽那个年代，那我——也没办法。我能拿厌食的儿子怎么办呢！

我没忍住自己一时的猜测，跟妹妹说，母亲的脑神经出了问题，是不是年轻时为解决一家温饱，她绞尽了脑汁落下的病根，才导致老年遭这份罪的？妹妹猛然醒悟过来，说我的想法不无道理，如今农村患老年痴呆症的人越来越多，全是经历过那个年代的老人。我只是想替母亲找一个脑部不在状态的理由，并不想考究是不是艰难坎坷的年代造就了一个病人群体，所以，话题依然在母亲身上。

为解除母亲与二婶之间的隔阂，我妹妹想着找木匠重新制作一个梭子。可是如今要找个纯粹的木匠已不大可能，她几乎找遍了全镇，最后在一个家具厂总算找到与木料打交道的工人。听完妹妹的一番描述，工人们两眼都很茫然。有个年长的师傅从墙角翻出一截废料，用笔在上面画了几道线，然后在车床上来回打磨，几分钟后加工出来一个梭子。妹妹如获至宝，当天把梭子送到二叔家里。二叔一边把玩着圆溜光滑的梭子，一边瞅着我妹妹给他带来的酒肉，牙疼似的吸着冷气说："这可不是梭子，只是外表看上去有些像。除两头是尖的没错，其实就是个磨光的木头棒子。"二婶不计前嫌，凑上来看清后比画起来："这个梭子像是像，却是实心，织布的梭子中间是空的，不然棉线往哪儿装？还有这两头没有洞眼，线头也扯不出来呀。"

梭子竟然这么复杂，我妹妹傻眼了。回到家后，根据二婶大致的描述，她用尖利的小刀，花了五天时间，慢慢将梭子中间掏空，让我妹夫用烧红的钢筋，在梭子两头钻出了洞眼。再次送给二婶验看，她说这下有点像那么回事了，二叔接过去打量了许久，只说了句"太粗糙了"，找来砂纸把梭子中间的刀痕打磨了无数遍，也没打磨光滑。我妹妹赶紧说："又不是真用，能把我妈糊弄过去就行。"

二叔苦笑了一下，算是默认。

秋天的阳光打在黄色的银杏叶上，像上了一层釉，细腻的叶脉融进叶片，只浅浅地有些突起，很刻意地做着依旧是筋骨的提示。秋风倒是走得轻柔，也许是不想让阳光见识它的凌厉与粗蛮，或者是担心力道重了会打落还在得意的茂密树叶。秋风成全，秋阳涂染，银杏叶闪着金子般纯净的光芒，连空气都变得黄澄澄的，带着暖意。

母亲对秋天的融融暖意没有丝毫感觉，她从二婶手中接过梭子，先是用手摩挲着，左瞧右瞅，举起对着灿烂又安静的阳光端详了许久，神色平淡地塞回二婶手里，轻声说道："不是这个！"

二婶没好气地说："我翻箱倒柜才找到这个。"

我母亲容不得谁给她的记忆动手脚，一口咬定，她借出去是旧的，在棉线里钻了几十年，光滑得像鱼一样，趁手极了。二婶还回来的这么新，又粗又糙，根本不能用，非得把棉线扯断不可。二婶当然知道这不是母亲记忆里的那个，可她能说啥？本来就是为了应付母亲才费劲制作的，只是没想到母亲的注意力真的完全落在梭子上了。见二婶尴尬、无奈又带着隐忍的神态默不作声地站在一旁，我父亲看不过眼，过来打圆场，只要东西还回来就行，已经派不上用场了。母亲却较上了劲："怎么派不上用场？前几天我娘叫我去经纬棉线，就等着这梭子，说这次要织五丈大布，给全家人过年缝新衣裳呢。"母亲说得非常认真，脸上的表情也很严肃，一点没有说笑的意思。

父亲气得直摇头，他想早点了却此事，从二婶手里拿过梭子，和个稀泥算了，谁知母亲偏不往泥坑里跳，抓过梭子扔到地上。梭子在每个人脚边跳动，最后滚回二婶的脚跟前，二婶本来是特邀演员，来给我母亲演一场戏的，却受到如此羞辱，终于绷不住，把刚才的隐忍迅速收起来，将梭子一脚踢开，瞪了我母亲一眼，撂下一句"你娘死了几十年啦，不信她能从坟墓里爬出来，与你经纬好了棉线"，怒气冲冲地走了。

母亲可能被二婶的话击中，记忆回落到现实之中，不再去二叔家要梭子了，像是放下了这事，偶尔还会嘀咕一句，"那梭子到底放在哪儿呢？"没人理会，当她自言自语。

梭子的事看似该收场了，谁知，又有后续。有次，我侄子去关中的一个民俗博物馆参观，在展品中看到一个奇形怪状的木器，他心头一动，问清讲解员这就是传说中的织布机，当即询问，是不是该有一个织布的梭子？讲解员从织布机上取下一个肚子大两头尖的物件，交给我侄子，接着就讲解梭子的功能、历史意义。我侄子握着梭子，已经听不进去它的功能和意义了，他的心狂跳着，突然间产生了一个疯狂的想法，这个想法紧紧地攥住了他的心。他故意落在人群后面，在大家拐进另外一间展室后，他返回来将那枚锃亮的梭子塞进口袋。这是意外的收获。

梭子在我侄子那里被保管了一天，准确点说是一天半，第二天下午快下班时，我侄子接到一个陌生电话，是那个民俗博物馆打来的。我侄子没有否认，这种情况下否认是不明智的，他解释了一下，只是想借用几天，拿回去应付他奶奶过了梭子关，他肯定会还回来的。民俗博物馆的人严肃地说，如果下班前不还回来，他们只能选择报警了。这事闹得，我侄子当即打电话给我寻求帮助。这还用问吗？赶紧还回去，不能给你的人生档案里留下其他痕迹。

其实，如果母亲真的依旧对梭子念念不忘，换作是我，像侄子一样遇见一个真正的梭子时，也会像他一样有所行动，当然行为肯定不会这么荒唐。我相信母亲对梭子不是真的有执念，她不去二叔家也并非释然，梭子不过是她短暂性记忆的填补——后来她自己都忘了关乎织布梭子的事，因为又有了新的事端，那是二婶无意间的一句气话，却勾出了更重要的事情："她老娘是什么时候死的，怎么没人告诉她？"

那几天在淡忘梭子的同时，母亲是在泪水中度过的，她老娘去世这么大的事，竟然没人跟她说。起初，她只生我父亲的气，认为是他故意瞒着不跟她说，不让她去送老人家最后一程。母亲哭诉着自己老娘艰难辛劳的一生，好多情节叙述的其实是她自己的经历，我父亲也都经历过。这也就罢了，我父亲听到与事实不符时，偏偏要不断地插话给予纠正，母亲已经不容旁人对她的话有任何驳斥，两人你一言我一语，经常争得不分高下。

我有午饭后打电话给父亲的习惯，既不影响工作也不影响午睡。那天，我午睡前给家里打了个电话，想要问下母亲的情况。电话一般都是父亲接的，母亲很少主动接听电话，除非是父亲不在电话跟前，或者她正好就在电话旁边。我问父亲吃过饭了吧，谁知父亲恶狠狠地说，昨儿夜里的饭吃过了。什么情况，这是？难道我妈病了，做不成饭？

父亲很不耐烦地说，你还是问你妈吧。他把电话塞给母亲，我喊了几声妈，见她不答应，我心里一紧，腾地站起来，心里顿时慌乱不已，大声喊叫起来。电话那头终于出声了，母亲没有回应我的喊叫，而是小声地抽泣。在我一再追问下，母亲才哭着对我说："你外婆死了，你知道吗？"

"我知道呀，妈，怎么了？"我抚着胸口，心里这才踏实一些。

母亲没再收敛，放声大哭起来。我不知道情况，母亲到底是受了什么刺激，突然间情绪就失控了？父亲从母亲手里抢过电话，对我没好气地说："你就不能说不知道？这下，事态越来越严重了。"

这是什么话？我在心里说，这种事怎么能说瞎话？外婆去世是事实，我撒这个谎干吗？父亲也不知道怎么想的，就算母亲记忆出了问题，时空错乱，可也不能胡乱搪塞她呀。我的口气强硬起来：

"爸，你把电话还给我妈！"

母亲还在哭，只是没刚才的声音大了，我叫了声妈，一字一顿地告诉她，我外婆去世已经十四年，她死了，谁也改变不了，你再怎么哭，我外婆也活不过来。

"我知道她活不过来，可你们得跟我说一声吧，我都没见她最后一面，她活着时对你们够好的吧？"

真让人一个头两个大，现在的母亲比我的父亲更固执难缠，我轻呼一口气，尽量把语气放缓，对脑神经出了问题的母亲，得有一定的耐心："妈，是你忘记了，我外婆去世时，我三舅第一时间给你报的丧，你不但参加了我外婆的丧事，还……"我突然意识到，在外婆丧事上，我母亲和姨妈与大舅当时闹得不可开交，使大舅没能参加完外婆的葬礼，这话现在说显然不合时宜，一旦说出口肯定会被母亲劫去，说不定又成为她纠缠的新事件。我的舌头像冲向某个树梢的小鸟，一扇翅膀已惊动了树梢的枝杈，却一个急拐弯，几乎听到了翅膀与空气的摩擦声，带着凉飕飕的风声，"还记得我外婆出殡那天，你悲伤得哭晕过去，还是我三舅把你从坟地里背回来的。"我循循善诱。

母亲被我的话带偏，停止了她的悲伤哭泣，很明显地犹豫了一会儿，或者是在她缺斤短两的记忆里展开了某种搜寻。果然，稍停了会儿她又开始痛骂三舅。我听着母亲的控诉，一点都不着边际，与三舅基本上无关，瞅个空隙赶紧打断："妈，你说的这些事像是我二舅的做事风格，过年去他们家拜年，上午把礼物送过去时，二舅家的门开着，到午饭时门就关上了，从没见二舅来三舅家叫我们去他家里吃过饭，这也不怪二舅，要知道，我二舅是那个年头饿怕了，有口吃的总想留给自己的孩子。"其实过去的很多事，经过岁月的漂染，再跳出原来固有的思维，会发现那些事真的不是我们看到的那样不堪，比如我的二舅，当年如果不捂紧他并不紧实的粮食口袋，他那一大家子人怎么办？不一样要经历我们曾经历的悲苦？

"为娘的，谁不惦记自己的孩子？"母亲像是在黑暗中摸索到了点燃光明的火柴，迅速抓住我的话头，又哭起来，"我爹死得早，我娘为了我们几个不被饿死，冬天生产队在石头河搞会战修拦水坝，她光脚站在浮着冰凌的河水里捞石头，脚指头都冻掉了。"

我没忍住，扑哧一声笑了："我的妈呀，你都扯到哪儿去了，我外婆缠过小脚，脚指头从小给缠裹成骨折，长到脚心里去了，走路都不稳当。再说了，生产队根本不要她们小脚老太太下河捞石头，怕被水冲走。倒是你，和一帮妇女被赶进冰河里捞石头，为了省鞋子，光脚站在冰水里，冻得脚指头红肿、发炎，最后给截掉了。我可怜的妈啊……"我的笑声在说到母亲的往事时突然转为哭泣，心中酸涩难忍，再也说不下去。母亲被我的哭声震住，暂时忘记了外婆去世的事情。

每当提起兴修水利，我就愤恨不平。我那时还小，虽然没参加过那些工程，但从母亲的描述里，心酸难受。母亲和一帮妇女，干着与男人一样的体力活，每天的工分却比男人少三分，这都能接受，关键是分配吃食也不公平，工地灶房里，每顿饭给男劳力一碗玉米糊糊、一个玉米面馍馍，女劳力只有一碗玉米糊糊、一根煮熟的白萝卜，没有玉米面馍馍。母亲回来后给我们比画过，不是那种大白萝卜，是比指头微微粗一点的细萝卜，如果做饭的人哪天找不到细萝卜了，就把粗的切成段，分给妇女。萝卜不是粮食，何况只有那么一小段，根本不顶事，高强度体力消耗，母亲好几次饿得倒在冰水里，被别人扶上河岸后，喝口热水暖和一下，怕扣工分，强撑着又下到冰水里捞石头。更残忍的是，她们从河水里捞起石头，修筑的拦水坝因为是土石结合，没有水泥灰浆，第二年夏季全被山洪冲垮，根本没起一点作用。可是，年复一年，石头河的水利工程一直坚持修到了生产队解散。这时河水被上游截流引走，支援了城市用水后，水利工程才寿终正寝，留下了一河滩的石堆，像个乱坟冈似的。有一年，家里盖新房需要石头垫地基，我们开着拖拉机去石头河里拉石头，父亲让我们开到当年修水利的地方拉，说那里的石头又大又平整，拉回家不用凿能直接用，母亲坚决不同意，她说这辈子再也不想看到那个地方，伤透心了。父亲不以为然，他体会不到母亲的感受，觉得母亲很奇怪，现在是过去拉石头，又不是下河捞石头，哪还有伤心这一说？母亲不妥协，父亲固执己见，两人僵持在石头河边。我与妹妹始终站在母亲一边，对于一个内心排斥的地方，我们也会本能地避开，为什么父亲就不明白这点？当然，那时的父亲还没有固执到不肯回头的地步，见我和妹妹都不支持他的意见，最终放弃了自己的固执。

四

春节前，妹妹问我回家的确切时间，说母亲盼着呢，我告诉她这取决于买到车票的时间，谁都知道节假日一票难求。妹妹说，母亲越来越不对劲，前天她回家陪母亲住了一晚，父亲看完电视去了另一间屋子睡觉，母亲却不睡，也不与我妹妹拉扯闲话，一个人坐在炕沿自言自语，跟她以前看电视剧似的，会跟着剧情或紧张或气愤地去提醒剧中的人物，她也不管人家能不能听到，情绪上来，气氛到那儿了，连一旁父亲的不满和嘲笑她都顾不得。可那天我妹妹觉得不对劲，开始听不清说些什么，慢慢地听出母亲是在讲以前的事，越讲声音越大，我妹妹阻止不了，也插不上话，干脆随她说去。谁知，妹妹半夜被急促的吵架声惊醒，打开灯看见母亲还坐在原来的地方，头微昂着，眼神犀利，好像正面对着一个什么人，她正在与他（她）展开激烈的争吵，一会儿声高，一会儿声低，连带面部表情也变换不停，吵架到顶峰时，她的眼睛瞪得溜圆，表情很夸张，看上去有些吓人。

我问妹妹，母亲想和谁吵架，她的假想敌是谁？不会是二叔和二婶他们吧？妹妹说，好像不是，她骂的那些人名字都很陌生，我是第一次听说。

那就难理解了。

侄子跟我说，要不请个假早点回来，不要赶那几天假期，票不好买，回来了可能也不愉快。我明白侄子的意思，他爸春节肯定要回来，名义上是看望父母，实质上像检查指导工作，不吃家里一口饭，不喝乡里一口水，回来就是为了显示他的与众不同，进门开始指手画脚，横挑鼻子竖挑眼，把家里闹得鸡飞狗跳，然后扬长而去，在县城宾馆吃住，睡到第二天上午醒了，驱车回家再故技重演一次。

我曾经怀疑，我这个弟弟与我们没有血缘关系，从小他也不愿承认自己是我父母亲生，非说他的亲母亲是上海人，当年曾插队于我们村，生下他后为了回城，将他过继给我们家的。虽然我弟弟相貌神态、身材高矮酷似父亲，可他的性格的确与我们家人南辕北辙，完全颠覆了我们祖宗勤勉持家的本性。假如他是我父亲与上海知青的私生子，我父亲这么多年在家里大概不太可能这么坦然，并明目张胆地祖护，我母亲也不能一直偏爱我弟弟，他的行事风格与我父亲有着天壤之别。他从小就自以为是、妄自尊大，高中毕业后在父亲求爷爷告奶奶的多方奔走之下混入乡村教师队伍，当了近十年民办教师，好不容易转成公办，成为人人羡慕的公家人。就在父母为此骄傲时，他却一点都不珍惜，白天为人师表给学生讲德智体全面发展，晚上与一帮赌徒聚众赌博、抽烟喝酒，一旦输红了眼抓起凳子砸赌友，因伤害他人曾被拘留过一次。学校开始还给他机会，毕竟十年才由民办教师转成公办，不是一步登天的人生，想着他总会有悔改之心。可是，我弟弟对学校对他的包容怜惜根本不当回事，还觉得是自己太优秀，是学校亏待了他，警告处分没能让他收敛，而且赌博成性，学校最终把他开除出教师队伍。他一怒之下不顾父母，更不顾妻儿，竟然离家出走，这可害惨了我们全家。母亲整天哭得像个泪人，父亲到处去张贴寻人启事。那些年为寻找这个赌徒，在父母的威逼下我请假直奔上海，想着他会去那里寻找自己的"亲娘"。在上海拐弯抹角，我居然找到了当年插队的知青大徐，他对我肯定不会有印象，他们在村子插队时我才四五岁，可一听我来自哪里，他十分激动，带上我几乎找全了当年的一帮插友，根本没人听说过我弟弟，更不会有谁当年留下过私生子。大徐把我送上火车时，安慰我不要太难过，说不定哪天他自己就回来了。我不是难过，是为难。父母对我弟弟过于偏爱，他们没有因为被弟弟一次次伤害而放弃对他的寻找，而且执着地要求得时刻保持对弟弟消息的打探。父亲在各种来历不明的消息影响下，让我上山东、新疆、青海，也南下过广东、广西、四川去寻找，犹如大海捞针，没有找到一点弟弟的踪迹。

　　十多年过去，我们不抱任何希望，心里的波澜基本平复时，我弟弟却突然回来了。他开着加长版宝马车，穿着西装打着领带，嘴里叼根雪茄，装扮得像个老板，身后跟着一个光鲜的女人，还有一个男孩。后来我才得知，宝马车是他从城里租的，所谓"衣锦还乡"，是为了跟人显摆他混得有多得意、多风光。很难想象当时我家的场面有多失控，我从妹妹还有侄子的描述中得知一些，但没有心思细问，也没必要问，想都想得出我弟弟的这副嘴脸，一个能随意嫁接自己出身的人，他要的不是成功的低调，而是浮华的表面，因为那能让他撑出身家百万的架势。从那时起，我隐隐觉得这个家不会再安宁了。果然，父母欣喜之余，面临的是怎么对待我弟弟的两个女人。父亲不好把话说在当面，让母亲去试探一下我弟弟的态度，我母亲那时脑神经还很正常，认为这是为人父母的责任，谁知她试探性的话还没表达完整，我弟弟粗暴地制止她再说下去，当即明确表态，这是他的个人私事，别人无权过问。我母亲虽然没有文化，可她分得清黑白、香臭，非得让我弟弟对明媒正娶的妻子有个说法。我弟弟原形毕露了，对我母亲大喊大叫，声称明儿个就带原配妻子去领离婚证。

多少明儿个过去，也未见我弟弟有任何行动。我侄子咽不下这口气，打电话给我，说要举报那个人——他的亲父亲，还他母亲一个公道。我叹口气说，消了这口气吧，你有什么证据举报他，他犯了什么法？与这个女人到底什么关系，领过结婚证没有，你都没弄明白吧？咱们现在连他具体干什么的都不知道，还是省省吧，不要跟这种人瞎闹腾，就当他出走了还没有回来。这种烂泥扶不上墙的人，跟他计较生气的永远是我们自己。还有，你千万别忘了，他是你爷爷奶奶的亲生儿子，你若有动他的心思，两位老人非得气死不可。

我侄子的血脉似乎出现变异，没有继承他亲父亲的，反而又跳回到我们家族之中，像极了我们的性格特征，深知美好的生活要靠自己去努力去拼搏。反倒是我的儿子明显出了意外，他上初中后我才发现，他的行事做派像极了我弟弟，动不动离家出走，叫嚣要去寻找他的亲父母，我们已经让他降临在首都，国内没有更好的攀比了，他只能把自己想象成欧洲白人的后裔，比他的亲叔叔要站得高、看得远。只是他好高骛远，想法越多心理压力越大，上高中不久便把自己逼迫成了抑郁症。我从心底厌烦我弟弟的不务正业、六亲不认，可父母无论怎么艰难都撇不下对儿子的爱，我没想到自己的儿子会像他叔一样有妄想症，可却做不到像我父母那样无限包容，我焦躁而无计可施，经常生发出绝望之感。

五

　　我选择春节前回到家。父亲特别意外，看着我身后空空荡荡，没有我儿子，他的脸顿时拉了下来："你这算什么？小年刚过完，大年还有几天。"

　　我脱掉大衣，抖掉雪花，才慢吞吞地说："再过几天车票紧张，就回不来了。"

　　母亲听到我的声音，从厨房跑出来，擦着眼泪说："儿啊，你突然间回来，是不是你外婆这几天不行了？"

　　我扯了扯嘴角，母亲的记忆短暂而混乱，但她把外婆的事记得很牢靠，瞬间就回到了之前的话题，我一时不知道怎么回答。父亲瞪了母亲一眼，转身走开了。我扶住母亲的胳膊，准备把她的疑问解开："妈，您是怎么知道我外婆不行的？"

　　"你三舅昨夜里打来电话说的。"

　　"我三舅死了快十年，他打不成电话了。"

　　"那我记错了，是你二舅打的电话。"

　　"我二舅死了也有七八年，他也打不成电话。"

　　"你大舅……"

　　"妈，我大舅不在人世也有快十年了，您别再胡思乱想了，好吗？我外婆十四年前已经过世了。"

　　"死了，我怎么不知道？"母亲愣怔了一下，随即号啕起来，她的眼泪可能没停过，眼里一直是湿的，她看起来更为悲痛的号哭，并没有让她眼中涌出更多的泪水，"没人跟我说一声，我没见到她老人家最后一面。我苦命的娘哎……"

　　我把母亲推进厨房，问她在做什么好吃的，有没有我最爱吃的油渣面包子。话题转移开，母亲迅速忘记了她号哭的原因，很快进入她的角色里，揭开锅盖让我看她正在熬的猪油。待肥肉里的油熬出来，把焦黄色的油渣剁成末，与炒熟的面粉和在一起，就可以蒸油渣面包子。这是我们小时候过年才能吃到的美食，现在没人做了，据说油渣富含二甲基亚硝酸等容易致癌物质，好多人熬过猪油便倒掉了油渣，母亲却舍不得，她知道儿女们好这一口，经常给我留几个包子，说是等我回来了吃，长出白毛了也舍不得扔掉。父亲发现母亲将包子上的白毛擦掉，她自己偷偷吃，气得把装包子的盘子都摔碎了。

　　肥肉还得熬一阵，等到焦黄不出油了，油渣才能又酥又香。母亲拿来面粉，将另外一个锅烧热，准备炒面粉。这是个细活，尤其是火候掌握很重要，我留在厨房帮母亲烧火。多年不烧柴火灶，灶膛根本不听我的指挥，不是火大就是火小，好几次闻到了烧煳的味道。母亲将铲子交到我手上，让我挥铲翻搅，她来烧火。还别说，灶膛在母亲手中很听话，火势不大不小，很快将雪白的面粉炒成金黄色，母亲捏了一撮放进嘴里，品尝了一下，说声"真香"，让我也尝尝。我伸出舌尖舔了一下，果然香气盈满了口腔。那一刻，看到母亲脸上溢满了知足的笑容，没有世事烦扰的笑很纯粹，觉得这时候的母亲应该是最无忧的，这一刻我眼眶湿润了，心里感到非常欣慰。

　　调包子馅时，母亲搅拌几下再挑起一点尝咸淡，突然间甩手说了句"真是老了，总是拿捏不准"。我正要夸她调的味道一直很正，是过去的味儿，她却叹口气说道："唉，要是你外婆在就好了，她调的包子馅才叫香呢。"

　　我紧急关闭自己的嘴，大气都不敢喘。母亲还是捕捉到了我细微的变化，她抬起头，望着我继续说："等包子蒸熟了，给你外婆送几个让她也尝尝，顺便让她说叨一下我调咸了还是淡了。"她说着忽然停下手，微微蹙着眉，很认真地思考啥重大问题似的又说，

"你外婆是不是快过生日了？要给她买点啥呢……"

　　我哭笑不得，看来在母亲那里并没有世事无忧的时候，她的心里一直装着各种事、很多人，即使她的记忆，或者说她的大脑已完全不归她操控，但那些残存的人和事的痕迹，在慢慢消除的时候又从另外的时间轴上顽强地以不同的形态拱出来，成为她新的记忆。我不知道该说什么，但沉默不是解决问题的办法。逃避更不是。我接过母亲的话头说："妈，你刚才都正常，怎么又说起这种话了？跟你说过多次，我外婆去世已经十四年了，她还过啥生日啊，你脑子里如果转不过这道弯，明天咱们去一趟五原，去给她老人家上个坟。"

　　泪水沿着母亲皱巴的脸艰难地往下爬着，我心里难受极了。可不这样说，总顺着她的话，让她强调这种记忆，让她活在虚妄的世界里，时刻紧绷着弦松弛不下来，她的脑神经也许会越来越衰弱的。

　　第二天早上，又下起了雪，而且有越下越大的趋势。妹妹打电话给我，要不改天再去五原，这么大的雪，上坡下沟的，车容易打滑。这也是我一大早看到下雪就开始担心的事儿，我故意去厨房几次，仔细观察过母亲，见她不提去给外婆上坟，我心里也犹豫了，想着她是不是不记得我昨天说过今天去五原，如果她根本记不住，今天这么大雪带她去五原又有啥意思呢。见妹妹这么建议，我便说，那今天就不去了。谁知，刚吃过早饭，母亲顾不上洗锅灶，却从衣柜里翻找新衣服，也催促父亲快换衣服，过会儿要去五原。父亲与母亲唱惯了反调，这次我回来没带儿子他很不高兴，去五原又是我的主意，所以他坚定地站在对立面，说什么也不去五原。而且，父亲不看时间、地点，述说起母亲生病后的种种行为，归结于不可思议，而我，却纵容母亲的这种不可思议，简直到了不可理喻的地步，他坚决不答应大雪天气跟着我们去五原。父亲一脸的凛然之气，我很无语，尽管我也在犹豫，但父亲的坚决让我有种他将母亲置身事外的推脱之感。

拿着新衣服的母亲顿时蔫了，神情沮丧，抱着一堆衣服哭了起来。一看母亲哭得伤心，我的犹豫顿时一扫而光，辛酸的泪水蓄满了眼眶，母亲的记忆那么少，我怎么忍心在她少之又少的顿挫记忆里，再给她削去一些呢。顾不得父亲的反对，我当即给侄子打电话，让他去找防滑链，今天就是天下刀子，也要去趟五原。没容侄子解释，我挂断了电话，随即打给妹妹，让她做好准备，半小时后我们赶过去接她。

整个大地被大雪覆盖，白茫茫一片，没有明显的公路痕迹。雪还在下，风也在刮，雪在空中跟着风四处乱窜，有了速度也有了力度，打在车窗上发出噼里啪啦的响声。雪是冬天的狂欢。如果不是心中有事，这样的一场大雪，何尝不会成为我的狂欢节呢，尤其是我儿子，他对雪的痴迷竟然一点也不像是生长于斯的北方人，哪怕天空中零零散散地飘落几星雪花，他也会兴奋地跑出去在路边暗绿色的冬青树叶上抖落一捧轻薄的雪。这些年北京的雪极少下得有气势，好不容易弥漫一回，总会在极短时间内被人工融化，这个城市似乎容不下雪，所以很多人像是来自冬天无雪的南方，哪怕是听到有雪的气息也会莫名其妙地激动。此时我没有因这场纷飞飘扬的雪而心生欢愉，却有些担忧，从我家的原上到另外一个原上，直线距离不长，但下原再上原的道路曲里拐弯，雪天路滑，心里总有些不踏实。但转过头看见母亲一脸安静地望着车外，她没有再跟我讨论外婆的事，关于去世、生日，或者其他。茫茫白雪让一切都变得沉着而安静，连带着母亲。

五原紧挨着五丈原，三国时期是蜀军和魏军的战场，最著名的战役是"诸葛亮火烧葫芦峪"，差点灭了司马懿，最后天降暴雨浇灭了大火，司马懿得以逃脱，诸葛亮却病死于五丈原，后人修造了一座供奉诸葛亮的武侯祠，算是当地的名胜古迹。前些年，提倡旅游大开发，一个公司准备从五丈原到五原搞个三国城，好歹有个真实的古迹在，不像有些地方，生拉硬拽些历史，胡编乱造几个人物，旅游的名目就出来了。项目报上去很快批下来，毕竟发展旅游也是勤政富民的一条可行之路，既实惠又环保，可是工程建设起来得四五年，为了制造声势，也是为了创造一个更优质的旅游环境，先将原上的田地统一种成花卉，在网上宣传吸引游客。偌大的花海之中，怎容得下几座坟墓？开发公司出资，将花田里的坟墓迁出或者刨平。我记得母亲当年提起过此事，由于三个舅舅都已作古，没有人出来主事，我母亲姐妹几个一合计，不想让老人们挪窝，叫他们躺在花海里，每天受人瞻仰着实挺好，就没有将我外公外婆的坟迁移。现在，白雪之下，哪里才是外婆的归宿？

妹妹凭着印象，把我们带到远离村庄的一片平地，指着这里说是，指着那儿也说像，一时半会儿找不到坟地原址。也确实不太好找，白雪覆盖，目之所及皆是一片平坦，几棵光秃秃的树木也执拗披一身白雪，没有一点可以辨别的不同形状，想要确认一座被雪掩埋的曾经的坟墓，谈何容易。母亲不知原委，跟着我们在雪地里走来走去烦了，埋怨我们骗她，哪有外婆的坟墓？她坚定外婆没死，非要去老家去看外婆。

拗不过，我们上车来到村庄，母亲熟门熟路，先上三舅家，外婆活着时跟着三舅过日子。如今，三舅家大门紧锁，母亲拍了几下门，在门口等了好久也没有人来开门。她又开始生气垂泪，骂三舅怕她来他家吃饭，早早把门关了。没人接母亲的话茬，妹妹小声对我说，三舅活的时候，在镇上买了房子，他去世后，三妗和儿子、孙子搬到镇上去住，很少回来的。母亲又要去二舅家，被我妹妹拦住，劝说别去了，二舅家里也没有人，她掏出手机给大舅的儿子打通电话，简单说了一下来意。大表哥还在村里住着，已经是这个村子里我们唯一的亲戚了，他对我们下雪天过来有些惊讶，让我们稍等会儿。没过多长时间，大表哥跑步过来，看到我们这么多人站在雪地里，他很激动，不知先和谁打招呼。我看到大表哥满头的白发，心里很难受，当年我们是玩伴，他比我大了将近十岁，极具号召力，也曾是我崇拜的偶像。我们有些年头没见了，主要是我每次回家都很匆忙，不愿意把时间花费在走亲戚上，现在通信这么发达，有事大家在电话里说一说，走亲戚倒显得累赘了。所以亲戚间，即使相距并不甚远，一两年或数年不见也极为平常。

寒暄了几句，表哥掏出钥匙打开三舅家的门。母亲走在前面，脚步迈得细碎而仓促，还没进屋门就喊她娘，听得人心酸。进了外婆原来住的屋子，里面堆着有了年头的杂物，用是用不上的，没人整理，也就一直在那儿，蒙着厚厚的灰尘，是岁月的积淀。外婆睡的土炕还在，上面光溜溜的，连片草席都没有，炕沿的木板上，有很多被锐物砸出来的小坑，也几近被灰尘抹平，由此可见这屋里很久没人进来过。我母亲顿时傻眼了，嘴里连连问道："我娘呢，我娘呢？我娘去哪里了？"她眼神在屋里张望，手却伸向炕沿，一下一下抹着上面的尘土，掌印异常鲜明。

妹妹忍不住哭出了声。泪水也冲破我的眼眶，泉水般喷涌。我最后见到外婆，应该是十八年前了，当时她就坐在眼前的炕上，看着我带着儿子走进来，我故意不出声，看她能不能认出我来。她偏过头端详着我，慢慢地笑了，从她没有牙的嘴里，叫出了我的小名，然后缓缓下炕，把我儿子揽进怀里。不知着了什么魔法，在外婆的怀里，我儿子竟然异常安静，没似以往那样哭闹。我记得很清楚，外婆用她的土话跟我儿子说了好多，问了不少问题，我儿子听不懂她的话，却把头点得很勤，像磕头机似的，大多数时候都是我来替他回答外婆的问话。

那次之后，直到外婆去世，家人瞒着我，没能赶回来送她一程。后来我工作调动，没以前那么紧张，经常借机回家勤了，却因为外婆过世，没有牵挂我的人了，竟然再没来过五原，连外婆的坟墓在哪儿都不知道。

想来，人生真是残忍。

六

从外婆家回来，母亲神情恍惚，做什么事都打不起精神。我们认为她接受不了外婆离世的事实，悲伤过度，劝也没用，让时间慢慢说服她吧。只是我忘记了，现在时间对母亲来说，并没有说服力——因为母亲记忆里的时间是模糊的，没有了界限。

到年根了，我不准备在老家过年，趁着这两天去看下几个至关重要的血亲，比如二叔，听说他肝脏患有重疾，前阵子一直住院，因为不愿意过年还留在医院里，腊八节后不听任何人的劝阻，强行出院回家躺在自家炕上。二叔身子虚弱不堪，看着我的眼神显得无力，嘴角的笑意失去弹性似的落下去、撑起来，再落下去，我不敢多看，准备好的话都没说出口，便匆匆告辞。人生病的时候连简单的应酬都成了负担，我不愿再增加二叔的负担。还有个老姨必须去看一下的，母亲兄妹六个，只剩下她们俩了，现在母亲这种状况，有亲近的人陪伴也许她的情况不会糟糕得很快，老姨是我们以外母亲仅剩最亲的亲人了，可母亲说她不想去了，与父亲留在家里，侄子开车送我去的。老姨家离得比较远，积雪冻成了冰，侄子认为雪停了用不着防滑链，怕伤着轮胎将其拆除了，路滑不好走，我们来回折腾了大半天，傍晚时分才回来，发现家里气氛有些不大对劲。母亲在炕上躺着，似乎睡着了，我没打扰。父亲阴沉着脸，见我们回来只拿眼光瞟了一下，没凑上来跟我们说一句话。父亲不是这样的人啊，他闲不住，一般我们出去回来他一定要搭句话的，绝不肯让气氛那么空着，哪怕是一句来路不明的话，他也会无意识地说出来，以这样的天气情况，我以为父亲怎么着也会问上一句路上的冰化了没，滑不滑之类。他其实是个善良而温和的人，只是时间让他对生活的很多期待落空，慢慢变得越来越碎叨和固执。可是，他今天怎么了？

我问父亲怎么回事，他盯着电视先是不吭声，见我一直看着他，连我侄子也站在门口张望着，觉得这样不理不睬有些不妥，便起身扯着我来到厨房，气哼哼地指着一大锅萝卜片说："看看吧，你妈把一冬的白萝卜全煮进去了，又不是喂猪，哪能这样整？这下可好，这一大锅够吃三年的了。"原来是为这个生气！我在心里舒了口气。母亲煮好肉后，没把熟肉捞出来，却将过冬储存的白萝卜全部切成片倒进肉汤里，与肉一起熬成了烩菜。这道菜是五十年前过年时才能吃到的硬菜，那时候用的多是肉汤煮萝卜块，里面基本没有肉，后来日子逐渐好了，别说过年，平时也没人吃了。

我夹起一块萝卜放进嘴里，萝卜块形还在，煮得却挺烂乎，放进嘴里不用嚼，转几圈舌头都可碾烂吞咽。还别说，真是当年的那个味道，萝卜的辛辣一点也没有了，被绵延的肉味渗透，口感鲜香极了。当着父亲的面，我盛了一碗，狼吞虎咽起来。咀嚼间隙，我把碗伸到父亲跟前，问他要不要也来一碗，好吃极了，如果再加点粉条，会更好吃。不知道是不是错觉，我分明看到父亲咽了下口水，却毫不犹豫地把碗拨开，瞪着我说："你就和稀泥吧，看你能和到啥时候！"

这话说得，母亲已经弄成这样，难道你能让她还原成大白萝卜？我觉得父亲有些本末倒置，把这事看得太重，吃的做多了也算不得多大的事儿，回味一下从前的味道有什么不好，又不是没法吃无故浪费，何况，就算埋怨母亲，她能记得住下次不再出现相同的失误？若是能，我还真愿意不和这稀泥，把母亲埋怨一顿让她记住，至少能说明她有这种意识和自控能力。

父亲依然不认为母亲的病有大问题，他似乎习惯性地在母亲越来越放大的失误里不停地生气和抱怨。懒得跟父亲探讨我们对问题各自的看法和态度，我给妹妹打电话，让她准备个大盆，母亲烩菜做多了，现在天黑路滑，明天让妹夫开车来拉一趟。

年三十早上，我乘火车急匆匆走了，免了与我弟弟照面。下午时分，我还在火车上，就接到侄子电话，他吞吞吐吐好久才告诉我，那个人中午回来了，不出一点意外地把家里闹得底朝天。

"他凭什么闹？又有什么事他看不惯眼？"我的嗓门大而突兀，惹来周围人的白眼，我控制了一下情绪，起身来到车厢连接处，想着问个究竟。

侄子说："快中午了他进的家门，见我爷爷奶奶都耷拉着脸，就不高兴了，数落他们大过年的，给他甩什么脸子，爷爷气不过，与他争吵了几句。我奶奶受了刺激，又哭又叫。我赶过来时，我奶奶已经睡下了，午饭都没有吃。听爷爷说，奶奶睡觉前含泪去厨房给那个人热了些萝卜烩菜，馏了几个馒头。那个人本来不吃家里一口饭、不喝一口水的，可他看到萝卜烩菜，两眼顿时放出绿光，看来他也不是什么高贵出身的大款，立马捧起碗，吃得满嘴流油。那个女人和孩子还算有些骨气，一口没吃，坐在客厅里发呆。看着那个人的吃相，我差点把他的碗抢过来砸碎，将他赶出去。"

"你差点，就是没有做，对吧？"我苦笑出声来，提着的心放了下来，安慰道，"你没那么做是对的，那是个没出息的货，你不能和他一般见识。你爷爷听不进去，非要与他较劲，咱劝了也听不进去。那个人就是仗着你奶奶的袒护在家里耀武扬威罢了，就当他过来为找存在感吧，你爷爷奶奶知道这个人还在人世就行。你不要管别的，他再说多少话都不要跟他吵架，歪人理多，他觉得整个世界都欠他的，还是这个世界都是他的，随他的意，咱不说，也说不过他。你就多关注你奶奶，别让她再受刺激。"

侄子闷闷地答应着，我知道他很憋屈，一个不明不白的家，一个说不清、道不明的父亲，一堆剪不断理还乱的关系，当这些都如乱麻一般涌到跟前的时候，谁不难受憋气呢。

我庆幸自己有先见之明早早地离开了，不然身在其中，看着弟弟满脸的戾气，趾高气扬的样子，不着边际、牛皮能吹破天的话语，情绪受到影响，我可能控制不住自己——有时候独自一人，偶尔脑子里会蹦出和弟弟相处的场景，说实话，没有一次想到他说话的神态我不怒气冲天的，握紧的拳头不知道冲那张脸挥过去多少次，看到殷红的血涂满我的想象，我竟有种按捺不住的快感。我想，有一天真与弟弟相对时，可能真的会与他大打出手的。

三十晚上母亲感冒了，大年初一早上起床后，她感觉头昏脑涨，拖着沉重的步子勉强煮好饺子，回屋又躺下了。父亲叫母亲一起吃饭，母亲昏昏沉沉答应着，却不起来。父亲很不高兴，一边吃饭，一边叨叨个不停：这过的啥年呀，新年第一天就躺下不起来，让晚辈们怎么看？

我侄子守岁睡得晚，起来已是半上午。往年的规矩，初一早上都到老屋吃饺子，他们不来，母亲一直等着不洗锅。侄子过来发现客厅很冷清，叫了几声爷爷奶奶没人应，进里屋一看，奶奶还在炕角睡着，赶紧上去唤奶奶，没有唤醒，他伸手摸她的额头，烧得烫手。我侄子顿时慌了手脚，打爷爷的手机，一直无人接听。无奈之下，他打给了我。

遇事不要慌张。我听了侄子的描述，让他先从柜子备用药里找到退烧的，按说明给奶奶服上，然后用温水打湿毛巾，搭额头上物理降温。侄子问我："要不要送医院？"

今天这日子，送离家近的那些私人小诊所肯定找不到医生，都回家过年呢，谁会守在冷冷清清的诊所里，除非是城镇里的医院有急诊值班医生。我犹豫不决，去附近诊所不确定有人，往大点的医院送路途太远，怕一路折腾到医院母亲更遭罪。一时不好给侄子明确答复，正纠结着，我父亲回来了，刚好听到侄子问我要不要送母亲去医院的话，他要过电话气呼呼地对我说："大过年的你别出馊主意了，不就感冒发个烧，有什么大不了的，哪有这么娇气，动不动就去医院，那医院还不得挤爆了？"我没来得及应答父亲的话，就听到那边侄子的辩解声，父亲发挥了他的执拗劲，吵吵嚷嚷地说我们小题大做，大过年的非整些事出来，让人不自在。他的大嗓门吵醒了我母亲，当然，母亲肯定不愿去医院的。

后来，侄子说，他给奶奶服了退烧药，快中午时体温终于正常了，为了巩固一下又给服了感冒冲剂。只是我母亲一整天没吃一口饭，说她肚子不饿，根本吃不下去。连续两天，母亲没吃饭，不发烧了，感冒却一点不见好，又是打喷嚏又是流鼻涕，还昏沉得很，一坐到炕上就想躺着睡觉。即使这样，也一点不耽误她按时按点给一家人做饭，像是惯性，她惯性地做，剩下的人也惯性地享用。

我想着还是回去一趟，母亲的病总不见好，不敢耽搁，作为儿子我不能逃避这份责任，可转念想到弟弟还趾高气扬地待在家里，又免不了熄灭回家的念头。不安地揣着想回与不想回的心思，我的春节过得肯定不欢畅，妻子好几次说事的时候，我都因为分神没能及时回应而遭受白眼，连儿子都看出我的心不在焉，冲我不满地撇嘴。我绝对没想到，反而是弟弟忍不住了，给我打来电话，阴阳怪气地说："怎么着，就让老娘在病中过年啊？"

"你想怎么着？"听到他的声音，我莫名地烦躁。

"我能怎么着，你多大的人物啊，春节不回来，老娘生病也不管，你们都看不上我，关键时候也只有我在老娘身边守着，在尽着孝道。你们呢，打着各种幌子，躲得远远的，说起来总是我这不好那不是，你们操心、体谅爹娘，可到关键时候你们哪个靠得住？不过白担个好名声，做给别人看的！"

"什么话从你嘴里说出来，听着都有味儿了。"我还没准备好，可那边已经磨刀霍霍，我反应过来为什么听到他的声音会无端烦躁了，那是一种预感，这样的人，你避不开，他也不会轻易让你避开！此刻，我真后悔那些年听从父亲的安排四处去寻找他，虽说寻找无果，可那怎么说是种牵挂，而他压根儿就不值得被牵肠挂肚，只要他还活着，与这种人老死不相往来才是最好的方式。我咬咬牙，避无可避，那就不避了。

"以前有多少个关键时候你在哪里？倒叫老爹老娘整天替你提心吊胆，如果不是你，爹娘能这么多年处在担忧、焦虑之中？再说你现在做的这些事，是正常人干的吗？放着家里的老婆不管不顾，在外面与别的女人都生出了儿子，还有脸带回来，把一个好端端的家弄得不像个家……"

我以为自己够生气了，铆足了劲要跟他吵上一架，可话一出口，却依然是做兄长的姿态，我赶紧住嘴，满心地懊恼。弟弟在外面闯荡多年，早练厚了脸皮，哪能叫我这几句话说得动、唬得住，他哈哈大笑道："就知道你盯着这点事，鸡毛蒜皮算什么呀，何况这都是我自己的事，跟你有什么关系！这比起自己老娘病了不管，轻得多吧？老大，别给我装什么圣人，你这种满嘴仁义、狗屁不顶的玩意，我见得多了。"

我哪遇到过这阵势，居然接不上人家的话茬，只能说人不要脸就天下无敌，跟这个我羞于说成弟弟的人相比，我还是太嫩，只是虚长了年岁。那么，我只能认栽。这叫自取其辱。我摁断电话，立即给我侄子打电话，叮嘱他千万不要与那个人交锋，免得气坏自己，然后让他尽快联系市里的医院，我这就买机票，到时从机场直接赶到医院。

侄子说:"这个难度不小,前两天我就想着送奶奶去医院了,可她不愿去,我强行将她背上车,她扒着车门框不松手。"

"我马上让你姑父去帮你。"

"关键不是我奶奶一个人,我爷爷也是帮凶。他坚决阻止奶奶去医院,说大过年的不吉利,把我骂得像孙子。"

"你本来就是孙子呀。"

这个时候没心思说玩笑话,我让侄子把电话给他爷爷,从里面传出我父亲拒接的声音。我侄子耐着性子缠,父亲终于听我说话了,只是我还没说完,被他强硬打断:"道理就不要讲了,说点实际的,你妈只是普通感冒,没其他问题,她记忆力不行,吃过了感冒药以为没吃,是我没盯住,后来发现药少了,问她也说不清楚,肯定是药物过量,睡不醒的。实话跟你说吧,三十那天晚上,我们吵了一架,还是为那一大锅萝卜肉汤烩菜,她一气之下,连吃了三大碗,积食了,这两天没有胃口。"

我急了:"现在说这些没有用,关键是我妈这状况,不去医院我不放心,你不要再阻拦了。"

父亲咬着牙说:"跟你怎么就说不明白呢,你好好听着,你妈真没事,这点把握我还是有的。这大过年的,把你妈往医院一送,周围邻居过年都回来了,他们在村子串来串去正闲得无事,知道了会怎么看,你想过没有?还有,听说你又要买票回来,赶紧打消这个念头,千万不要胡来。你一旦回来,你妈现在的情况反复无常,她看上去脑子不清醒,可有时候清醒得过了头,你刚走三天,又突然回来了,她肯定会想,是她这次病得不轻,你才跑回来的,这样她的心理压力增大,对她的身体肯定不利。"

父亲说得似乎有些道理,母亲有时候确实会表现得很灵光,乍现的灵光一样能影响到她的情绪。

"我……心里总是不踏实。"

"是我了解你妈的状况,还是你们?"父亲凄凉地说,"你不要受老二那个兔崽子影响,那就是根搅屎棍,是老天派来惩罚我的。"

后来,侄子说,我父亲打完电话就哭了,怕别人听到哭声,他把头埋进被子里,哭得异常伤心。我侄子见劝不住,干脆不劝了,让他索性哭一场吧。

七

这天午后,我接到一个陌生电话,竟然是老姨打来的,她与我很少通电话,看来是有重要的事情要说。她果然开门见山,直接问我母亲的病真的不去医院看了吗?她上午去我家拜年,看到我母亲的状况,心里十分担忧。

我一时语塞,想了想才对老姨说,没有说不看啊,只是现在这个时间,我母亲,还有我父亲都不愿上医院,总不能强行把她拉去吧?

老姨说:"你爸的话不可全信,你妈昏迷不醒,几天了不吃不喝,就是没病,也得饿出病来。养儿防老,都到这种地步了,得看儿子的。他们顾及的那些细枝末节都是没用的,你得顾及你妈的性命,不然,你会后悔的。"没有与我告别,老姨说完她想说的,果断挂断了电话。

我愣了有十几分钟,父亲和老姨说得各有各的道理,在他们的说辞中我摇摆不定,母亲到底什么情况,我回与不回孰轻孰重,我该怎么做才妥当?想得头都大了,焦虑让我浑身燥热,用凉水冲了几次脸,也没想出一个万全之策,便给妹妹打电话,问她该怎么办。妹妹说,老姨跟她也说了这话,她正为难呢。我说,要不这样,你赶紧回趟家,与父亲交涉一下,同时让侄子做好去医院的准备。妹妹很为难,她宁愿送母亲去医院,也不愿与父亲交涉,父亲固执得超出常人，他认准的事谁也改变不了。我顿时沉默了，总得想办法，老姨的话似一把钢针，直往我的心上刺，如果再不采取措施，母亲万一有个好歹，我们良心上怎么过得去？

我让妹妹与妹夫先往家里赶，我马上给侄子打电话，让他想尽一切办法把爷爷引开，并拖延些时间。我告诉他："你姑与姑父负责把奶奶抬到车上，立即往医院送。"

侄子费了一番心思才想了个招，他也是找准了他爷爷的软肋，装作慌张跑回家，听人说坡地的冬小麦被一群不知从哪儿来的羊吃得都秃了，好多人跑去看，不知有没有咱们家的地。这招很奏效，我父亲把庄稼看得比命还重，一听马上急眼了，跳起来棉衣都不穿就往外跑，我侄子拉住他，硬给他套上棉衣，故意说跟他一块儿去看。我父亲急躁地推开他，让他留在家里守着奶奶。侄子不肯，说家里这不还有人吗，奶奶现在睡觉，不会有啥事。我父亲对母亲的病不像我们这般紧张，但一听要让袖着手盘着腿黏在沙发上玩手机的我弟弟照看母亲，他反倒紧张了，坚决不要我侄子跟他一起离开。"你就看着奶奶，别想依靠其他人！"他没提我弟弟一个字，态度却一目了然。

我母亲被顺利送往市医院，还没进急诊室的门，她就清醒过来，说她没病不愿进去，被护士强行抬到病床上，一番检查输液，母亲一晚上没睡着。第二天我赶到医院时，她还在生气，根本不理我。医院处于假期状态，许多地方都不开放，有个胃部造影没法做，主治医生帮忙联系了一家私立医院，价格高出不少，可也得做。我穿上几十斤重的铁片防护服，陪母亲进了造影室，母亲喝了造影液，胃里恶心，吐了几次才检查完。结果显示，胃部正常，吹气查了幽门螺杆菌，指标也没问题。医生判断是积食造成的没有食欲，跟父亲之前说的一样。给母亲输了些营养液，医生说如果不放心，可以住院再观察几天。我母亲坚决不在医院待着，又哭又闹，精神头十足，一点也没有在家时的昏睡状态。我们便与她商量，不住院可以，但要吃饭，不想吃也得吃，不然必须住院。母亲答应下来，我们当即在医院旁边还开着的小餐馆里，给她要了米饭炒菜，她吃得异常艰难，可总算吃了一小碗。

在我父亲数次电话的催促下，我妹妹、妹夫与我侄子把我妈送了回去。我不想让父亲知道我回来过，这显得我对他的话缺少信任，不尊重他的想法，毕竟他很大成分在为我考虑。我也知道这事不一定能瞒住，那时事已经过去，他也不会生太大的气了；另外的原因自然还是杵在家里的弟弟，他会很得意一个电话把我召了回来，这彰显他的孝心——为了母亲身体状况，他操碎了心。所以我没有跟着母亲回家，买票直接上了火车回京。

过了正月十五，母亲身体逐渐好转，基本回到以前的状态，有时清醒有时糊涂。清醒时在电话里说，给我留了一大坛萝卜烩菜，还蒸了我最爱吃的油渣面包子，等着我回来吃呢；糊涂时，问我年都要过完了，怎么还不见回来。我强迫自己习惯母亲弹跳跨度大的思维，不再像之前那样强行给她纠正，配合着她即时的说法跟着聊上几句。她缺口一样的记忆再填不回去了，只要她的身体不出其他的岔子，我也就稍微安心了，不然，能怎么办呢？

八

春天换季的时候，父亲感染上风寒。我从电话里听出他的声音不对劲，问他是不是感冒了，他吸着鼻子、清着嗓子硬说自己没感冒，是天气热嗓子干燥才不舒服的。父亲对病的轻视从母亲身上我领教过多次，无论身体什么状况，只要能撑得住，于他绝对不算是问题。我让他上医院去看一下，这天气乍冷忽热的，身体不太好反应，有不对劲别不当回事，赶紧去医院看看，当然没问题最好了。

他答应得很干脆，一点都没有此前的别扭劲，我心里挺高兴，以为他是想明白了，人年纪大了不能拿身体来较劲。

父亲其实是在敷衍我，他始终没去医院，哪怕是去他散个步都能走到的小诊所拿点药也没有去。直到后来胸部疼痛、咳嗽不止，才被我妹妹强行拉到县医院检查，CT胸片结果出来，说是肺部感染有炎症，得住院治疗。父亲坚决不住院，说他肺部没问题，只是普通感冒，不碍事，吃几片感冒药就好了。他的神情不轻松，话说得却很轻飘。妹妹忍不住说他，就算是普通感冒，你要一开始就吃药，也不至于咳成现在这样，已变成肺炎了，再不住院，感冒药治得了肺炎？你这病就是拖出来的，再拖下去，会要命的。妹妹又生气又难过，父亲的固执，让她没有一点办法。

主治医生把我妹妹叫到办公室，关上门指着检查单说，你们真看不懂还是装看不懂？妹妹一头雾水，再瞅检查单，上面还是"肺部感染有炎症，病变占位不排除"等结论。医生像是看文盲似的，一脸的悲天悯人，他或许认为，作为病人或者病人家属，难道不该对这些基本专业术语有简单的了解，怎么能两眼茫然，啥都不懂呢？占位就是肿瘤，手机上一搜，啥都明白了。医生还是那种眼神看着我妹妹。"肿瘤"两个字却似惊雷，在妹妹耳边炸响，当即吓得她手机都拿不稳，惊异地盯着检查单上"病变占位"这几个字，怎么也想不明白，"占位"多普通的两个字，小时候我们看露天电影还拿把椅子或者捡块石头在场地上占个位置，怎么到了医院，"占位"就成了肿瘤呢？她不敢跟父亲说他的病是肿瘤，尽管医生说还得再做进一步检查，以观察是否变异。妹妹整个脑袋被"占位"充满，无法再做过多的思考，我在电话里都能感觉到她浑身颤抖，说话的声音也因为紧张的哭泣而显得沉闷含混，还以为她站在大风里。

我内心的焦虑在体内奔腾，语气已经很冲了，问了好多遍，妹妹好不容易止住哭泣，将父亲的病情说了一遍，她不是医生，没办法把检查单上的结果原原本本地表述出来，而是提纲挈领地总结了医生的话：父亲得了癌症。我瞬间体会到妹妹站在大风里的感觉——那些大风通过手机直接刮到了我这里，我无法控制整个身体的抖动，打摆子一般，嘴唇哆嗦着怎么也闭不上。北京现在的春季比以前温和多了，也刮风，只是不再刮沙尘暴，那种一阵狂风之后满世界浑黄的情景已极少见到，最多是刮起一些浮尘，世界还是清明的。我不相信很快要到夏天了，还能遇到这种让我的世界瞬时浑浊的邪风。我努力控制住涌出来的泪水，没法给妹妹更多的安慰，只能告诉她，不用告知父亲病情真相，但要一口咬定，必须得住院。

　　我还是低估了父亲的执拗，或者高估了我们对父亲的掌控。父亲住不住院，根本不是我能操控的，主动权完全捏在父亲手里。他当即做逃离状，只是他的腿脚不太灵便，也丝毫不顾及妹妹的担心，在医院与妹妹撕扯起来，据说把我妹妹的衣袖都抓烂了，不难想象当时的情景，肯定围观了不少看热闹的人，以穿蓝条纹住院服的患者居多。幸亏我侄子及时赶到现场，将气得颤抖的父亲强行摁在长椅子上，给我拨通电话。父亲拒绝与我通话，他跟妹妹和侄子说，他理解不了为啥喜欢把他和我母亲往医院里送，人住进医院跟坐牢没有区别，没有活的自由，完全被病困住，好像他坐过监牢似的。

　　这次，我把希望寄托于母亲，谁知母亲竟然与父亲的想法一致，这很难得，他们俩的意见很多时候都处于对立状态，在住院的问题上既然意见高度统一，那我得听听母亲的意思。母亲说，你们根本不明白我们的真正想法，这个年龄了，在家里才最踏实，谁也不愿最后一刻留在医院，被推进冰柜里。

　　谁说母亲老年痴呆？她只是记忆处在跳跃之中，心里很明白的。

我忽然理解父亲说的"没有活的自由"，他不见得是轻视病，而是不想被病主宰，他可以忍受去医院检查，坚决不接受住在医院的"被困住"。生命是自由的，他想让这样的自由有空间，更加自由。

那就退而求其次。我侄子与医生经过协商，同意我父亲不住院治疗，每天来医院输半天液，边输液边观察。只是输液不在病房，得去急诊室，按照医院规定，每天挂号、取药，重复烦琐的程序，才能输上液。起初我父亲不愿意每天上医院，他能忍受胸部疼痛，却忍受不了咳嗽，尤其是晚上，咳起来没完没了，而输液才是消炎的最好捷径。可是，他坚决不在县医院输液，原因是路途太远，每天来回不方便。他提出去镇医院挂吊针，理由竟然是，他不放心母亲，如果将母亲一个人留在家里，万一出了什么问题没人知道。镇医院离家近，父亲每天去挂吊针时可以带着母亲，以免走失。我们居然没想到母亲，当心思全放在父亲身上，反倒忽略了母亲才是最需要人看守的，感叹父亲心细，看来真的如他自己所说，最了解父母的就是他们自己。

那就随了他吧。

在镇医院输液其实也不方便，距家有十几里路程，说是村子通了班车，像没通车一样，不按时发车是常态，动不动还会取消车次，时间上没有一点保证，坐趟车靠的几乎是运气，父亲不能准时上医院治疗。我侄子得赶回城里上班了，不可能每天开车两头跑。我妹妹的家在镇上，从一开始就主张父母住在她家，毕竟离医院近，免了折腾，还能赶上医院的时间。父亲和母亲在走与住的问题上，又回到了以前的对立状态，如果父亲要住，母亲坚决要回家，那个时候父亲病情严重，精神压力也大，经不起折腾，可母亲不这么想，她认为挂完吊针不回家，与住院有什么区别？还不如当时住在县医院呢，那里条件也比镇医院好。母亲不像是小脑萎缩的人该有的思维，她的话看似不无道理，连父亲都无从辩驳，只是情绪越发起伏不定，好端端地说着话，突然间发起了脾气。这可苦了我妹妹，她每天在医院守着父母，还得从中调停他们的关系。关键还有"占位"两个字的含义，巨石般压在她心里，她不能让父亲知道，又不能因此压制住母亲，面对两个吵吵闹闹的老人，还得强颜欢笑，每天像在火上烤、冰水里蹚过似的，心理压力之大，一给我打电话说起父母就忍不住哭。也只有这个时候，她能跟我释放一下内心的焦虑与不安。

除了电话里的安慰，我现在没法帮到妹妹，更没法置身不顾，抛下一切去照顾父亲，当"不孝"在脑子里闪过时，想到了弟弟，问妹妹这个人知不知道父亲生病，春节之后有没有再去看过父母。妹妹哼了一声，说是给父亲打过一次电话，不知道又想要去哪里，说要把跟着他的女人和孩子送到家里跟父母住一段时间。父亲不同意，对正经的老婆不管不顾，却让一个莫名的女人留下来，这算啥事体？不叫他今后在村里做人呐。再说，母亲现在经常丢三落四，忍心让她去照顾人？弟弟听不进人话，气哼哼地说父亲就是偏心，从小就不待见他，眼里只有老大和妹妹，也难怪，因为他本来就不是父亲的儿子。父亲没想到这么多年了，弟弟竟又重新扯上这个无中生有的话题，气得嗓子都撕裂了，连声骂弟弟是孽障。弟弟像抓着把柄似的当即吼道，早就说我不是你们的儿子，现在承认了不晚，以后桥归桥路归路，你们不待见我，我跟你们再无一点关系。便摔了电话，把父子情也摔了个稀烂。这之后，父亲不许家里人再提弟弟的名字，说是没这个儿子，也许是真的被弟弟气坏了，倒也没见他像弟弟失踪那会儿心痛和伤心。

幸好没期待弟弟去关照父母——我不知道他会不会承认还是我弟弟。

九

　　这个学期开学后不久，我儿子因为抑郁症越来越严重，整天怀疑同学在背后说他坏话，在校门外好几次堵住怀疑对象，要与人家理论；在校园里无缘无故揪住其他班的女同学，质问人家是不是一直在暗恋他；还有更丢人的，他放学后居然跟踪单身女老师，被人家报了警。我被教务处接二连三地叫去通报情况，回到家还不敢验证，刚挑起话头还没进入正题，我儿子已暴跳如雷，将矛头直接指向我们两口子，责怪我们做父母的宁愿相信别人，也不相信自己的儿子。我们怕他想不开走极端，便选择了相信他，结果是，没过多久，他被学校强行休学在家。

　　医院的心理科除过用一些选择题，测试你的思维定式外，似乎拿不出其他的招数，抗抑郁的镇定药倒开了一大堆。妻子抱着一大捧药，偷偷抹眼泪，给儿子吃多了药怕伤了肾脏，不吃怕耽搁病情，我们处于两难境地，妻子的情绪时不时也处于崩溃边缘。生活原来可以无穷无尽地折腾出花样来，我疲惫不堪，却不敢懈怠，唯每天早晨醒来时，在空荡荡的静谧中却茫然无绪，不知道接下来的这一天又会有怎样的事情发生，我将以怎样的心态来度过。反而是儿子并未受到休学的打击，竟然彻底放松下来，不用每天早起上学，晚上也不用早睡，最让他兴奋的是不用写作业，可以尽情地玩游戏，关键还没有时间限制。上午能睡到自然醒，吃不吃早餐，完全由自己决定。刚开始，我与妻子轮流给儿子带午饭回去，后来发现他压根不怎么吃，晚上回家看到午饭不是原样放在餐桌上，就是他只吃了几口，摊开扔在那里也绝不收拾起来。妻子只看到儿子没怎么吃饭，对他无规律的生活习惯和惰性直接选择了无视，她忧虑地把冷却的饭菜收拾到厨房，热了后给我们吃，再重新给儿子单独做些别的，虽然儿子依然不怎么吃，但她照做不误。

这个年龄不吃饭怎么行？妻子与我商量，午饭要不让他自己点外卖，合他口味了肯定会吃。我明知反对无效，那就默认吧。没想到这是打开灾难的阀门，我儿子点的根本不是正常的饭菜，而是网络上最时尚的那些花样，不同品牌不同口味的奶茶、各种炸串，当然少不了时尚的茅台咖啡，他实在饿得撑不住了，才捎带点份肯德基。我在网上不时看到有人会把自己住的地方变成垃圾站，总觉得那大概率是租户对房东的报复故意而为之，一个人就算不爱收拾，也不至于让垃圾把自己埋没吧。但我儿子用他的实际行动让我见识了人性里不可思议的一面：他确实把所有的垃圾都堆放在自己的房间里。如果不是妻子后来每天进去替他把那些装着剩下食物的塑料袋、没有一根吃完的串串签子、喝不干净的奶茶盒子，拢一起装进垃圾袋扔掉，他房间里没几天就能变成小型垃圾站，那味道像发酵过似的，带着暖烘烘的酸臭味儿。我不知道儿子是怎么忍受并深度沉浸在这种味道中度过每一天的，我跟他交涉过，他漠然无视，好像站在他跟前言辞恳切的不是他父亲，而是无关紧要聒噪的陌路人。要是我多说上两句，他竟然毫无征兆地爆发出狂躁，摔了手机，双手捶桌子，"啊啊啊"地喊叫，像是受到我多大重创似的。我的心忽地提起来，被酸涩苦辣咸各种滋味综合在一起浸泡着，是难以言说的滋味。我拳头攥起来又松开，脸上还得撑起父爱般的关切。

这也是个病人，我暗自告诫自己。

天知道，那一刻我有多么挫败。

听从妻子的劝阻，强忍内心的冲动，没有再去跟儿子谈心交流。木已成舟，我既不是一个好的雕工，又没有锋利的雕刀，有什么能耐重塑儿子的性情？在各种外卖的催化下，不到一个月，我儿子像极了一夜暴富的包工头，脸蛋红润肥厚，肚腩把衣服下摆顶了起来。妻子意识到问题的严重性，不知从哪儿听到的消息，说抑郁症患者要多去户外走动，换个环境有益于思考和情绪的稳定。谁知我儿子在家里待出了甜头，根本不愿出门，每次为拉他下楼去院子里散会儿步，我和妻子连哄带骗，一人薅住他一条胳膊，像是把他押往"刑场"，真是悲哀得很呐。

家里养这么个祖宗，我哪脱得开身？

没法回老家照顾父亲，让妹妹把父亲的肺部 CT 拍照发来，我在京城找大医院的专家给瞧瞧，也算是尽孝吧。妻子告诉我，你把事情想得太简单了，医院有医院的规定，不在他们那里做的 CT，还让专家给你瞧瞧，凭什么？我怎么忘了这茬，换家医院别说看片子，一盒感冒药都不给开，要从头再化验检查一遍，不是自家医院的检查，万一药开得不合适，出了问题算谁的？又不是没有发生过这样的事。怎么办？让父亲来趟京城的念头一闪而过，不现实的想法还是别去想吧。我正愁眉苦脸，妻子托同事找到一个熟人，是家著名医院的呼吸科专家，约好时间让我去找他。

谁知，我到这家医院找遍了呼吸科每间诊室，都没找到这位专家，问了护士，她们像商量好的，口罩上面露出的两只眼睛一律望着别处。我怀疑弄错了医院，打电话给妻子再次得到证实，可我怎么就找不到呢？妻子说，笨死了，你不会去问下大厅的咨询台。

医院的电梯是等不来的，偶尔等来了，肯定塞满了人，或者是病床，堵得比上下班路上还要严实。我从电梯口一堆人缝挤出去，找到步梯，从七楼走到一楼，果然发现门诊大厅边上咨询台内，有个打扮入时的美丽女士。我走近了看，发现她长了一双笑眯眯却让人难以信赖的眼睛。果然，我询问的专家名字还没说完整，她已冲我摇起了头。我转身离开询问台，心有不甘，侧过身恶狠狠地向她抛出一句："你是男是女？"她迅速剜了我一眼，居然没忘记摇头。

我走出几步了，听到她朝我的背影丢下一句："有病！"

废话！没病我来这种地方干吗？

在住院部终于找到了这位专家，报上姓名后，他竟然停止了查房，热情地把我招呼到办公室，从我手机上认真地瞧着片子，眼神像被粘住，眨都不眨一下。我一边观察他的表情，一边担心我的手机电池别太快耗完，耽误了他的判断。过了许久，他的双眼从手机上挪开，像两道闪电似的击中了我："很严重，病人在哪儿？"我跟随他的目光前后寻找了一遍，才明白他问的是我，便心情复杂地回答他："还在老家，正在输液治疗。"

"在省医院，还是市医院？"

我声音小得只有自己才能听见："是我们镇的——也叫县第二医院。"这个我没瞎说，我们镇的医院确实挂着县第二医院的牌子，不然，它不可能被称为医院，只能叫乡镇卫生院。

专家笑了，明显是嘲笑，而且他像这个医院的专利一般，拼命摇着他那颗决定许多人生死的头颅。我的心顿时被他摇晕了，这下彻底跌入冰谷，先前的一丝希望迅速蹿得没了踪影。

只是，我没有将实情告诉妹妹，一切都像 CT 结论上的词语那样，不排除，当然无法确定。先让父亲治疗着看吧。

十

无论如何，我得回趟老家。

妻子试探了几次，我能感觉到她欲言又止的真实意图，便直接对她说："你不说，我也明白，将儿子带上好了，他爷爷奶奶多年没见，也很想他。"妻子如释重负，随之泪水涌了出来。我知道她的心思，现在什么都不重要，只要把这个祖宗侍候好，不出问题就行。

可是，儿子会跟我去吗？这是个难题。

看来，妻子的想法比较简单，依照她的筹谋，如果儿子拒绝与我同行，就送他回学校。这招不行，再断了他点外卖的资金链。没错，这两条全是我儿子致命的软肋，但他能乖乖就范吗？对此，我持怀疑态度。当然，我不能在妻子面前表现出来，儿子早已使她临近崩溃的边缘，她每天红肿的眼睛瞒不了我。

将买好车票的信息发给我妹妹，她很快打电话过来，没开口说一个字，已哭得上气不接下气。我的心往下一沉，好不容易将她劝住，问到底出现了什么变故？妹妹说，你突然间买票回来，我还能不明白？

"明白什么？"妹妹的话让我脑子似进了水，所有的思绪被水泡成了稀泥。

妹妹说："这不明摆着，爸肯定是那个什么——'占位'了，不然，你怎么突然间要回来，还带着萌萌！"萌萌是我儿子的小名，自从他抑郁之后，我在学校教务处办公室里找不到地缝可钻，咬着牙在心里暗下决心，从此不再叫这玩意小名，如果不是妹妹突然叫起，我都差点忘记了，这可爱的小名是我儿子的。

我怎么没想到这一层？父亲本就是个多疑的人，我这突然间回去，他能不多想？可专家的意见压得我喘不过气来，虽然专家没有说得十分明确，可他那个"很严重"不就说明了一切？我赶紧跟妹妹解释，心里乱纷纷的，这个那个胡乱扯了一通，也没说清父亲的病，倒将我儿子的情况描得越来越黑。妹妹看破了我的心思，心情渐渐平复下来，倒劝起我来，假如父亲肺部确定是那个"占位"，咱们要做好接受的准备，现在情况明摆着，要带他去大医院非常难，就是硬拉他去了，他的犟劲上来，拒绝配合，也无济于事。再说了，得了这种病，有治好的吗？

我一时无语，挑不出更恰当的话语来回答妹妹。

妹妹叹息道："哥，这个时候你最好不要回来，尤其还带着萌萌，是为见最后一面？还是——连我都想到了这层，老爸能想不到吗？你知道老爸爱琢磨事，人老了又非常敏感，他们的好多心思不直接说出来，经常让你猜，难呐！"

本来，我还想给父亲打个电话，说一下我回家来照顾他，妹妹的话一下点醒了我，幸亏没先告诉父亲我买上了回家的车票，不然，他肯定胡思乱想了。

退不退车票，我心里一时拿不定主意，陷入两难境地。

刮了一天的大风，这是北京春天的前奏。晚上回到家里，我与妻子商量，其实想让她给我出主意，她静静地听完我的困惑，肿胀的眼睛深深地看了我一眼，一个字都没说。我明白了这个选择还得自己作，她让我带着儿子本就是一种期待，我却揣着她的期待让她帮我拿主意，她能不失望吗？我无奈地摇摇头，回老家这么简单的事，却被埋成了一颗雷，是平静拆除，还是迅疾引爆，却成了难题。

快睡觉时，妻子来书房告诉我，儿子房间窗户的密封条被风吹坏了，风声像鬼叫，吵得睡不着，他提前占了我们的卧室。我叹口气，放下手头的书，去客厅默默地收拾沙发上的杂物，铺好妻子抱来的被褥。

看来今夜注定要失眠，我在茶几上已备好助睡的安眠药和水，望着那片苍白的药片，我内心突然间惶恐不安，全身发冷。暖气刚停没多久，室内温度有些偏低，但能忍受。可今夜我觉得客厅冷得像冰窖，寒气侵入了骨髓。我爬起来找到空调的遥控器，插空调电源时，惊到了妻子，她抬头看我一眼，说了句："客厅是比卧室冷，我也想着开空调，怕你不同意。"

是的，我们的空调只用于夏天制冷，这么多年来，在集中供暖前后，天气再冷也从未开过空调取暖，几乎忘记了空调还有制热的功能。今天试一下吧。

绿肥红瘦

　　春天的时候，何小超要在父亲留的两亩空地里，种有机蔬菜。黄瓜、茄子、辣椒、豆角、西红柿，他从网上把这些菜种都买齐了。

　　父亲何达年当然不同意，这两亩地是他专门预留出来种早玉米的。三月初下种，六月底还没入伏，嫩玉米棒子就能掰了，论个儿卖或者论斤称，给那些二道贩子，收入也比种麦子高出一些，虽说高不了多少钱，可图个新鲜，买卖之余能给自己留个口福。不然，又能怎么样呢？前年，何达年在城里工地上出了意外，脚手架倒塌致使他跌落受了重伤，从医院出来，他拖着伤残的腰腿，怀里揣着十万块赔偿款，把再难挺直的腰杆咬着牙挺了挺，佝偻着腰寻找轮椅专卖店，准备买辆电动轮椅，享受几天"残疾人"的生活。在轮椅专卖店看了下标价，他发现老婆恐慌的目光，还有身后高大却显单薄的儿子，他的腰杆顿时塌了。回到家乡的集市，何达年一瘸一拐地溜达了半晌，讨价还价，最后花十块钱买了根枣木拐杖。从此，他挂着拐杖成天在自家的地头转悠，做好下半辈子在这几亩地里刨食的打算。说实话，土地里绣不出花，打的那点粮食刚够化肥农药和种子的钱，最多落个口粮不用愁。以前何达年出去打工，每月刨去吃喝日常用度至少落下三千块钱的收入，他早就看不上这几亩地的收成了，将活儿扔给老婆，他偶尔回家捎带着搭把手。受伤后就不一样了，身体状况不允许他出去挣钱，就算能出去，却掩饰不了他身体的短板，没人会用他了。只能重操种地的旧业，地是自己的，想怎么种就怎么种，他做得了主。毕竟在城里待了几年，见得多眼光随之也变了，不再循规蹈矩，在几亩地上做起文章，种早玉米比种麦子收益好，去年已经取得一些成效。按照何达年的想法，土里虽说刨不出金子，可只要有想法，看准市场，会规划，也比一成不变守着种麦子强。自己身体不似从前，但他见多识广，想法比别人多。可儿子突然提出要种有机蔬菜，张口就种两亩，何达年认为这是冒险。

"要不，先种几分地试试？"何达年心里坚决反对，口气却是商量的。

何小超完全沉浸在手机之中，头懒得抬，从牙缝里硬邦邦地挤出一句："不上规模，还种个毛！"

何达年被噎得直翻白眼，他把拐杖攥出两手汗水，却攥不出一句怒怼儿子的话来，目光搜寻老婆，见她一副无动于衷的样子，明白自己孤立无援，便在心里叹了口气，默默地转身离开。拐杖捣地的声音大于以往，却盖不住何小超手机里爆发出的笑声。还好，是搞笑声，不是嘲笑。何达年懂这个，在工地的那些夜晚，他也是在抖音短视频的笑声中度过的。

只是，何达年在工地搬了将近十年砖头，从每月八百块工资涨到三千块，把何小超从初中、高中，一直供到三本毕业，以为有了出头之日，谁知儿子报答他的，是整天西装革履，看上去像模像样，却在一家公司销售更适合中国人体质的"凉白开"。三本毕业的大学生啊，这职业别人问起来都说不出口。何达年心里这道坎还没迈过去，儿子已经换了一家公司，依旧穿西装打领带搞销售，这次卖的却是"老冰棍"，夏天快到了，儿子转型也挺应景，只是这年头谁还惦记加了糖精的老冰棍？广告词说得好听"吃的是记忆"，可惜那茬能记忆起老冰棍的人基本不能吃糖，大多人有了糖尿病，剩下的极少数害怕得糖尿病。从前觉得幸福的甜，莫名其妙演变成了病，更别提"糖精"两字，凡是成"精"的东西，中国人的体质已经适应不了，肠胃极度过敏，还不如喝凉白开呢，至少听着温和、友好。刚开始，何达年还以父亲的口吻跟儿子交涉，好歹也是大学生呢，找个体面点的工作，听上去能有发展的那种。何小超用冷笑回答父亲，我也想创业办企业当老板，可有你这么一个工地搬砖的父亲，能为我的打拼提供多少资金？儿子的话像一记闷棍打得何达年辨不清东西，儿子的未来向来是以老子的能耐垫下基础才起的高楼，这话没毛病，是这个理，干什么不得"拼爹"？他要是有钱，儿子的未来早就有了大半壁江山，还用这么苦哈哈。这下，轮到何达年心虚了，他不再提及儿子本身的能力问题，自己的语气缩得比父亲的身份还要快。好吧，只要你能把自个儿肚子混饱，别跟老子要饭费，爱是什么岗位，一个工地搬砖的老子，连基石都算不上，哪有资格让儿子活出体面！

　　想法还是简单了。何小超在城里待了不到一年，网恋了一个女孩，见面后迅速爱得死去活来，一起逛街、网购，当然免不了同居，恋爱的成本可比婚姻的成本高多了。两人很快从最初的西餐降为普通烧烤，以何小超穿西装打领带搞销售的收入，能把这种生活维持多久？还没品咂出甜蜜的悠长滋味，就结束了。失恋后，何小超情绪低落，脾气却涨高了，好不容易打个电话，不是问父母要钱，就是质问为什么没给他一个好出身？别扯富二代、官二代那些挨不着边的，起码在城里有套房能继承也行啊，他也不至于狼狈到如此地步，在城里要啥没啥，整天撑着笑脸给人点头哈腰，心里却想着欠的三个月房租。又硬着头皮支撑了几个月，突然拎着一箱西装、领带跑了回来，钻进自个儿屋里，从此过着夜晚不睡、早晨不起的"高光"日子，打拼创业之类的词闭口不提，好像一辆破旧的手摇式拖拉机，起初摇几下还能发出"扑扑"的声响，假装有动力冲起来的样子，扑腾几下后，懒得装了，索性直接歇摊。

何达年哪受得了儿子回家当祖宗，他不怕穷，就怕懒，什么都不干的日子就是一潭死水，只能越来越臭，什么时候也活不起来。每天早饭时，他见老婆小心翼翼站在儿子房门前，偷听里面的动静，他气就不打一处来，却发不出火。他的火气从脚手架跌落的那一刻，被彻底切断了气源，情绪稍微激动一点都会喘气不匀，哪还有发火的气息？

在种早玉米和有机蔬菜的选项上，何达年的意见一般维持不了几天，老婆和儿子永远站在一个战壕里。在老婆眼里，儿子现在是这个家里的主心骨，具体事务娘儿俩说了算，何达年最多只能算个名誉家长，有存在感，却没发言权，形同虚设。好多事由不得他。

这天，两辆大卡车拉来两大车羊粪。大卡车有自卸功能，何小超指挥卡车转遍了两亩地，直接将羊粪撒成许多小堆，省去了不少人工劳作。何达年拄着拐杖跑前忙后，在卡车的怒吼声中，指责司机技术不熟练，曲里拐弯，到处是车轮碾压的辙痕，翻地时得费不少劲。卡车司机在驾驶室里漫不经心地向外看了几眼，不搭理他的指责，或者压根儿听不清他激动的指责。老婆跑过来拉住何达年的拐杖，把他扯到地头，丢下一句："瞎操心，翻地轮不到你，一边待着去。"他哪里待得住，操起锄头帮老婆去刨那些小粪堆，由于腿脚不灵便，速度赶不上老婆的一半。

何小超送走卡车，回到地头看到父母忙碌的身影，拿手机拍了几张照片，挥手让他们停止："你们停手吧，回头让旋耕机来回走几趟，比你们刨得平整。"

两口子收起锄头，何达年嘟囔："让旋耕机刨粪肥，不花钱呀，这点活能干几下。"想到这些自己能干的活，却要让机器替代，他心里疼痛，悄悄骂儿子，"还没挣到钱呢，就开始烧包了。"

老婆抹去额头的汗水和尘土，却对儿子说："小超，要是旋耕得趁早，这羊粪臊味太大，就这工夫熏得人睁不开眼呢。"

何小超盯着手机屏幕，哈哈大笑一通后，漫不经心地说："妈，你不用管，我已联系好了，只要他们那边忙完，第一时间来给咱旋耕。"

何达年心里一直存有疑问，不失时机地插了一句："羊粪劲儿大，不沤一下，直接下进地里，行不行啊？"

儿子这次给足面子，在手机上戳了几下，伸到老子面前，耐心地解释："看看吧，给咱送来的是发酵过的羊粪，搭配了生物菌肥，既然种有机菜，就得科学先行。"

旋耕机没有想象的那么快到来，两天过去了，没见到旋耕机的影子，倒是春天的风迫不及待，从远处的山谷迅速赶来，一路上动静不大，却足以将羊粪末卷上天空，抛撒到每家每户。这下，整个村庄骚动起来，人们被羊粪熏得受不了，纷纷指责何达年。有年轻人扬言要给环保局打电话，举报他家给村子造成严重污染。何达年有口难辩，他又不能把责任推到儿子身上，背负着一身骂名，却让老婆催促儿子，赶紧把旋耕机叫来。儿子在母亲的监督下，停下手机游戏，打通电话，对方说旋耕机临时出了机械故障，所以耽搁了，至于什么时候能修好，那得看修理师傅的时间了。

不能让全村人在羊粪的臊味里度过这个春天吧。这个时候，老婆独当一面的劲儿蹿了出来，她扫了一眼垂头丧气的爷儿俩，当机立断给她表弟打通电话，叫来了一辆拖拉机，随后包条头巾顶风冲进地里，挥锄刨撒羊粪堆。拖拉机举着明晃晃的犁铧跟在她后面，不到两个小时将羊粪全翻进泥土里。羊粪的臊味还在，可比之前轻了不少，笼罩了村庄四天后才慢慢地散去。

一场春雨过后，何小超领来一帮年轻人。他们从大巴车下来，身着统一的红白两色运动装，列队喊着口号走进田地，一字排开进行有序播种。这阵势像极了乡村过红白事请来的服务队，吸引了不少村人到地头围观，他们忘记了前一阵羊粪的骚扰，乐得看起稀罕。

这场面是给儿子长脸面的大好机会，何达年腿脚不灵便，让老婆去村头小超市买来香烟，他跛着腿钻进人群给大家发烟，借机给左邻右舍赔个不是。村人对何达年炫耀式道歉根本不在意，羊臊味儿已过去了，谁看热闹的时候还顺带把那臊味惦记上？他们关心的是种个菜，也这么闹腾，到底种的是金菜还是银菜？

何达年面对大家的提问，打起哈哈，他给人递烟、点火，答疑解惑的话半个字都吐不出来。

辣椒一行，茄子一垄，何小超带人把两亩地整得有模有样，好像挂着"有机蔬菜"这个名头，就得起这么大的阵势，不然，怎么与普通蔬菜区分得开呢。劳作间隙，他妈找个机会小声询问，雇这些人工钱肯定低不了，为啥不让邻居们干呢？这个季节他们找不到活干，给几个钱算几个，他们不会计较，还很乐意呢。

何小超瞅了他妈一眼，提高了嗓门："妈，你怎么还不懂呀，这可是有机菜，讲究着呢，他们会种吗？"

一旁注意动静的何达年赶紧凑过来，把老婆扯到一边，压低嗓门说："你别瞎掺和，他那么大嗓门，嚷得大家都听到了。"老婆被儿子怼了一肚子怨气，狠狠地剜着何达年，眼里却是心疼："成本高了，菜价肯定贵，到时候卖给谁呀！"

何达年没考虑到这个问题，他以前在城里工地，晚上闲翻手机时看到过有机蔬菜的一些信息，他不关心高端生活，一划而过，现在老婆既然提出来了，他在手机上搜索了一番，有机菜的价格惊得他直咋舌，跟他们眼下的生活完全不搭界，他陷入了忧虑之中。晚上越想越睡不着，冒着挨骂的风险叫醒老婆。经他这么一说，老婆睡意顿时全无，心里本来就忐忑，这下更是焦躁不安，两人相互间找不出一句可以安慰的话来，何达年督促老婆提醒儿子，排场再大，种出来的菜再好，卖不掉却是无用，这可不是小事，费老大的劲只赚个吆喝，光有成本赚不来利益，接下来的日子要不要过了？老婆是个急性子，被何达年这么一激，等不到天亮，当即敲开儿子的房门。好在儿子还没入睡，沉浸在游戏之中，暂停不下来，待他过了通关，才极不耐烦地告诉母亲，销售的事根本不用发愁，别忘了他这些年是干什么的——销售。他下决心种有机菜，可不是给村里人消费的，那明摆着是死路一条，他针对的是大城市高端人群，跑销售这些年，他早已摸清楚了城里人的消费观念，不怕多花钱，怕的是吃不到无公害的有机菜，健康对他们来说永远排在第一位。现在市场上全是化肥农药残留、膨大素催生蔬菜，再加上转基因食品，他们整天握着巨额财产，却得不到安全的食品保障，过着诚惶诚恐的日子，这样没质量的生命，就算有钱又怎样？有机蔬菜就是他们健康的有效屏障，是他们最大的慰藉。

亏了何达年老婆的理解能力有所提升，能完整地听懂儿子嘴里蹦出来的新词。听了老婆不带一点磕巴的转述，何达年把心放回肚子里，他光惦记眼前，竟然忘记了儿子这些年持之以恒搞销售这茬了。不管怎样，儿子年轻有想法，更有眼界，比他活得"高级"多了。

为了让父母放心，儿子透露了许多本该不能说的秘密，像那些前来帮忙下种，包括今后施肥、采摘的人，全是一家无公害种植公司的员工，现在不用给他们一分钱，等有了收益后，才按比例分成，签了协议。这么说吧，只要种出高品质的有机菜，不愁没人要，他早做足了功课，也准备好了网络直播销售的渠道。再说，国家也有这方面的优惠政策，快递有一定补贴，幅度大到等同于免费邮寄。

这下还有什么可担心的，坐等菜籽发芽、出苗、成长、收获了。何达年想想都觉得前景一片光明，把心彻底放回肚子里。菜种撒下后，他比儿子还紧张，每天早晨起来，顾不上洗脸，拄着拐杖先去地里转一圈，看着菜籽蚂蚁群似的顶破了土层，冒出针尖似的嫩芽，心里的欢畅便裹了厚厚一层。他蹲下身子，想帮嫩芽揭去头顶的籽壳，让它们尽快挣脱束缚，迅速成长。刚伸出的手又缩了回来，他怕吓着嫩芽，更担心自己的力道不稳伤了它们，便紧紧地握着拐杖，欢畅之中又带着点绵长的惆怅。他有劲使不上。

到了该使劲的时候，何达年一家人却束手无策了。大地复苏，万物生长，菜芽很快长成了菜苗，随之而来的虫害也悄然登场。先是蚜虫，芝麻粒大小，绿色的、黑色的、灰色的，品种比较齐全，起初聚集在辣椒苗顶部的两片叶子上，没过几天，遍布整株秧苗；茄子苗更惨，除过巨大的青虫，还有蓟马、粉虱、蝼蛄，像是虫害联盟，它们集中在一起攻击才显出得心应手，半垄茄子秧苗不到三天，叶子被吃得精光，剩下几寸长的茎干孤零零地竖在地里，像输了仗却不肯输阵的队伍，有种极其悲怆的狼狈样。

有机蔬菜不能打农药，这是铁规。

何小超咬紧牙瞪起眼，打消了父母施用农药的想法，他说宁愿菜苗被虫子吃光，绝对不能打药，否则他违犯的可不是协议那么简单。但他说不出，除了不能打农药还能怎么办，他的目光瞟过那些薄薄的层次不一的绿色，像不经意中遇到的意外一般，似乎没有抓心挠肝的紧张感。倒是何达年，吓得不敢再提农药两个字，写进协议里的东西谁敢违犯？可他心有不甘，任由这些才长出来的秧苗在自己眼皮底下，被这些腻歪的虫子祸害。不能指使儿子，尽管儿子才是种菜的主角，可揪心的却是何达年，他带着老婆给菜苗捉虫子。青虫好捉一点，个头比较大，也好发现，从菜叶上揪下当即蹂死就行，可蚜虫、粉虱用手抓不住，它们太小了，还会飞，抓不住也碾不死，完全靠运气偶尔能拍死一两只。

两亩有机菜，放眼望过去很大一片，长得的确喜人，可要徒手抓虫子，那不是一般的受罪，是遥遥无期。一天下来，他们抓了还没有床大一块地，老婆急得破口大骂，听不清她骂的是虫子，还是儿子，骂着不解气，她站起身头发晕，踩烂了几棵菜苗，揉着酸胀的腰声称不抓了，爱咋地咋地。瞅见何达年蹲坐在地一声不吭，她心里酸涩，难受得泪水涌了出来。何达年腰直不起来，背鼓凸着，头几乎伏在菜苗上，受过重伤的右腿蜷不过来，只能拖在身后，全凭左腿往前慢慢移动。他听不到身边的动静，仰头看到老婆满脸的泪，不知道该说些啥，知道说什么也掩饰不了内心翻腾的焦虑，眯着眼瞅着老婆，竟扑哧一声笑了，笑着笑着跟老婆一样泪水四溅。老婆抹了把泪，将他强行搀扶起来，扯着往回走："算了，走吧，不捉了，哪捉得完呀，就咱这两双手，斗不过这些虫子。咱不急了，就当这两亩地瞎了，给儿子玩了一把。"

何达年抹了把眼睛："要是不种，瞎了就瞎了吧，影响不了啥。可这菜苗都出来了，瞎了可惜。"

"我这心也是肉长的。"老婆扯住不松手，"可不能只顾可惜，不顾命吧。看看你都成啥样了，走，咱回，不干了！"

何小超其实不像他表现出的那般漠不关心，他不赞成父母捉虫子，这种原始的方法对付几垄地或许会有些效果，可对偌大的两亩地，是隔靴搔痒，除了浪费人力，没有什么作用。他心里着急，但不愿跟着父母用笨方法解决问题。他从网上搜寻防虫的法子，方法很多，只是防虫害需要一定的资金。购买防虫网、杀虫灯、黏虫用的黄板和蓝板，算下来两亩地的装备需要的钱不少，可他手头上哪有这么多钱。尝试了几次，他想要出父亲的那笔补偿金救急，总是底气不足，每次说到钱的关口，也让父亲用别的话题避开了。很显然，父亲不愿动用这笔钱。

何小超心里明白这笔钱是父亲用命换来的，父亲曾经说过要留给儿子娶媳妇，这是人生大事，也是为人父母最该做的。成家也便真正成人，有了自己的家，父母的责任才算尽到了头。这些话父亲说得郑重其事，何小超听得却不那么认真，他在心里盘算，如果自己不识趣硬来，不但拿不到钱，还会引起父亲的警觉，把钱看得更紧。母亲虽然多数时候更顾及儿子，可她立场不坚定，在钱方面与父亲一样，肯定不会把家里这最后的支撑拿出来，让儿子投在有机蔬菜上。这是现实，就像何小超在城里做销售时一样，穿不破客户死守的那个底，绝不会掏钱接受你推荐的产品，哪怕磨破嘴皮子，最后尴尬的依然是你自己。

那么，眼前的虫害困境怎么解决？何小超咬咬牙，只能又一次求助于无公害种植公司，先从他们那里赊一些物资救急。这个倒不难，只要你开口，这种公司会一条龙服务，赊账得先有押金，没有押金也不要紧，可以办借贷，只要签字画押，不用出面，贷款的中介都给你安排好了。

很快，大卡车运来了防虫害需要的所有物资，连安装工人也一并拉来了。天气逐渐转热，他们统一着白色衬衫，上面套件淡黄色坎肩，清一色的靓男俊女，一点不像侍候土地的样子，干起活来却经验丰富，栽桩、布线有条不紊。这阵仗比之前下种那次大了几倍，何达年家的两亩菜地瞬间变成庞大的工地，为抢时间，连夜加班干，菜地里灯火通明。何达年对工地太熟悉了，却没见过这么大的排场，仅围观者就有上百人，不光本村，连附近村庄的人都惊动了，一些小商贩也来凑热闹，在地头、路边撑起简易棚，卖吃食、饮料。这次，何达年不发烟了，人太多得买多少烟啊，也根本发不过来，干脆他躲在灯光照不到的大树后面，偷偷地瞄着菜地这边的热闹。说实话，大卡车和大巴车一来，人欢马叫的场面刚拉开序幕，何达年的心就不在胸腔里待了，一直往嗓子眼凑，瞅机会想蹦出来呢。看着喧闹的场景，他老觉得眼前有个硕大的泡影飞舞，在灯光的照耀下，闪着七彩光芒，煞是动人，他不敢用力呼吸，生怕那薄如蝉翼的泡影在气息的干扰下轰的一声炸裂。想象那炸裂之后四分五裂的碎片，他有种莫名的惊惧，像被人扼住脖子似的无法挣脱的恐惧感。他心情很沉重，三番五次找老婆，想与她把这梦魇一样的感觉说出来，可由于激动，自己的气息跟不上，又没有恰当的词语，总表达不出完整的意思，倒弄得老婆一头雾水，眼神里全是莫名其妙。这下，他有点担心老婆了，怕自己真的说清楚了，她接受不了晕过去。算了，还是先顾眼前吧，别用他的感觉和猜想吓唬她。以后再说吧。以后，谁知道会怎么样呢。

还别说，防虫网、杀虫灯，包括那些黏虫板真的起了作用，尤其是杀虫灯，听说是什么紫外线高压技术，每只灯一晚上能诱杀上千只害虫，选择的又是太阳能设备，不用花一分钱电费。设备安装好只启用了一个晚上，何达年大清早迫不及待跑到地里查看，菜叶和地上死了一层蚜虫和各种各样的昆虫。只是，没伤到藏在菜叶背面的青虫，它们没被灯光照射到，就是照射到了未必能被杀死，青虫个头大，能抵抗杀虫灯的威力。何达年把自己的担忧说给儿子听，目前青虫的危害最大，难道青虫还得雇一些人工去捉？一想到最终还得花钱落在人工身上，加上这些设备所消耗的钱，何达年头又大了，心跳也跟着凑热闹，能听到"咚咚咚"擂鼓般的声音，他恨自己经不住事，一想到花钱就心慌。可话说回来，以现在他们的家庭状况，没有来钱的路子，不心疼钱才怪，日子还长，没钱咋过呢。

何小超对父亲的关注点很无语，睨了父亲一眼，说道："你总是怀疑科技的可能性，青虫一直在我们捕杀的范畴里，这得有个过程。你应该知道啊，青虫十天半个月就会变身，化成飞蛾，那些防虫网就是给它们预备的，到时候保证一个也跑不掉的。"

儿子把话说得这么自信，何达年却没把心放回肚子里，科技当然有科技的力量，但科技没有把所有的影响因素都算进去，就不能解决一切问题。他当然知道青虫迟早会变成飞蛾，防虫网守株待兔，迟早会防住它们，可在青虫变成飞蛾前，它们存活的这十天半月里，才是真正的危害期，它们会把菜叶啃光的。只是，他没把这话当面说给儿子，生怕自己又有哪个因素没考虑到，会被儿子再次奚落。他不想给儿子奚落的理由。

气温转暖，蔬菜一天一个样，眼看着黄瓜和豆角从两片叶子中间抽出了长长的茎蔓，茄子秆呈现出紫色，辣椒分出了枝杈。看来，青虫没有想象的那么厉害，没有其他虫害的配合，单兵作战，它们啃吃菜叶的速度赶不上蔬菜生长的速度。这些天，何达年忍不住拉上老婆，借看蔬菜生长为由，一垄垄开一垄地捉青虫，也降低了不少虫害。反正闲着也是闲着，多捉一只青虫少一片菜叶受害，高端菜卖得贵，总得讲品相吧。除了何达年夫妻俩抓青虫，还有防虫网粘住的飞蛾也越来越多，青虫的繁殖能力很强大，化成飞蛾的速度也很快，它们一边繁衍一边死亡，倒没影响到蔬菜的正常生长。

给黄瓜、豆角搭架的竹子送来后，何达年主动跟儿子请缨，搭架的活儿不要请人了，又不是什么高科技，他们自己能干。他腿脚不便，但不影响手上的动作，前些年在工地绑钢筋练就的手艺，协助老婆绑扎起竹架，一个能顶俩。这下，名正言顺地帮儿子操持着这些活，盘算着能省不少的人工费用，夫妻俩挺高兴，配合默契，老婆也不嫌累，两人搭架的进程还是蛮快的。

但他们觉察到，儿子陷入了前所未有的焦虑烦闷之中。

按照合同条款，该给有机种植公司支付第一笔款了，因为之前没有预付，这次得付百分之二十。除过打电话催，公司还派人来了两回。天下没有免费的午餐，有机种植公司用工排场，并不是给他何小超撑脸面，而是为挣他的钱。先期投入全是预借，何小超以为在种植公司豪华的阵容面前，父亲会想到儿子口袋里的空虚，会因儿子一颗准备成就大业的心而感到震撼，从而竭力支持。事实上，父母没反对儿子的雄心壮志，两亩地都给他折腾，两个人任凭他摆布，甚至照看菜地比他还要用心，一副殚精竭虑的慷慨状，根本不提资金的事。没有父母投资，他哪有能力支撑？

眼瞅着父亲手里的钱像吊在驴眼前的草，透着青草的香气，却无法吃到嘴里。父亲无心把压箱底的钱用在有机菜上，何小超明白，对父亲这样的人动之以情肯定无用。起初，在有机种植公司挂账，何小超有自己的打算，想着只要把有机菜的场面撑起来，说什么父亲也得拿些开办费出来。他试探了好多回，发现自己高估了父母的支持力度，或者说，高估了自己在这个家庭的地位。现在公司三番五次催账，他的借贷款虽不至于利滚利那么夸张，可每天增长的金额对他还是形成了很大压力。蔬菜在成长之中，到目前没有创造一丁点收益，他从哪儿去弄这笔钱？愁得他几天都没打游戏了，觍着脸三番五次往母亲跟前凑，他想从母亲这里打开缺口。他跟母亲开玩笑说，他是为这个家的未来创造光明前景，父母是不是该赞助一点？话没说透，母亲却急眼了："我们把地给你，把人给你无偿使用，还要赞助啥？何小超，我告诉你，可别打你爹补偿金的主意，那是留给你娶媳妇的，说死也不能投到种菜上。我一直忍着不敢说，不就种个菜，尽弄这些虚头巴脑的人工机械，看着都不可靠。实话跟你说吧，你爸整天替你发愁，脸都瘦了一大圈。"

母亲一急眼，何小超立马拐了弯："哎哟，妈，怎么连个玩笑都不能开，眼瞅着菜快上市了，我让你们拿过一分钱没有？"母亲嘴张了又张，想说什么，到底没说，叹了口气，把目光移开。

在外面闯荡了几年，虽没干成事，当然也没挣到钱，却长了不少见识，何小超心里明白，若连一心顾念他，在他面前意志相对薄弱的母亲都说不服，更别想把钱看得比命还重要的父亲了。试探都出了这么大反应，真要豁出性子硬要，结果肯定不乐观，而且还会伤及父子、母子的感情。

没有钱还贷怎么办？菜地的事又不能停，就算停了，也停不住一天比一天增长的借贷，它像一越张越大的嘴，散发着阴冷的寒气，慢慢地向他逼近，过不了多久，会将他全部吞没的。

与其等着被吞没，倒不如孤注一掷。看着父亲拖着伤残的腰腿，和母亲在菜地里躬身捉虫、拔草、清理秧苗的身影，何小超心里很难受，他像瞬间被抽走精气似的，浑身乏力。到了无路可走的地步，他只能采取主动出击了。

从箱底翻出西装、领带，照着镜子比画了一早上，何小超最终选择穿件短袖衬衫出门。天气已经很热了，又不是去公司上班，穿西装打领带显然不合时宜。父母疑惑地盯着儿子，想知道儿子要干什么。何小超避开他们的目光，貌似有些羞涩地丢下一句，去下城里，有好事要发生。

傍晚时分，何小超满面春风地回来了，身后多了一个长发飘逸的漂亮女孩。她的突然出现，惊得何达年两口子目瞪口呆。过了许久，何达年在老婆眼神的威逼下，依照自己的思路，悄悄问儿子："小超，这是你请来的防虫技术员吧？"

"在你眼里，只有虫子。"何小超眼神闪烁地瞥了父亲一下，把目光迅速转向母亲，"妈，这是小念——同学，你把我那间屋子收拾出来，她在咱家要住几天。"

凡做母亲的，都对儿子与异性交往有着天然的热情，早上儿子出门那句"有好事要发生"点燃了她美好的想象，心里泛起儿子要"拱棵白菜"的喜悦，她赶紧翻出从没用过的床上四件套，把儿子床上的全扒拉下来换上新的，顺带将儿子凌乱的东西一并收拾出去，抹了桌子拖了地，从柜子里还翻出一张风景画，贴在窗户一侧的墙上，屋里顿时有了平日里不曾有过的光亮和温馨。母亲用极短的时间，将儿子的屋子改造成小念同学的闺房，她很得意。只是她没想到，儿子并没将焕然一新的房子完全让给小念同学，他依然住在里面。

尽管很期望，可儿子和小念同学这般闪电速度，还是让何达年两口子不知所措。他们压低嗓门，叨叨各自的看法，喜忧参半，更多的则是不安，到天亮也没就此事达成认知上的一致。上午，何达年打着哈欠在菜地里锄草，心思不集中锄掉了几棵辣椒苗，气得老婆把他的锄头夺过来，正要开口臭骂，何达年指了指地头的儿子和小念同学，他们正在架设三脚架固定手机，要在田间开直播，为将来有机蔬菜的销售提前热身。直播何达年肯定支持，现在大家都习惯在网上购物，别说城里，就连他们附近几个村子都有了快递网点，线上销售几乎成了打开各类商品滞销的法宝，只要打开手机，就不怕你刷不到直播售货，时不时还能刷到一些大大小小的领导在直播推销当地的产品，那都是代表当地政府坐镇，绝对是王牌。这么说吧，在网上，只有你不想买的，没有你买不到的；只有你不想看的，没有你看不到的。所以，何达年觉得儿子的思路是对的，你种的是有机蔬菜，可如果没有定点的销售渠道，你让人怎么相信这菜是有机菜，没施过化肥、打过农药？在现场直播，不光能把防虫设备播出来，连土壤的肥沃都能借此窥见，而何小超的销售经验更派上了用场。眼看着一切都向好发展，怎么突然间冒出个小念同学，竟然与儿子同居了，好端端的艳阳天，突然下起了雨，你根本说不清这雨是好还是坏。没法说。何达年觉着不对劲，可他说不出哪里不对劲。他当然希望儿子快点娶上媳妇，解决了终身大事，可似乎不该是现在，眼下有机蔬菜到了关键时刻，不敢松劲呀。与老婆一夜的争论使何达年精疲力尽，他不想再费口舌。何达年心里有自己的小九九，人家小念同学一个姑娘家都没顾虑，儿子能吃啥亏。当然，这样的想法他知道不对，假如儿子堂堂正正与小念同学谈婚论嫁，把人家正式娶进门，然后小两口一起经营有机蔬菜，当然再好不过。关键是，事发突然，不要说对方的情况没摸清楚，连儿子的想法都摸不清头绪。儿子与小念同学这样子到底算什么，做父母的最闹心这种不明不白，简直急死人了。

何小超看透了父母的心思，拿捏了三天，才给他们吃定心丸：小念同学是他以前读大学时的女友，后来因为他的工作不尽如人意，主要是他不思进取，满足于不温不火的销售，一点不为将来着想，小念看不到希望才含泪离开了他。一怒之下，他回家做了有机蔬菜种植，才真正在这个世界上有了适合自己的立足之地，他从一个搞销售的大学毕业生返回农村，成为新型创业者，他算是找对了自己的路子，虽说有机蔬菜收获还"在望"之中，但这份事业绝对有希望，肯定能做得风生水起。小念同学从他为数不多的几次网络直播中，看到了他开始创业打拼的新状态，便不计前嫌主动联系了他，提出再续前缘。两人毕竟有感情基础，再次牵手顺理成章。

何达年两口子完全被儿子的讲述感动了，看来儿子的终身大事八九不离十。听到关键处，母亲双手合十，差点对儿子顶礼膜拜了。

不过，何小超瞅准时机，给父母抛出了条件：在城里必须买房，而且马上买。"这是我和小念同学能够结合的唯一条件，不答应说不过去。"

何达年与老婆迅速对看了一眼，心里极不舒服，买房是多么大的事啊，何至这么急？再说了，两人刚重续旧情，便迫不及待提出这个要求，那可要慎重了，毕竟分开之后，两人这么久没联系，不知道其间发生过什么事呢。在何达年眼里，儿子并不是他自己说的有事业心，从蔬菜下种到出苗，再到现在秧苗初长成，他正儿八经关注过几回？倒是直播的时候才像打了鸡血似的，一直扯着嗓子喊叫，撕心裂肺的样子，拿手机看儿子直播的何达年当时就有精神分裂的崩溃感。

儿子突然抛出买房的话题，以何达年的智商，怎么接得上话茬，他给老婆使眼色，关键时刻还得她往上顶。老婆心领神会，立马进入角色："房肯定要买的，眼下就这风气，这也一直在我们的考虑之中。可买房是大事，急不得，再说，一时半会儿咱也拿不出这么多钱呀。要有这个钱，还不早给你把房子备下了，哪能等到现在？"

何小超打断母亲："妈，这些话现在就不说了，买房是我提出来的，我以前亏待过小念，人家一个大姑娘家的，回头再来找我，图我什么呀？我只想着能在城里有套房子，算是我和她有个家，今后踏踏实实地过日子。这几天，我们在网上看过好多楼盘，已经相中一套，正好小念有熟人能拿到内部价格，时间紧迫，先拿个首付，剩下的贷款，今后由我们自己还月供。"

何小超有些激动，说得也合情理。

扯谎！地里的有机菜受着虫害，倒有心思看房，这招数太烂了，只能哄鬼！何达年看穿了儿子的伎俩，可他没把真相说出来。不能说啊，他攥紧拳头，转过头瞅了瞅墙角的柜子，那里放着的银行卡里，有他受伤的赔偿款。他下意识地捶了捶伤残的腿，用力太猛，心跳加速了，呼吸也跟着凑热闹。很快，他额头上冒出密集的汗珠。老婆见状抓住他的胳膊，极力控制他发抖的身体，用微弱的声音对儿子说："小超，你先回屋。"

第二天早上，何小超照例起得很晚，走出房门时差点撞到父亲。父亲显然早就等在门口，看到了他，目光像被烫到似的赶紧移开，却将一张银行卡塞进他手里，急急地说了句"拿去抵账吧，密码是你的生日"，扭转身一瘸一拐地走了。

明媚的阳光，被窗户切割成或长或短的形状，硬从屋外挤进来，打在何小超的脸上，他的脸上黄一条、白一条，似斑驳的陈年老墙，透着浓浓的腐气。他注视着父亲一高一低的背影，心一上一下悬在空中，落不到胸腔里。他试图从这种困境里逃离，可腿脚不听使唤，自言自语："密码。生日。我的。"

被雪压伤的芦苇

一

教室窗子上的玻璃一点都不透明，蒙上了一层岁月的灰尘，变成了灰色，还被刮出许多的痕迹来，就有了明明暗暗的对比，像是一张有了年龄厚度的老人那撑不开的脸，皱皱巴巴的。丁怡文就坐靠在窗子边，心不在焉地听着历史老师讲着"世界近代史"。历史老师有一张长得很白的脸，那种白，是白皙而且捎带着有些红润的那种颜色，很年轻很生动的，一点也不像是个该向他们讲述被时间埋没了的过去的人。丁怡文奪拉着眼睑想，这个老师应该是个带着他们坐在阳光下的草地上，温文尔雅地一边弹着琴一边给他们背着情诗的人才对。

可是这个年轻而且很耐看的老师却在讲台上把历史讲得沉重

而悲痛，似乎不讲出悲痛的情绪来，就不能完整地向这群刚进师范学校的学生阐述"世界近代史"的深刻意义。老师的声音在教室里显得很空旷，丁怡文抬起头，便看到老师的唾沫在讲台前肆意横飞着。坐在中间第一排的同学拿书挡着自己，已经很香甜地进入了梦乡。

丁怡文无聊而无奈地看着老师不停地张张合合的嘴，她不知道他们这些声乐系的学生干什么还要学历史，历史和声乐是那么迥然的学科。难道让他们一边弹着琴、唱着歌、跳着舞一边去说什么"滑铁卢之战""十月革命"？那真是无聊透顶！丁怡文一边想着一边冲着老师很怜悯地笑了笑。她知道老师陶醉在时间长河中的目光是无论如何也看不到她这一笑的，但她觉得这一笑还是包含了她对老师的歉意。

阳光很招摇地在窗外明媚着，十分诱人地游荡在丁怡文的视线中，就像是一个妖媚的妇人，在男人的注视中尽展着自己丰腴的身体。那无比的魅力终于让丁怡文忍不住，干脆合上了书本，目光穿过灰灰的窗玻璃，专注地看着窗外，将她的那颗有些惆怅的心浸泡在这初秋的阳光里。

窗外除了大片大片的阳光之外，就只有绿色了，各式各样的绿，轻淡的、浓郁的、苍翠的、羞羞涩涩的、大大咧咧的，在阳光中展尽了风采。轻柔的风像个孩子似的，悄悄地在绿树绿草中穿梭，于是那些颜色就不由自主地摇晃着，将阳光摇得醉了一般，也晃动起来。

来到师范学校已经快半个学期了，丁怡文觉得自己长大了不少，她感觉自己成熟了，同时，她也有秘密了。丁怡文的漂亮是声乐系公认的，有很多男生看到丁怡文时都会忍不住多看她几眼，有些胆子大的，就像社会上的阿飞，冲着她打上一个口哨。丁怡文当然瞧不上这些没有一点内涵的男生。她的成熟不仅有身体上的，还有心理上的。因为内心里揣着一个要上电影学院当一个演员的梦想，她绝不会安身立命地毕业后去做一个小学教师。所以丁怡文有意无意地在形象和气质方面塑造着自己。这使得她的高傲就像一层薄膜一样，挡住了许多女生对她的好感和亲近。既使她有心想要和哪个女生表示一下自己的亲热，好让自己也融进那个集体，也没有人愿意接纳她。这实在是丁怡文身上散发出来的气质太逼人了，不管是什么样类型的漂亮女生，只要跟她在一起，突出的总是丁怡文。

但是方小华是个例外。丁怡文在班里唯一能谈得来的就是方小华了。

说方小华是个例外，不仅仅是因为方小华的个头和丁怡文一样突出，人长得漂亮，还因为方小华为人率真的性格中还有一份冥顽不化的粗朴。这使得她无论是在男同学当中还是在女同学当中都极有人缘，她似乎从来不知道看别人的眼色，想说什么就说什么，说完了就完了，绝不会心里揣着那些话过夜。方小华爱说话，叽叽喳喳，走到哪儿说到哪儿。用丁怡文的话来说，就是絮叨，但是她的多话并没有一点是非的成分，而且还轻松随意，所以也极少招人烦。方小华对丁怡文没有别的同学那样的压力，她坦荡随意的性格也使丁怡文很自然地就接纳了她。

但丁怡文的心在师范学校里是狂躁不安的，这与方小华的知足快乐截然相反。有时候，丁怡文笑话方小华太容易满足，仅仅是被学校的这些人关注了一下就受宠若惊。方小华却辩护道："为什么不呢？不管是被多少人关注，被什么样的人关注，我只要知道有人关注着我，就开心！"

丁怡文看了方小华老半天："哎呀，方小华同志，想不到你的想法竟这样简单。"

方小华猛地窜到丁怡文的身边，双手像水蛇似的游上丁怡文的肩膀："套用白岩松叔叔的话，是简单并快乐着！"

　　丁怡文用手指着方小华的脑门："没追求！"

　　方小华无辜地看着丁怡文："当老师就是我的追求！我喜欢有一个稳定的工作，一份不多也不会太少的收入，然后嘛，再过着简单而幸福的生活！"

　　"我是一定要上北京电影学院的！"丁怡文的目光静静地看着远方说，"我今生最大的追求就是当一名演员或者节目主持人。我相信我的愿望会有实现的那一天！"

　　方小华拍了拍丁怡文粉饼似的脸，说："唉，一个愿望把一个美丽又可爱的女孩子压迫得像个老太太。我听人说你以前可是十分活泼和开朗的哟，怎么进了师范学校，没有了以前的那种学习压力，你反而变得沉默了呢？"她又拍了拍自己白皙的脸说，"幸好，我没有那么远大的理想，我只要每一天都过得开开心心的就行了。"

二

　　丁怡文是夺目的。她心里早就知道，因为她的不平庸，所以她知道自己会是夺目的；因为她的优秀，所以她知道必将夺目。这种夺目在丁怡文的心里不能说没有一点波澜，只是一想到她迟早会是一颗冉冉升起的星星，她的将来应该要在屏幕前被更多的人议论，她的心就会在波澜中慢慢地平静下来。师范学校只是一个培养小学教师的普通中专院校而已。当初，丁怡文坚决不愿意上完初中就进师范学校的原因，就是不想当教师，她是在父母的威逼下才来的，所以她很无奈。一开始，丁怡文并不是有意要与班上的同学拉开距离的，她像在中学时一样，无忧无虑地和大家在一起谈天说地，但慢慢地她发现自己的观点总是和大家不一样。比如说，大家都喜欢的一首歌，别人会说那歌词动人，那曲调优美，或者唱那首歌的人长得酷。丁怡文则说，那歌词里包含了词作者的一种什么特别的心态，歌星唱那首歌时缺了一种感觉，让人看上去在作秀似的。大家就都眨巴着眼沉默地看着她，丁怡文在大家都散了之后就品出了那目光中的含义：大家觉得她在尽显自己的与众不同，以为她在有意地表现自己。丁怡文虽然认为这是一种误解，她只是在实话实说地阐述自己的观点，就像她们也在表达自己的看法一样。但她还是受到了这种误解的影响。大家都不太爱与她在一起说话，好像和她一说话，立马就会将自己比下去似的。

没有一个女生是不爱美的，也没有一个女生不希望自己是最美的。偏偏丁怡文的美是那样的独特，就像一朵带着露水、亭亭玉立、含苞待放的荷花，聚集了所有的美丽，却又是那种清凉的，这就使每个和丁怡文走在一起的女生，即使对方也一样美丽动人，都会不自觉地被丁怡文夺去光芒。

所以，与大家显得有些格格不入的丁怡文在班里是孤独的。这种孤独慢慢造就了她的孤傲。

丁怡文并不在意别人怎么看她，她更多的时间都是在图书馆里泡着，为了圆上北京电影学院这个梦，她在大量的书籍里面行走着，吞食着书里面的营养。

方小华有时会在丁怡文的劝说下和她一起去泡图书馆，但方小华没有丁怡文的平心静气，她总是翻几页书就耐不住寂寞了，东看西看着，然后捅捅丁怡文，悄悄地说："小文，你说，这么安静的地方是不是有点像坟墓啊？"

丁怡文用眼睃了一下四处，见周围的人都各自为阵地埋着头，忍不住笑了："方小华，你怎么尽说古怪的话？真是对先人不敬，对知识不恭啊。这是多么神圣的地方，你应该崇拜它，敬仰它才对。"

方小华撇着嘴："谁说有书就神圣？那还得看什么人在这里。我看并不是每个来这里的人都是为了看书吧。"

丁怡文奇怪地看着方小华说："不看书学习，来这里干吗，这又不是吃饭喝酒唱歌跳舞的地方。"

方小华叹了口气："你真笨，你没看电视电影里面就有到图书馆谈恋爱的嘛！有你我两个美人，我敢肯定有人会宁愿丢下书不看，来偷偷摸摸看我们——哎，你别不信，向你的后面看看！"

丁怡文疑惑地回过头去看。这一看，差点儿没晕过去。

图书馆的老师正站在她的身后，一脸皮笑肉不笑地看着她们两个人。

"两位同学，图书馆需要安静，你们要聊天的话，请到外面去聊！"

丁怡文眼角的余光就看到周围的同学都朝这边看了过来。她的脸"刷"地一下就红了，赶紧低下头装着看书。

方小华十分不满地冲老师嘟囔开了："图书馆里就不允许讨论啊，有讨论才能有进步嘛……"

丁怡文用手扯了扯方小华的衣服，低声说："快别说了，不对就不对，还强词夺理干吗？"

老师倒是让方小华的话给逗笑了："讨论当然可以，但即使讨论也应该尊重一下别人。何况你们刚才讨论的问题好像与你们看的书不是一个内容吧。一个好的环境是需要大家来维护的，希望你们也自觉一点。"说完，老师目光很威严地看了一眼她们俩，转身走了。

方小华冲丁怡文扮了个鬼脸，抬头看了看周围，已经有人停下翻书在看她们了。方小华收回目光，皱着眉头说："对面有一个人，在幸灾乐祸呢。"

丁怡文向方小华示意的方向看去，果然对面有一个人正饶有兴趣地看着她们。丁怡文知道那人叫况儒，是学校的老师，只是她不知道这个老师是教什么课程的。况儒冲着丁怡文笑笑。

丁怡文收回目光，冲着方小华很坚决地说："以后坚决不要你跟我来图书馆！"

方小华也很坚决地说："以后我坚决不要跟你来图书馆！"

两人又挤眉弄眼地笑。

三

似乎是一夜之间，秋天就匆匆隐退了，满树满树干枯的树叶还没有来得及完全脱离枝桠，一场雪就突如其来地降临了，雪不大，薄薄地覆盖在大地上，整个城市就像一幅淡淡的水墨画，东一点西一点地露出一些墨色来，虽没有那种令人震惊的极致之美，可也叫人看了总有些心旷神怡的感觉。一场雪之后，寒冷就堂而皇之地侵袭而来。真正意义上的冬天到了。

丁怡文很久没有看到那个叫况儒的老师了。就在她都已经快把他忘记的时候，在图书馆里她突然又遇见了他。

那时，丁怡文正在埋头苦读法国一个叫"萨特"的作家写的书，她十分费劲地理解着书中的文字，但是这个有些莫名其妙的外国人的话实在是太难懂了，对于只有十七岁的丁怡文来说，她只能把"存在的就是合理的"这样的观点与"谎言重复一百遍就成了真理"等同起来。丁怡文最后看得头都大了，也没搞清楚那个萨特究竟想说什么。

就在丁怡文要扔开"萨特"离开图书馆的时候，她看到了况儒。况儒敞开着羽绒服，戴着一顶蓝线帽子，与一个女孩子有说有笑地走了进来。

看到丁怡文时，况儒的目光一亮，他很高兴冲着丁怡文打招呼："丁怡文，你好！好长时间没见到你了。"自上次丁怡文和方小华在图书馆被老师告诫过后，况儒再见丁怡文时就会和她打招呼了，每次都是"嗨"一声，丁怡文觉得这样很别扭，就很郑重地告诉况儒，她叫丁怡文，不叫"嗨"。丁怡文的认真，引得况儒一阵大笑。后来，他们俩返校时又偶然地坐上同一辆公共汽车，在车上就交谈了起来。不想，没过多久，丁怡文就从方小华那里听到自己有了男朋友的传言，方小华还怪她不义气，有了男朋友也不告诉她，弄得丁怡文哭笑不得。见到况儒，丁怡文又想起班上的传言，就有了戒备，淡淡地朝况儒一笑，轻轻地喊了一声"况老师"，便从况儒和那女孩跟前走了过去。

况儒很奇怪地看着丁怡文的背影，愣在原地想了想，朝旁边的女孩说了一声"你先进去"，就朝丁怡文追了过去。

"丁怡文！"

丁怡文回过头来，只好站住。

"丁怡文，你没有遇到什么事吧？"

"我能遇到什么事？"丁怡文莫名其妙地看着况儒说道。

"噢，那就好，我看你好像不大高兴的样子，以为你遇到了什么事呢，真是庸人自扰。"况儒不好意思地笑了笑。

丁怡文的心里却有了一些感动："况老师，谢谢你的关心！"

"有什么好谢的，我挺喜欢你这样有气质又有内涵的孩子。以后你要有什么事，可以来找我。哎，对了，再过一段时间，我可能就要调到报社去工作了，在学校我没有授过一天课，你就别况老师况老师地叫了，你要是不好意思叫我况儒的名字，就叫我大哥吧，我比你大好多呢。以后我们可就是朋友了。噢，把我的电话给你，今后有事也好联系。"

况儒说完从口袋里掏出一支笔，伸手从丁怡文的手里抽过她的笔记本，在上面写了一个手机号码。

"有事没事都可以找我。"说完，况儒像刚才跑出来一样又跑了进去。

丁怡文看着笔记本上的手机号码，觉得很好玩。这个老师，怎么像个孩子似的，一点也不成熟。

丁怡文告诉方小华况儒给了她手机号码时，方小华很警惕地看着她说："小文，那个况儒是不是有什么不良企图啊？"

丁怡文看方小华一副警察般的模样，就想笑："平时老说我复杂，我看你更复杂。是不是平时看言情剧看得多了？"

方小华抗议起来："有一句话叫什么来着？防患于未然，对，你应该防患于未然。"

丁怡文伸出手一把勾住方小华的肩膀："行了，你就别防患于未然了，我看呀，是你心中有不良企图吧？"

方小华一下子甩开了丁怡文的胳膊，脸涨得通红："胡说，我还不认识他呢，哪来的不良企图？再乱说，我跟你急！"

丁怡文说："看看看，急了吧，心里有鬼的人才急呢！"

方小华耸了耸鼻子，笑嘻嘻地说："我急个鬼！他连我是谁都不知道。"

说这话没有多久，方小华就被况儒认识了。那也是很偶然的一次机会，丁怡文、方小华，还有和她们同寝室的华丽一起去外面吃饭，刚好碰上况儒也来到那个餐馆，最后还是他掏腰包请了这三个女孩的客。丁怡文发现，方小华看到况儒时，眼睛猛然一亮，眼神之中极有神采。

从吃饭那天偶遇了况儒之后，况儒就成了方小华和丁怡文之间的话题。相对于丁怡文，方小华似乎对况儒有着更大的兴趣，她不停地向丁怡文打听有关况儒的情况，比如况儒究竟有多大，他为什么要到师范学校来，又为什么要调到报社去；又比如他和他以前的女朋友怎么分手的，他的女朋友是不是长得很漂亮……

面对方小华的问题，丁怡文烦不胜烦，她跟况儒又没有正式接触过，怎么会知道这么多情况？有一次，她邪乎地看着方小华说：

"方小华，你是有点不太正常哦。"

方小华毫不在乎地说："有啥不正常，我就是对况老师好奇嘛。保持对一种事物的好奇心就是进步的基础。"

丁怡文对方小华的强词夺理有点无奈，她只好说："噢，只是好奇呀。我对况老师也不了解，以后碰到他，我帮你打听一下好了。"

在丁怡文的意识里只以为这是一句托词，她和况儒认识的时间不长，而且也只是泛泛之交，她哪里会真的去打听他的那些很私人的事。可是，自此以后，她每次去图书馆时，或坐上回家和返校的车时，总会下意识地四处观望一下，寻找那张很阳光的笑脸。

有那么一回，丁怡文在校园里远远地看到况儒时，竟有点儿心跳的感觉，但当她看清他身边的是上次在图书馆见到的那个女孩，她心里又有那么一点惆怅。她避开了他们。

倒是方小华，对况儒的情况了解得越来越多。她告诉丁怡文，况儒的父亲是个不小的官呢，况儒是名牌大学毕业的，他本来要到报社去的，可他的父亲说报社不如师范学校清静，硬要他到师范来。可况儒的专业在师范学校实在无用武之地，他又不愿专下心来当个老师，所以他父亲答应先待一年，实在静不下心来再把他调回报社。

丁怡文听得有些呆了，原来这个况老师还是这个城市里的高干子弟呢。丁怡文神情很索然，况儒在她心里本来就已经有了距离，这下离她就更远了。

丁怡文很少去图书馆看书了，她借了书就拿回宿舍里看。宿舍里很嘈杂，但这嘈杂于她似乎很遥远，就好像她与那份嘈杂之间隔着一条宽阔的河流，她能看到河那边的动静，却听不到那边的声音。她看似平心静气，但又是恍恍惚惚的，她在这种状态中一直临到这个学期结束，学校很快就放寒假了。

寒假里的丁怡文才真正从那惆怅中解脱了出来，况儒这个名字似乎不再困扰着她了。

初中时的很多同学都已经上了高中，高中的生活和师范的生活多少是有些不一样的，丁怡文倒没觉得师范的生活有什么特别，可是对于她的那些同学来说，却是有些神秘，他们要丁怡文说他们的课程，他们的老师，他们平时的生活。丁怡文就跟他们说他们筹办的每一个周末晚会，说那晚会上的每一个节目，她还跟他们说方小华、华丽。她的叙述是连比带画的，她的神情是眉飞色舞的，而听的人也是满脸好奇和神往的。丁怡文并没有意识到在师范学校里的丁怡文和寒假里的丁怡文是不一样的。

丁怡文当然也会探听上高中的这些同学们的生活，但高中生活和初中生活很相似，依旧是循规蹈矩，依旧是埋头苦读。

这个寒假和从前过的假期一样，在不知不觉中就过去了。当新的一年开始的时候，新的学期也很快开始了，丁怡文的生活又在时光的页面上翻开了新的一页。

四

一个有着十分温和阳光的天气，其实还是冬天的景象，校园的树木神情肃穆地凝视着天空，草坪仍是一片枯黄憔悴的模样。唯一的绿就是忍冬，挣扎着在冬天的气候里守候住了它那油亮的苍翠，总算给校园增添了一丝平静和安谧的色彩。

丁怡文进入校园时有些激动，她兴奋地与她看到的每一个同学打着招呼，只要她能叫上名的，不管男女，那情形，不像是度了一个寒假，倒像是彼此之间相隔了好几年的时光似的。听到丁怡文的招呼，有些男同学竟然很诧异地望了丁怡文老半天，然后才犹犹豫豫地回应了她。丁怡文的这份热情和主动实在是让他们觉得太不可思议了，以前的丁怡文是高傲的，那种拒人千里之外的高傲，让很多同学都不敢接近她。也听说过时光能改变一个人，可是，仅仅一个寒假就能改变丁怡文吗？

丁怡文在宿舍里见到了方小华、华丽和其他同学，几个同学兴奋地拥抱在一起，跳着笑着，一个寒假的距离反而让她们彼此心的距离贴近了。

开学的几天过去，课程按部就班，生活重新归于了平静。

有一天，方小华很神秘地对丁怡文说，她在校门口碰到了况儒，况儒的样子好像是在等什么人，不停地看表，不停地打电话。话音一转，方小华忽然问道："小文，你不是有况儒的电话吗？"

丁怡文对况儒的印象已经很淡很淡了，淡得像未曾对这个人有过那么一丝异样的感觉。经方小华一提醒，丁怡文才想起况儒来，想起他曾在自己的笔记本上留下过一个手机号码。在方小华的拨弄下，丁怡文找出了那个手机号码。方小华很兴奋地说："咱们给他打个电话吧！"

就像是深埋在心之深处的一根弦，被方小华无意中拨动了。丁怡文极力平静着那弦动，她淡淡地说："人家可是名牌大学毕业的，他可能已经不记得我们了。"方小华一听这话，饱满的热情像被水泼了一样，一下子没有了。

但是没过两天，况儒却来找她们了。况儒穿着一套奶白色耐克运动外衣，神采飞扬地站在丁怡文教室对面的不远处。丁怡文正随着几个同学从教室里往外面走，华丽看到了况儒，捅了捅丁怡文说："看，那不是况老师吗？"

丁怡文、方小华等人同时看过去，况儒正一脸笑意地向她们走来。

况儒有个同学开了家电脑公司，过两天就要开业，想请几个迎宾小姐，把任务交给了况儒。况儒就想到了丁怡文和方小华几个人，刚好那两天也是休息日，就过来征询她们的意见，看她们愿不愿意帮他这个忙。

"给每个迎宾小姐的报酬是一天100块钱。当然，要站上两天的时间也是很辛苦的一件事。"况儒介绍完情况之后说。

方小华兴奋了，她说："我去我去，我愿意用我一天的辛苦去赚那100块钱。"她转过头对丁怡文说，"小文，你也一起去！"

丁怡文没有吭声，但她的心里却已是十分的愿意了，对这群只有十六七岁，从来没有打工经历的女孩子们来说，能一天挣上100块钱，两天那就是200块钱呢，那是多么巨大的诱惑啊！

华丽和古云云也答应一起去。

晚上，几个女孩兴奋得睡不着觉，叽叽喳喳一直说个不停，总觉得这天上掉馅饼的好事是个梦。

丁怡文没有说话，她在想她的爸爸，为了多挣点钱，从舒适的小车班调到大车班，每天起早贪黑，辛辛苦苦，就是这样，一个月也才不到两千块钱。而她只要在门口站上一天，却能赚到一百块钱。这是多么大的差距啊。这样一对比，丁怡文难过起来，她愣愣地看着黑暗中方小华等人模糊的身影发呆，至于她们说的什么话，她是一句也没有听进去。

快到周末时，丁怡文往家里打了个电话，妈妈告诉她爸爸昨天出差去了，可能要过几天才能回来。听到爸爸出差了，丁怡文对回家一下子感到很疲倦。她告诉妈妈她不回家了。妈妈什么话也没有说，只是答应了一声，就挂了电话。丁怡文有些茫然，第一次对家有了和以前不一样的感觉，她知道，那不一样的感觉是来自爸爸的出差，来自妈妈的冷淡。

在况儒的引领下，丁怡文她们换上了迎宾小姐穿的旗袍。女孩子们长这么大没穿过旗袍，当那窄窄的旗袍紧紧地贴近她们穿着薄薄毛衣的身子时，她们那刚刚成熟起来的身子还是被衬得十分秀美，用成人的眼光来看，她们的身体还都称不上丰满，可是却轻盈，活力四射。女孩子刚穿上旗袍时还扭扭捏捏的，但是对服装天生的喜欢很快就让她们适应了这种传统的服装。她们穿着旗袍在更衣室里扭着腰肢，学着T形台上模特的姿势庄重而优雅地走着，当然那姿态是有些笨拙的，但这丝毫没有影响到女孩们的欣喜。旗袍的颜色是桃红色的，前胸是用大红与金黄及翠绿的丝线织缀的牡丹花，虽有些艳俗，却使女孩们的脸更显得清纯可爱。她们揣着喜悦和惶惶不安来到了大厅，况儒的同学看了，做出一副大惊的神情来，问况儒从哪里找来的这些女孩子，一个个都这么漂亮。况儒一拳捶了过去说："收起你那色眯眯的样子来，这些都还是学生。全是声乐系的高才生。"

丁怡文等人就笑了，方小华快人快语地说："况老师在学校还没授过课呢。"

况儒的同学大笑，指着况儒说："喔，你这是不授课的老师啊。"

况儒的同学一边开着玩笑，一边告诉了她们该做的事项和姿势，然后几个女孩分别站到了属于自己的位置上。

刚开始站的时候，丁怡文并没有什么不适的感觉，但时间一长，她才发现这样的站立也是一种苦难的煎熬。她脸上的微笑有些僵硬了，在没人时她拼命地拍打、搓揉自己的脸。她向相距不远的方小华看过去，方小华也正搓着脸望着她。方小华苦笑之后的鬼脸惹得丁怡文忍不住笑出声来。方小华往左右看了看，见四周一个人也没有，就跑到丁怡文的身边来和她说话，华丽、古云云也跑了过来。

华丽一边轻轻地揉着脸，一边感慨道："天啊，我从来都不知道，原来连站着笑都是很辛苦的事情啊！"

方小华也说："什么职业就有什么样的要求，我今天才知道，职业的微笑竟然是如此的不易。难怪我们出去买东西时有些售货员的脸上是冷冰冰的，原来笑也是会笑累的。我发誓，以后对她们一定'理解万岁'！"

古云云说："想想以后，我们就是要这样站着给学生们上课。"

华丽说："那不一样的。当老师是不必要这样站着不能随便乱动的，再说了，上一节课四十分钟也就过去了。"

丁怡文却忽然冒出了自己的心里话："我反正是不去当老师的！"

其余女孩都看着她。丁怡文却不再说了

方小华一拍手说："反正我们都已经答应况老师了，再怎么辛苦咱也得把这两天坚持下去，你们说是不是？为了这 200 块钱，我们一定要坚持到底！"

四个女孩又各就各位，但已不似刚才那样的中规中矩了，她们互做怪脸，打手势，离得近一些的，还交谈着，气氛已然让她们自己调节得热火朝天起来。一旦有人走进来，她们又迅速调整过来，脸上绷着笑，婷婷地站在那里迎接客人。

站完了两天时间，四个女孩子的脚都肿了，这个时候，即使那 200 块钱的报酬也不能使她们振作起来了。况儒看着她们一脸的哭相，十分抱歉地说："你看，都是为了替我帮忙，让你们受了这份罪。这样，为了表示我的谢意，我请你们吃饭。"

女孩子们不叫唤了，她们你看看我，我看看你，谁也不搭腔。

况儒笑道："怎么，都不给我面子？"

方小华说："我们是该谢谢你的，怎么反倒要你请我们吃饭？"

其他人也都附和着。

况儒说："不说这个了，我也算是你们的老师，请你们吃一顿饭也不为过。说吧，想去哪儿？"

当方小华告诉丁怡文，她喜欢况儒时，丁怡文大吃了一惊。她用一种很陌生的眼神看着方小华，这个平时大大咧咧的女孩，这会儿看上去却一点都不像是开玩笑。丁怡文盯着方小华愣看了一阵，方小华奇怪地看着丁怡文说："怎么？我说错什么了吗？"

"没……没有，我是想知道，况老师知不知道你喜欢他？"丁怡文掩饰着自己的慌乱，内心颇有些复杂地说道。

"我不知道。我也是才发现我很喜欢他的。"方小华有些不好意思地说。

"那你这就是单恋了。单恋可不好。"丁怡文说。

"可是，我还是学生，我总不能跟他说我喜欢他吧？再说，谁知道他有没有女朋友啊。"

丁怡文差点把她看到况儒和那个在图书馆遇到的女孩的事说出来，但她还是忍住了，她也不能肯定那个女孩是不是况儒的女朋友。想到自己对况儒曾经有过的那份异样的感觉，丁怡文的心里突然充满了忧伤。她看着方小华，她心里很羡慕她，她没有心事，有什么事也从来不埋在心里，她的快乐就像春天发了芽的小草，吐了绿的嫩叶，随时在绽放着，更像成熟的柳絮，有风无风都满世界地飘啊摇啊。她丁怡文却做不到，她从走进师范学校大门的那一天起，就把自己当个成人了，她不再是那个不谙世事的初中生了，她懂得为父母分担忧愁了。从小到大，丁怡文都是爸爸妈妈的骄傲，她没受过多大委屈，虽然她的家庭条件并不是很好，可也不算坏。爸爸是汽车司机，妈妈是一家幼儿园的老师，爸爸和妈妈很相爱，生活和谐，这个普通的家庭里拥有的是足够的幸福。只是，她的梦想就是去当演员，去做节目主持人，像她这样年纪的少女有几个不是追星族呢。也许丁怡文认为自己心里是怀了远大目标的，与她那些安于现状的同学总是不一样的，所以，她从不轻易袒露自己的心事，即使是与方小华这样铁的朋友。

当知道方小华喜欢况儒之后，丁怡文倒是奇怪地老想起况儒来，但这时的想纯粹是不经意的，没有甜丝丝的感觉，也没有令她惆怅的情绪。况儒于她，似乎已被储藏到了方小华那里一般。

五

丁怡文喜欢刚刚绽开柔情的春天，喜欢在春天里盛开的花朵，即使是那些默默盛放在野地无人知晓的野花。而她最为喜欢的还是玉兰，纯白色的玉兰。在学校的围墙旁边，就有一棵玉兰树，丁怡文不知道为什么那种树只有一棵，静静地躲在围墙旁边，没有绿色的衬托，寂寂地开出数朵比她的拳头要小一些的花，花瓣不多，走近了看，并不迷人。但那素洁、清高的模样却一下子走进了丁怡文的心里。丁怡文觉得自己是舍不了那颜色素白的花儿的，虽然没有满树满枝的叶，却毫不在意，依然独自绽开着，静静地美丽着。

丁怡文曾在一本书里看到过，北京的春天，就会有许多玉兰花开放。从那时开始，她不仅向往北京的电影学院，在心里也喜欢上了北京那个城市。她想，一个种满玉兰花的城市一定会是个美丽而别致的城市。

就在这个温暖的春天开始不久，况儒被调到市报社去了。

丁怡文本来已经再一次淡忘了况儒，但况儒却出其不意地出现在了她的面前，用的是很特别的方式：在一个周末，他一直在车站等到了要回家的丁怡文。况儒和丁怡文一起坐上了车，在车上，况儒告诉了丁怡文这个消息。

丁怡文第一个念头就是："方小华知道吗？"

"况老师，你有女朋友吗？"想到方小华，想到今后况儒再也不会与她们以师生相称，丁怡文反倒为方小华庆幸起来。

"丁怡文，你怎么也会问这个问题，这个对于你很重要吗？"况儒问道。

丁怡文的脸"刷"地红了，但她还是十分俏皮地回答道："我只是随便问问，你以后不再是我们的老师，而是我们的朋友了，朋友之间还不能互相了解一下？不过，这个太私人的问题，你也可以不用回答的。"

况儒笑了笑，说："暂时还没有，不过我倒是很喜欢一个女孩。"

丁怡文的脑海里闪过那个和况儒在一起的女孩，心"忽"地跳了一下，她为方小华急了，直截了当地问了出来："况老师，你能告诉我，你在心里喜欢过——方小华吗？"

况儒惊讶地看着丁怡文："方小华……是个可爱的女孩，可是我……咳，丁怡文，我们不谈这个话题，好吗？"

丁怡文也不好再说什么，心里却想着，看来方小华的机会是不大了。

下车前，况儒对丁怡文说："丁怡文，还记得我给你的电话号码吗？有什么事记得一定要给我打电话，就当我是你的——哥哥吧。"

丁怡文点了点头，忽然间觉得心乱了起来。

丁怡文还没来得及跟方小华说遇见况儒的事，一件意外的事情却发生了。

丁怡文的爸爸在出车的时候，为了避开一个从胡同里冲出来的滑着旱冰的小孩，汽车撞到了一棵树上，一根横出来的树杈撞碎了挡风玻璃，插进了爸爸的胸口。当地的村人锯断了那根树枝，爸爸就那样带着半截树枝被送到了医院。当妈妈闻讯赶到医院的时候，爸爸已经咽气了。胸前，那根还没来得及被取出的树枝，直直地竖在爸爸的胸前。妈妈当即就晕倒了。

丁怡文听到这个消息时，整个人都木了，手里的电话筒掉在了地上她也不知道。她的大脑缺氧一般窒息了，过了好久，她才用很微弱的声音喊了一声"爸爸"，便坐在地上惊天动地地号啕大哭起来。

爸爸走了，最爱丁怡文的爸爸出车祸走了。

丁怡文从学校回到家里照顾妈妈。妈妈像被谁施了法术一般，那丰韵不见了，那漂亮没有了，完全变成了一个形容枯槁的妇人，神情恍惚，见了丁怡文好像不认识似的。丁怡文的眼泪像关不住的水龙头，看到妈妈的样子，她的心更是锥心刺骨一般疼痛。她抱着妈妈，妈妈颤抖的身体完全没有了前几天的丰盈和温暖。丁怡文的心又是好一阵悸动。

除了守护照顾妈妈以外，丁怡文唯一能做的就是关上房门用被子捂着自己的头大哭。

在家里陪了妈妈一段时间，丁怡文在妈妈的催促下，才回到了学校。回到学校的丁怡文像换了一个人似的，对什么都不感兴趣，整天沉默寡言，一副郁郁寡欢的样子。爸爸的死对她打击是巨大的，除了失去一个疼爱她的亲人之外，她还想到了一个很现实的问题，那就是爸爸死了，她上北京电影学院的梦想也就随之破灭了。没有爸爸，仅仅依靠当幼儿园老师的妈妈，她哪里能上得起北京的学校？何况妈妈本身并不十分支持她上电影学院，现在更不会给她提供这样的机会了。想到这里，丁怡文简直是肝肠寸断，她心里慨叹自己红颜薄命，生了一副好脸蛋，多了一份心高气傲，偏又命运多舛，先是让妈妈逼着上了师范学校，这时又失去了给她希望的爸爸。

丁怡文越想越伤心，动不动就会一个人躲起来无声地恸哭。方小华见丁怡文整天神情恍惚，一副痴痴呆呆的样子，怕丁怡文会出什么事，所以一有空便悄悄地跟在她的后面。

这天，丁怡文突然拉着方小华，一边走一边说："走，我带你去看玉兰花。"

学校的围墙边有一棵孤独的玉兰树。

丁怡文和方小华跑到玉兰树跟前时，愣住了，没有玉兰花，也没有翡翠一样的树叶，只有光秃秃的一棵树了，还有落在地上的几片已经枯萎的颜色发黑的玉兰花瓣。

方小华上去捡了一片花瓣，说："这种花倒真是特别，花开过了，树叶竟还没有长出来。"

丁怡文愣怔着，忽然流着泪吟道："风住尘香花已尽，日晚倦梳头。物是人非事事休，欲语泪先流。闻说双溪春尚好，也拟泛轻舟。只恐双溪舴艋舟，载不动、许多愁。"

六

随着时间慢慢地推移，丁怡文从爸爸去世的伤感中走了出来，但她和妈妈的矛盾却在平缓的日子里变得有点突出了。

在爸爸去世的那几天里，妈妈的悲痛让丁怡文觉出了妈妈的柔弱来，那份柔弱使她在那一段时间里都对妈妈百依百顺，她想妈妈是爱爸爸的，就像爸爸爱妈妈一样，她也应该爱妈妈，甚至保护妈妈。

时间是一把梳子，会梳平所有人的痛苦和哀伤。

妈妈的脸又开始丰润起来，她的笑声又像以前一样爽朗和快乐。丁怡文其实也知道她要看到的应该是妈妈的这种样子，但不知为何，她心里就是不舒服。她觉得爸爸才走了两个多月，妈妈就快乐了起来，这不是忘记了爸爸是什么？丁怡文无法接受妈妈对爸爸如此快速的遗忘，她对妈妈不满了。这个暑假回到家里时，丁怡文开始做一些妈妈不喜欢的事。比如，吃饭时嘴里故意嚼得吧唧吧唧响，妈妈提醒她时，她很快意地说，这样吃饭才自在，人本来就活在世俗里，干吗要弄得很高雅的样子，也不嫌累呀。妈妈生气地说，就她这副样子，以后还想要考北京电影学院，还想当演员和主持人吗？首先吃饭就把人吓跑了。

妈妈的话叫丁怡文委屈万分，她怒气冲冲地说："谁会注意我吃饭，你以为所有人都跟你一样有这种癖好呀？"

　　妈妈被呛得说不出话来，她红着眼睛看着丁怡文，她一点也不明白，女儿怎么会变成这个样子。还有有时出去连招呼也不打，即使妈妈就在跟前，她也目不斜视地从妈妈身旁走过去，妈妈问她去哪儿，她理都不理，留下妈妈一个人站在那里发呆。

　　过后，丁怡文却又很后悔，她觉得自己的行为对妈妈有点过分了。难道她希望看到妈妈整天沉溺在悲伤之中吗？难道她这个做女儿的不愿看到妈妈过得开心些？这样一想，她又自责起来，收敛起她的任性，在妈妈面前继续扮演着一个乖巧听话的女儿形象。

　　妈妈只当丁怡文的反复无常，是青春期女孩子心理和生理上特有的变化，她想哪天和女儿好好谈一下就成了。

　　但是丁怡文却发现，自己对妈妈再也亲热不起来了，她觉得和妈妈之间就像隔了一堵墙，她们在墙的两边，可以想念，却无法拥抱。她其实是很想拥抱妈妈的，她们是这个世界上彼此唯一的亲人，可一旦真正可以拥抱的时候，她们的身上又像长出来无数根刺一样，生生地把对方给刺痛了。其实她们都不想伤害对方的。

　　丁怡文茫然地在大街上走着，漫无目的。她也不到树荫下避避，就任着那毒辣的阳光舔着她裸露在外面的双臂。被阳光舔着的肌肤是灼热的、刺痛的，丁怡文看着被晒得红红的双臂，思绪全无。

　　丁怡文在踏进网吧之前还有点犹豫，但进去之后，却有些义无反顾的味道了。

　　聊天室里，丁怡文用"一根小刺"的网名和一个叫"大白菜"的人聊了整整一个下午。

　　不知不觉天快黑了，丁怡文心里慌了，时间过得如此迅疾又如此悄无声息。看了看外面已逐渐黑下来的天，丁怡文有些无助，她该如何面对降临的夜？她对大白菜说：天黑了！

大白菜毫不在意地说："黑了就黑了吧。"

"可是现在我好怕天黑啊！"

大白菜关心地问道："你怎么了，是不是遇到了不愉快的事？告诉我，说不定我可以帮你呢。我感觉到了你的伤感，你能不能告诉我，究竟发生了什么事，即使我不能帮你，你跟我说一说，心里也会舒服一些的。有心事别闷在心里面啊。"

丁怡文心想他能帮自己什么呢？所有的事情都只能她一个人来面对。她什么也没有和大白菜说，只留下自己的QQ，便从网上撤了下来。

走出网吧，天已经完全黑了。丁怡文站在昏暗的街灯下，十分迷茫，她不知道此时的她是不是应该回家。回家，想起和妈妈毫无来由的争执，心里又是烦躁不已。

等丁怡文从胡思乱想中抬起头来，发现自己已经走到家了。一进家门，妈妈正坐在桌子旁边发呆，看到她进来，赶紧起身，高兴地说："小文，你回来了。还没吃饭吧，妈妈给你把菜都热着呢。"

丁怡文这时才突然感觉自己真的是饿了，刚才一直在烦躁中，没意识到饿。

妈妈去厨房把热的饭菜端了出来："来，小文，快坐下来吃饭吧。"

妈妈的脸上没有一点责怪的意思，丁怡文愣了愣，她以为妈妈一定会对她很冷淡，或者像以往她做下了不满意的事时那样责备她，但妈妈没有！不但没有，还给她把饭菜一直热在锅里等她！丁怡文忽然鼻子发酸，她的眼泪也不争气地掉了下来。

妈妈见丁怡文低着头不说话，也不端饭，就把碗端起来放到丁怡文的手里，说："小文，我是你妈妈，你是我女儿，难道我们母女拌个嘴就非要闹得像仇人一样吗？即使你觉得是妈妈不好，你也不要跟自己过不去呀。来，快吃饭吧，凉了就不好吃了。"

妈妈不停地给丁怡文夹菜，直到她碗里的菜都堆得高高的。丁怡文恍惚回到了以前爸爸在世的时候，那时她每次回家，爸爸都坐在她旁边不停地给她的碗里夹上好多好多的菜。丁怡文的心一热，一种久违的亲情瞬间在她心里泛了起来，她抬起头看妈妈，正碰上妈妈也在看她，妈妈慈爱地一笑。丁怡文却躲开她的目光。

每一次激烈的争吵过后，就像丁怡文会后悔一样，妈妈也总是后悔不已，她似乎明白了女儿的又一个心理症结。所以，妈妈正在努力地修复着她和女儿的关系。而丁怡文似乎也意识到自己对妈妈的行为不应该干涉过多，就像小时候，妈妈对她干涉太多而她很不高兴一样。母女俩都在暗暗地校正着自己的行为和言语方式，因而母女俩有一段时间处得倒也相安无事。

再有几天暑期就要结束了，丁怡文开始整理自己的东西。妈妈的幼儿园已经在做开学的准备，妈妈每天都去上班。丁怡文一个人在家，看看书、听听音乐，到网吧上上网和那个大白菜聊一聊天。

大白菜就像专门守候着她一样，只要她一出现，他便立马现了身，他很能侃，丁怡文每次都和他聊得热火朝天。

在网上和没见过面的人聊天，最大的好处是什么都可以说，还可以骂人，这个用文字传递的网络世界允许你把平时隐匿最深的想法说出来，反正没有人知道你是谁，你是什么样的，你有着什么样的背景、什么样的学历，这就是网络，一个虚拟的给人幻想的世界，展现心灵深处真我的世界，当然也是一个藏污纳垢的世界。

在大白菜的指导下，丁怡文学会了好多网络用语，她尽情地用这些网络语言和大白菜聊着，她的心因为这样的聊天而变得轻松了很多。

七

开学了，冷清了一个假期的师范学校又热闹了起来。

丁怡文站在去年与方小华相遇的那棵树下，远远地望着新生报到的地方，她想去年的这个时候，是爸爸妈妈把她送到了学校门口，望着她走进校门的。而今年，爸爸却不在了，一年，不仅仅是流逝的时光，还有许许多多物是人非的变化。

丁怡文看到许多新生被阳光晒得红通通的脸上漾满了兴奋，不少相识和不相识的新生都聚在一起，互相打探，互相结识。丁怡文用一个学姐的目光打量着他们，她觉得他们一个个都是那样的稚嫩，像个孩子似的——她不也才十七周岁吗，难道仅仅一年，她就觉得自己长大了，心态很老了吗？丁怡文想这是因为她的心里已经写满了沧桑，有一颗沧桑的心的人又怎会像孩子呢？

这个学期的周末，丁怡文不再回家了，她和方小华一起到网吧上网聊天。她跟方小华不一样，方小华打字速度快，又能说，常常是一个人舌战群儒。而丁怡文只找大白菜。有时候大白菜不在，丁怡文就不聊，在一旁看着方小华神聊。方小华说你这样单和一个人聊最可能有网恋倾向。

丁怡文不以为然，只是聊聊天说说心里话而已，哪里就能发展到网恋的地步。再和大白菜聊的时候，丁怡文就把方小华的话告诉了大白菜。

大白菜说："网恋其实也很正常，一个人和另一个人聊得开心，未尝就不能发展到恋人的地步。网恋其实也没有什么可怕的。"

丁怡文忽然心血来潮地说："大白菜，我想听听你的声音。"

大白菜笑了，"我以为你永远都想不起来呢。"

丁怡文戴上了耳麦，要通了大白菜的机子。大白菜的声音来得很慢，在等待的空隙里，丁怡文的心里很紧张，她还没想好她要跟大白菜说些什么呢！

这时那端就传来了大白菜的声音，很轻，很温柔："小刺妹妹！"

这声音就像这盛夏里的一片荫凉，丁怡文的紧张一下子没有了，她笑着，"我以为大白菜的声音会苍老得像秋天被碾碎的树叶，满耳沙沙响呢。"

"为什么呢，你以为我真的和白菜帮子一样？"

丁怡文主动说："大白菜，我叫丁怡文。"

大白菜说："我叫安在东。安安静静地在东边。"

丁怡文脑子里闪过韩国明星安在旭的样子。她笑了，她心里想安在东是不是也像安在旭那样，长得很酷呢？

语音聊天像是一个触点，自此以后，丁怡文和安在东在网上的谈话就更随意了。丁怡文知道了安在东今年26岁，是政府机关搞宣传工作的。

安在东说："你当真是我的一个很小很小的妹妹啊。"安在东的话是怜惜的，丁怡文觉得心中有一根弦被安在东用轻轻的温柔的话语给触动了，她想起了爸爸，爸爸对她说话就经常有这样怜惜的口吻。丁怡文对安在东产生了一种莫名的情愫，她每次跟他通话就忍不住会有要靠在他肩膀上停一停的冲动。她把这种感觉告诉了安在东，她说他应该是一堵墙。

安在东轻声地笑了，他问为什么。

"因为墙给人踏实感。"丁怡文说。

"是你不踏实吗？"安在东问。

"是的，我想我爸爸。"说完这句话，丁怡文骤然间想要痛哭一场。她流着眼泪慢慢地敲出几个字：可他已经死了！

安在东半天没有说话。丁怡文的情绪十分低沉。

安在东忽然柔声说："小刺妹妹，我唱歌给你听好吗？"

不等回答，他已经唱开了。

"每当我听见忧郁的乐章，勾起回忆的伤，每当我看见白色的月光，想起你的脸庞，明知不该去想，不能去想，偏又想到迷茫。是谁让我心酸，谁让我牵挂，是你啊！……"

安在东唱完一首又一首，他的嗓音深情而忧伤。丁怡文也不说话，只静静地听着，她的心一点一点地陷进一种听觉的柔情里。

本来安在东想要和丁怡文视频的，可丁怡文不喜欢视频的感觉，安在东也不勉强，就把他的照片用电子邮件发给丁怡文。丁怡文发现安在东与安在旭是截然不同的，安在旭是酷酷的、很帅的样子，而安在东是很文秀很恬静的那种，像个女孩子，照片上的样子有点儿羞涩，还有点儿忧郁。

安在东并不在意丁怡文没给他发照片，他一如既往地关心和呵护着丁怡文。丁怡文和安在东在一起网聊时，心情是恬淡而美丽的，内心充满了被关爱的喜悦。

丁怡文知道，这就是爱情的感觉。她网恋了。

八

丁怡文沉浸在虚拟的爱情之中，方小华告诫丁怡文不要陷进去太深，网络是不真实的，别把虚幻的爱情当成现实。

丁怡文看方小华那一张严肃的脸，就笑了，她点点方小华挺直的鼻梁，说："你既然知道这是网络爱情，彼此之间隔着很长的距离，这样才好，想抽出来也不会被伤害了。"

"说得容易，喜欢一个人，哪怕这个人是虚幻的，付出的感情可都是真实的，既然感情是真实的，出出进进哪里就那么容易受到控制？"

"是不是就像你对况老师一样？"

"现在探讨的是你的问题，你不要往我身上扯。"

丁怡文就笑："你倒是含蓄了很多。哎，方小华，你最近和况老师联系过吗？我们很长时间没有况老师的消息了。"

方小华说："没有啊，我没有和他联系过。"

确实是很久没有况儒的消息了。两个人一商量，决定打个电话给他。

况儒的手机一直响着，却没有人接。过了许久，才有一个苍老的声音传来："喂！"

丁怡文吐了一下舌头，她捂着话筒轻轻地对方小华说："怎么是个老头的声音？"

方小华说："不管他，先问问情况。"

丁怡文对话筒说道："这……是不是况老师的电话？我们找他！"

"你是？"

"我们是师范学校他以前的学生。请问况老师在吗？"

那个苍老的声音沉默了，丁怡文感觉到那沉默像一坨铅，沉重而压抑，她有一种不太妙的感觉。果然，那个声音说："我是况儒的父亲。况儒他在一个月前就……去世了！是车祸。"

车祸？又是该死的车祸！

丁怡文和方小华一下子给这个突如其来的消息打蒙了，放下电话，过了一阵，她们俩才像从一场噩梦中醒来似的，抱头痛哭了起来。

丁怡文为方小华难过，一段还未来得及公开和表达的感情，就这样随着生命的消逝而永远地终止了。

没有费多大的周折，丁怡文和方小华找到了况儒的家。

况儒的父亲是一个很威严的老头，但是面对这两个女孩，老头的眼中还是涌起了很多的慈爱。他指着丁怡文说："你一定是叫丁怡文吧？那你就是方小华了！"又指了指方小华。

丁怡文和方小华惊讶地看着这个已经退休的副市长，很奇怪她们还没有介绍，他怎么会准确无误地喊出她们的名字来。

况儒的母亲看上去要年轻得多，她给两个女孩子端来两杯水，说："孩子，看得出你们是两个有情有义的好孩子，否则，也就不会这么长时间还寻来给况儒鞠个躬了。本来这是况儒的秘密，你们不来，我们也不会说的，但既然你们来了，我们就把况儒生前写的一些文字交给你们。我们想，这可能也是他的愿望吧。"

况儒的父亲就交给丁怡文和方小华一个黑色的日记本，说："你们肯定会奇怪我怎么会认识你们，看了这里面的记述后，你们就会明白了。况儒生前是个热情乐观的孩子，他总是希望他生活中的每一个朋友都豁达、开朗，幸福、快乐！"说到这里，老头的声音有点哽咽了，他赶紧转过身去，默默地向里屋走去。

只看了几行，一段令两个女孩都意想不到的感情就袒露在她们面前了：况儒一直喜欢的是丁怡文。

丁怡文和方小华几乎是哭着看完况儒的这些文字片段的，这个一直以老师自居的大男孩，他的心底是那样的善良，他的感情又是多么的真挚。丁怡文看不下去了。方小华哭得泣不成声，她抱着丁怡文说："小文，况老师原来是那样地喜欢你，可我……"

丁怡文心痛至极，她已经忘了是在况儒的家里，不顾两位老人的劝说，拖着方小华，跌跌撞撞地走了。

丁怡文有好几天没有上网了，这下可把安在东着急坏了，丁怡文没有电话，他只有被动地等待她的电话，但丁怡文连电话也没有给他打。他在丁怡文 QQ 里留的话没有回应，便拼命地给丁怡文发电子邮件，可是丁怡文就像消失了一样没有一点音信。

丁怡文是忘了上网这回事，她已经不记得她还有一个网上的恋人。她的心浸淫在失去况儒的哀伤中，她在心里缅怀着那个有着明媚笑容的大男孩。只为他对她那一份真挚的关注，只为她曾经云烟一样散淡而朦胧的一份感情。

只是从此，这样一段似有似无的感情已经烟消云散了。

待丁怡文记起安在东时，已是一个星期以后了，她捧着况儒的日记本，正要往图书馆去，忽然脑子闪过安在东这个名字。就像拥挤的洪水在许久的徘徊后终于找到出口，安在东一下子涌进了丁怡文的心里。丁怡文立刻有了要扑进安在东怀里大哭一场的冲动。

丁怡文上网了。她看到自己QQ里闪个不停的大白菜的头像，看到信箱里塞得满满的安在东的信。她流泪了。

见丁怡文上来，挂在网上的安在东急切地询问着她怎么一直不上网。丁怡文流着泪向安在东讲述了况儒的故事。

安在东心疼丁怡文的痛苦，他说："小刺，我要见你，我要把你拥进我的怀，我会让我的心把你的忧伤一点一点地融化掉！"

丁怡文摇着头说："大白菜，这段时间我不想见你，以后吧，以后我们会有见面机会的。"

安在东宽容地说："好，我等你，等你愿意见我的时候。只是不管发生什么事，你一定不要忘记我，千万不要再这样消失得无影无踪了，这样让我很担心的。"

丁怡文说："大白菜，有你真好！"

安在东说："傻孩子，是因为有你，有对你的想念，才让我的生活多了色彩，有了生气。我从来不知道被人爱的滋味是这样的酸甜苦辣……"

安在东说："爱人是一种幸福，被自己所爱的人爱着更是一种幸福。你的老师是幸福的。虽然他没有让你知道他的爱，但他爱得幸福；你也是幸福的，你被这样一个好老师爱着，还被我这棵大白菜爱着。我也是幸福的，我爱着小刺，也被小刺爱着。"

九

丁怡文自开学后第一次回家，这已经是两个多月以后了。看到女儿回来，妈妈很开心地忙上忙下。丁怡文见妈妈精神很好，不但好，还神采飞扬的，比她开学走时看上去脸上更有光泽。丁怡文心想她不在家的日子其实妈妈生活得更好，人都显得年轻了。这一想，心里就多了一块疙瘩。

丁怡文和妈妈的话不多，一般是妈妈问什么她答什么，很少主动去过问一下妈妈过得好与不好。尽管她也想问一问，每次话都到了嘴边，她又硬生生地吞了回去，这普普通通的一句问候，在妈妈面前，竟是如此艰难。

妈妈把准备好的生活费给丁怡文时，随口问了一句女儿休息日都在学校做什么。

丁怡文迟疑了一下，回答说，一般在图书馆看书。妈妈高兴地说："我女儿就是用功，再过两年，从师范学校毕业，就可以参加工作了，妈妈终于可以轻松一下了，就可以好好享受一下生活。"

丁怡文一听，立马想起自己上师范学校原就是妈妈的主意，如果当初不是妈妈的竭力反对，爸爸一定会赞成她去上完高中，然后去考北京电影学院的。妈妈那时不就是认为上师范学校既投资少又可以早收益，嫌上电影学院要花很多的钱嘛，看她现在还有这样的想法。她不就是嫌我花的钱多嘛，她并不是为我考虑的。丁怡文愤愤地想。

妈妈说："等你毕业了，让高明权叔叔给你分一所好学校。高明权是妈妈以前的同学，现在他是教育局的局长。"

丁怡文忍不住，生气地说道："我不想当老师，你知道的。"

妈妈说："我知道什么？你不就是想上电影学院吗？"

丁怡文强硬地说："是又怎么样？反正我是不会去当老师的！"

妈妈说："你不当老师你干什么？你上的就是师范学校，出来只有当老师。就算你不愿意当老师，那也要慢慢来才行啊。我又没权没势，给你找不到好单位……"

丁怡文说："我不要你给我找好单位，一毕业我就去北京，我是一定要上北京电影学院的！"

妈妈说："就是一所普通的中学也不是说上就能上的，你以为北京电影学院是你想去就能去的啊？"

丁怡文说："不管怎样，我一定要上！"

妈妈说："那钱呢？我只是一个普通的幼儿园老师，我可没那么多的钱。"

丁怡文瞪着妈妈说："说到底，你的眼里只有钱，而没我的前途。"

妈妈生气了："是，我的眼里只有钱，因为我知道没有钱，日子就没有办法过下去，没有钱所有人都会看不起你。你知道我曾经也是心高气傲的大学生，为什么会嫁给你爸爸这么一个开车的司机吗？你知道我怎么会是一个幼儿园的老师？我告诉你，就因为钱。是钱把我逼到这一步的！你爸爸不在了，我一个人的工资供你上学已经是相当不容易了，你为什么就不能替我想想？你说我不为你的前途着想，我就是替你的前途着想，才想让你有一个稳定的工作，这样一辈子才能衣食无忧啊。"

"你怎么就不想一想，要我一辈子去干一件自己不喜欢的工作，这一辈子活得又有什么意思呢？我宁愿不要那份稳定，我也要去实现我的理想。"

"可是你的理想是需要强有力的资金作后盾的。"

丁怡文说："我明白了，你的意思就是你没有钱，你不会让我上电影学院的。那我就不要你的钱，我自己一定会想办法去挣钱的。北京，我是去定了！"说完，冷冷地看了妈妈一眼，到自己的屋里拿上她的东西，说了一声"我回学校了"就走了，留下妈妈一个人愣怔地待在那里。

丁怡文坐在回学校的车上情绪十分低沉。她在中途下了车，跑到路边的一个电话亭里给安在东打电话，她声音暗哑地说："大白菜，我想见你！"

他们约在丁怡文下车的地方一个叫"淡看风雨"的茶楼见面。

"淡看风雨"，好淡泊的名字，可这世上有几人真正能做到呢！

安在东一出现在茶楼的门口，丁怡文便认出来了。高挑的个子，因为没有戴眼镜，看上去比照片上要孔武一些。

从网络到了现实中，却没有惊喜若狂，也没有做作扭捏，丁怡文一下扑进了安在东的怀里，就像他们已经交往了很多年似的，自然得不能再自然了。

丁怡文恋爱了，不是网上的恋爱，是实实在在地和安在东谈起了恋爱。

丁怡文第一次体会到谈恋爱的感觉，心里甜蜜蜜，麻酥酥，整个人就好像踏在云端里，晕乎乎的。安在东第一次拉着她的手，安在东第一次拥抱着她，安在东第一次吻住她……她的心跳好快，她想她要拉着安在东的手不放，但一旦有人无意地朝他们看一眼，她立马害羞地把手从安在东的手里挣脱出来；她在安在东的怀里，听到安在东的心跳像有人在里面敲着鼓，"咚咚咚"，震得她耳朵都有些痛了，她悄悄地笑了，她抱紧了安在东结实的腰；还有那一次，就在一个街角上，安在东轻轻地吻住她的唇，他的唇好烫，她的也是，但他们谁也没有放开对方，有人从他们身边走过，好奇地看着这一对年轻人，丁怡文想躲开，可安在东把她抱得紧紧的，他不要她躲，他们就那样不管不顾地在别人的目光中吻着……丁怡文每次和安在东分开时都很茫然，她抱着安在东，她轻轻地说她不要离开他。安在东就笑，他好像特别爱笑，他笑的时候声音细细的，很温柔很好听。安在东说："傻孩子！"他喜欢叫她傻孩子，在他面前她愿意做个傻孩子，一个不管世事的傻孩子。"我每天都会来看你的。"安在东在她耳边说，"如果有一天不让我见到你，那一天我肯定会活不下去！"

哦，谈恋爱的感觉多好，好温馨好甜蜜！丁怡文忘记了况儒带给她的悲痛，她的心泡在了恋爱的感觉里，她忍不住去想和安在东在一起时的每一个细节，每一个细节都是那样令她回味无穷。她想着想着就忍不住要将那欢愉绽放出来，她的脸因为恋爱而更加粉嫩柔滑，她的目光一反往日的冷傲，柔情万种得就像有谁把一个百花盛开着的春天放了进去。既然眼中心里都有了春天，那谁还能把春色关住呢？

十

妈妈突然对丁怡文说，想给她找一个后爸。丁怡文知道对方就是那个教育局局长高明权，他本来就是妈妈大学里的初恋情人。丁怡文很生气，妈妈心里面根本就没有爸爸，爸爸去世还不到一年，她就打算和别的男人过。她真为爸爸难过，他那么爱妈妈，可是妈妈这么快就把他给忘了。她越想越生气，又和妈妈大吵了一顿。自爸爸去世，丁怡文和妈妈的关系一下子就变了，没法融洽，家对她来说已经没有多少可叫她留恋的了，如今又要多出一个陌生的男人来，不管她叫他爸爸还是叔叔，那感觉都是十分别扭的，她心里一点也不愿意。但谁会考虑她的感受呢？他们只想重新开始他们十几年前的感情，哪里能顾得上去考虑她？

丁怡文在街上漫无目的地走着，正是深秋的季节，一阵清冷的秋风打着旋儿从她身边走过，落英缤纷。丁怡文觉得自己就是这一片片从枝头上被秋风无情地打下来的叶子，没有人怜惜没有人关爱。

可是又为什么要他们怜惜呢，再过几个月她就十八岁。十八岁，就是成年人，她快到要依靠自己的年龄了。她不想进那个有陌生男人的家。

要跟家不发生关系，首先是要自己在经济上独立，只有经济独立了，才能在妈妈面前理直气壮，可她丁怡文能有什么办法，才能有属于自己的钱呢？

就因为有了这样一个心思，丁怡文在安在东面前就显得闷闷不乐，即使在捧着安在东送给她的一大捧玫瑰花的时候，也只是浅浅地一笑，眼中的忧郁却并不因此而被驱散。只这一丝丝的忧郁，在安在东的眼里立马洇出一大片来，他心疼地轻轻地拥住丁怡文说道："小文，怎么了，你为什么不开心？看到你不开心，我的心比什么都难过！"

丁怡文轻叹了一口气："大白菜，你说我如果依靠我自己的力量来养活自己，是不是很难啊？"

安在东松开丁怡文，奇怪地问："小文，为什么要这样说？告诉我究竟发生了什么事？"

"你不知道，我家境并不是太好。自从我爸爸走后，妈妈供我上学更是艰难。再过一年，我就要毕业了。可是我并不想当老师，我从小就梦想着做一个演员或者节目主持人，我最大的愿望就是上北京的电影学院。上师范学校是我最大的错，它使我距离我的梦想更遥远了。我爸爸就是为了多赚点钱以后送我去北京上电影学院才去开大车的，如果不是为了我，他就不会去开大车了，也就不会出事了……"想起爸爸，丁怡文伤心的泪水就再也止不住了，她靠在安在东的怀里，全身因为伤心而微微颤抖着。安在东紧紧地抱着丁怡文，此时此刻，他只有用自己的拥抱来安慰丁怡文。

"为了爸爸，我也一定要上北京电影学院，但我妈妈并不支持我，她只是一个普通的幼儿园老师，她也没有能力来支持我。所以我必须依靠我自己。可是现在的我能干什么呢？想到以后，大白菜，我好茫然好失落啊！我该怎么办呢？我现在是有家也不能回了，妈妈她……"丁怡文把妈妈和高明权的事告诉了安在东。

安在东双手捧起丁怡文的脸，这张凄美的脸上写满了无助和柔弱。他用他的手背一点一点地把上面的泪水擦干，他轻轻吻了吻那张饱绽着汁液的双唇。他说："小文，你没有了爸爸，可是你现在有我呀，我怎会眼睁睁地看着你一个人孤零零地在这个社会上行走呢，你是那样的单纯，对社会的认知几乎是空白，对世事又没有一点洞悉的能力，我哪里忍心让你独自去拼去打！小文，没有我的日子已经过去了，以后，大白菜是绝不会让你再受一点伤害，也不会让你吃一点苦！我会尽我的努力来帮助你，帮助你完成上北京电影学院的梦想。"

"可是，你只是一个小小的公务员，又怎么帮我呢？"

安在东笑了，他俏皮地捏了捏丁怡文的鼻子，说："你怎么对你的大白菜这样没有信心？最起码，我可以负担你的一部分生活费吧。"

"我不要，我要靠自己。再说了，你一个月的工资也不高吧。"

安在东凝神望着丁怡文，很久才低下眼光，微微一笑说："小文，知道吗，我就是喜欢你的单纯可爱。你从来不像有些女孩子那样，浑身充满了欲望，不停地要求这个要求那个的。你总是淡淡的，似乎心里面从来没有过那些世俗的东西。"

丁怡文说："可是，我也是有世俗欲望的，我希望我有钱，有钱我就可以上电影学院了，不是吗？"

安在东哈哈大笑道："是，你是有欲望的，可若是这样的欲望，这世上的人不知有多少呢。小文，你真是个可爱的傻孩子！"

　　依偎在安在东的怀里，丁怡文的忧愁就像一根被越描越淡的线，最后被安在东一收笔，那忧愁竟没有了。丁怡文真的像个无欲无求的孩子似的，慢慢地闭上她的双眼。安在东注视着丁怡文，这张还残留着一些稚气的脸此时是如此的平静和安详。他用手轻轻拨着丁怡文长长的黑亮的睫毛，睫毛微微动了动，丁怡文微睁开了眼睛，很快它又闭了起来，犹如一群曾闹得很激烈的孩子，现在却累了、倦了、困了。安在东满怀着怜爱之情凝视着怀中的丁怡文，她一切的一切都令他不知不觉地泛起爱意。

　　丁怡文从来不曾问过安在东自身以外的任何问题，比如他的家庭，而安在东也从未主动向丁怡文提起过，他只说他的家就在市里，丁怡文也不深究。她认为她爱的是安在东，不管安在东身在什么样的家庭，只要她爱他，他爱她就足够了。在安在东的眼里，丁怡文对爱情是盲目的，纯粹的，但正是这一份纯粹、盲目、没有功利的爱情使他实实在在地爱上了丁怡文。

　　在这个城市里，应该说安在东有一个比较显赫的家庭背景，他的父亲安扬是这个城市一个颇具实力的人物——市委的秘书长。安扬是一个很有心计的人，他能从乡里的一个小小的干事爬到现如今的位置，而且看形势发展的势头，他还有再往上升的可能。安在东则是安扬唯一的儿子，从小安在东就被自己的父母送到了奶奶家，因为爸爸妈妈担心有个孩子在跟前会分心，从而耽搁向上升迁的机会。没有孩子的拖累，在工作上便轻松便利多了，可以放开手脚大干了。于是，安扬把所有的心思都放在了官场上，绞尽脑汁，明枪暗箭，明争暗斗，左冲右突，终于才有了今天这样的地位。但官职有了，儿子安在东却不认识他们了。面对牵强笑着的父亲，安在东始终不能自如地喊出一声"爸爸"。从小跟着奶奶长大的安在东，很早的意识里就有了爸爸妈妈不喜欢他、不愿意有他的念头，而奶奶除了关心他一天的吃喝拉撒，就再也不知道应该给他一些别的什么。所以，他的性格是忧郁而孤僻的。安在东上了大学后，整日里仍是郁郁寡欢，上了不到两年，他再也无心在大学里待下去了，便自作主张地退了学。退学后在家待了一年，才在父亲的安排下进了一个区委当了一名宣传干事。安扬把安在东安排进区委也是有想法的，他一直认为儿子很有个性，而搞宣传工作能把人锻炼得很圆滑，他要把儿子送进去磨一磨，只有磨灭完了他脑子里那些乱七八糟的东西，儿子才可以开始他的政治生涯。而安在东当时的想法也很简单，自己就安心在这里做个干事好了，但没想到后来他又迷上了上网，整天泡在网上玩游戏、聊天，就别再说工作了。安扬实在气得没法，多次训诫儿子又不起一点作用，想着自己好歹也就这一个孩子，自己从小没管过他，等到现在可以管的时候，他又没法管了，只要他认为自己过得好，就任他去吧。

安在东倒没想到自己真能爱上丁怡文，他上网聊天又不是和丁怡文一个人聊，他聊的女生多了，但和丁怡文聊的时候他的感觉特别好，丁怡文很信任他，即使他胡乱吹一通丁怡文也当真。当他知道丁怡文从一开始就只是和他一个聊，他要是不在她就宁愿待在旁边看别人聊，他就想这个丫头怎么就真诚得这么傻呢？想是这么想，却也慢慢地不再和别人聊了，只守着丁怡文一个人聊。就这样聊着聊着，他就觉得自己真的是喜欢上了这个叫"一根小刺"的网友，他已经离不开她了。

第一次看到丁怡文，安在东就知道自己会死心塌地地爱上这个清纯、美丽的女孩了。丁怡文与别的女孩不同，每次他去师范学校接她，他们都是坐公共汽车，丁怡文从不认为谈恋爱坐公共汽车有什么不好，她坦坦荡荡地和他并排坐在一起，看窗外的风景或说些悄悄话。安在东也从来没带她去过很高档的一些饭店，她也不要求，她只要是干净一点，哪怕再小的饭馆也没有怨言，很开心地和他在一起吃饭。除了他是个公务员，叫安在东以外，她不知道他别的情况，但她却把他当成了她的依靠。她的一颦一笑，她都让他知道；她的喜悦和忧伤，在他面前一展无余。丁怡文在他面前，是不设防的。想到这一点，安在东就隐隐有些内疚，他和丁怡文之间，是不平等的，不是地位，是双方的信任度。

十一

冬天又到了。开始下雪了。周末，丁怡文和披雪而来的安在东手拉着手在雪地里走着。雪落在他们身上，很快两个人都成了生动的雪人。看着安在东的眉毛和睫毛上、鼻梁上都挑着雪花，一张脸除了两个黑眼珠外，余下的全是白色，像一个滑稽可笑的圣诞老人，丁怡文忍不住大笑起来，她的笑声在雪地里像一串串跃动的音符，把安在东看得都有些呆了。他一把将丁怡文拉到自己的怀里，冰凉的唇贴上丁怡文同样冰凉的额头。丁怡文不动了，她紧紧抱住安在东的腰，在雪花狂舞的呼声中静静地聆听着来自安在东胸膛里那擂鼓一样震撼人心的声音。两个雪人，在白色的世界里享受着像雪一样纯洁而宁静的爱情。

也不知在雪地里走了多久，反正他们已经把夜走得很深很凉很清了。安在东抱住丁怡文冰凉的身子，心疼地问："小文，冷吗？"

丁怡文的上下牙齿碰出了很响的声音，她忍不住笑了，脱下一只手套，用手套也挡不住寒冷的手轻轻抚着安在东的脸。安在东的脸也是冰冷的。

在静寂的街道上，雪花飞舞的声音在丁怡文的耳朵里像一个个银色的精灵在歌唱。街灯昏黄的光影中，丁怡文亮亮的眼睛闪烁着动人的光芒，她挣开安在东的拥抱，轻轻地哼着歌，和着雪花的舞姿也跟着舞蹈起来。积雪在丁怡文快乐的舞蹈中也跟着欢快地吟唱起来。

一片迷蒙的雪地中，有着雪花一样轻盈身姿的丁怡文，在安在东的眼里就是一个舞蹈的精灵。安在东满心满肺都是对丁怡文的怜爱。

十二

丁怡文发现自己的世界变了，她无论是眼里还是心里现在只有安在东一个人。上课的时候她想着的是安在东，她想安在东此时在干些什么呢？他是不是也在想着她呢？她觉得没有安在东在眼前的日子是很难熬的。她虽然还把方小华当成好朋友，可她知道，之前她们那无话不谈的默契已经彻底失去了，她离她们越来越远了。她奇怪没有爱情的生活，方小华她们怎么会过得那么开心呢？除了教室就是宿舍，虽然也有歌声和舞蹈，可那是被老师固定在了特定的场所特定的人物事件上，一点也没有自由的，没有想象的空间。那样有什么意思呢？只是跳着，只是唱着，跟个孩子似的。在这一群活蹦乱跳的女孩子当中，丁怡文好像是孤寂的，可也只有丁怡文知道，她是她们当中最为充实的一个。不为别的，就因为她有爱情。

她上课时已经不再是认认真真地听老师讲课了，看着老师的嘴在不停地动，却一点也不知道老师讲的是什么。她开始认为坐在教室里上课，是一件很无聊的事情，是在浪费她的青春和她的梦想。她既然不会去当老师，她又为什么要坐在师范学校的教室里，被动地等待着她不愿意服从的命运？但如果此时她是坐在北京电影学院的课堂上呢？丁怡文当然心里很清楚，如果不是在师范学校，而是在北京她向往的电影学院里，那么即使有了安在东，她也会和以前一样安安心心地坐在教室里听老师授课的。她会面带微笑，用一种很崇敬的目光看着老师，她会很虚心地向老师请教表演上的问题，她也一定会和同学们在一起探讨学习上的困难，和她们一起参加各种社会活动，当然那时是免不了会面对镜头的，她相信自己在镜头前是会很从容很优雅的……可是，她现在并没有坐在北京电影学院的教室里，而是在这个小城市的师范学校里……

丁怡文把自己的想法告诉安在东后，安在东笑了，他抚摸着丁怡文黑亮的头发说："傻孩子，你只有完成了你现在的学业，我才能想办法帮你去北京。如果你连师范学校的学业都完不成，你还怎么去修更高一级的课程呢？"

安在东的话，丁怡文是听的，所以即使她的心不在学校不在课本上，她也把身体放了教室里。

丁怡文这时已经知道了安在东有一个当市委秘书长的父亲，她刚开始听安在东说时，竟有种很奇怪的感觉，好像是她不小心得了个看上去很平常的东西，而她捏在手里也并没有觉得有什么奇特的地方，但猛然间，别人说这个东西很珍贵很值钱。

安在东忍不住捏着丁怡文的鼻子："真是个傻孩子，跟我谈恋爱，竟连我是谁都不知道。真是太没有社会经验，太容易上当了。幸好我不是坏人，如果我真是个骗子，早把你卖了，你还帮我数钱呢。"

丁怡文很认真地说："我爱的是你，又不是你的家庭，何况爱一个人就要彼此相信，我如果不相信你，还怎么爱你？"

安在东的心里升起一股柔情，他轻叹了一声，这个看上去冷傲而且性格独立的女孩，对他的爱竟如此盲目。

十三

学校放寒假了。丁怡文没有回家，安在东给丁怡文租了一套房子。

安在东每天都会过来看丁怡文，他有时候会和丁怡文一起动手做饭，有时候会拉着丁怡文到外面去吃，吃过饭和丁怡文去看看电影。更多的时候，他们是待在租住的房子里。但是，安在东从来不在丁怡文这里过夜，一是怕碰上查夜的警察，遇上麻烦；二是怕父母知道他和丁怡文的事情，无论有多晚，他都要回家里去住。在走与留的问题上，安在东一点都不含糊。

安在东一走，留下丁怡文一个人独守清夜，她有时会突然觉得特别没有意思，像个怨妇似的把自己关在屋子里，会把安在东大骂上一顿，然后整夜整夜地睡不着觉，第二天，却又盼着安在东早点出现，只要安在东一来，丁怡文一点怨气都没有了，又变成了一只快乐的小鸟，与安在东厮守着。这样的日子过了没几天，丁怡文就觉出了日子的单调和枯燥来，每天除了做一两顿饭，就是看电视，看安在东给她买来的一些杂志，可是这些东西又怎能填得满她心里的空虚呢？她在浪费时间，她这样的生活也正离她的梦想越来越远，而这正是她最不愿意的。她跟妈妈说她要靠自己的能力去实现梦想，可她现在连起码的生活费都要靠安在东，她还怎么去实现？与安在东在一起的时候，她很少去思考这个问题，觉得自己的心里因为有了安在东所以才满满当当的。可是，只要与妈妈一通话，妈妈捅开了她尽量掩蔽的事实，她一下子觉得自己的心里原来还是有个很空落的角落的。这个角落一经她正视，就像一朵花苞，原来只是一个小小的花苞，现在却一下子盛开了，那心里的空间就比原来扩大了好几倍。为了不让那空落的角落再扩大，丁怡文就拼命地去想和安在东在一起度过的每一个日子里的每一件哪怕很细小的事情，从与安在东上网第一次聊天开始，到网恋，到见面、恋爱，再到现在他租的这个房子。再多的事情也容不得细想，想来想去，丁怡文又想到自己的处境，不免又是悲从中来，那寂寞失落的感觉就更加重了一分，她渐渐地厌倦了自己的无聊，可又没有什么能让自己的心平静下来。她变得忧郁了。

安在东来看丁怡文的时候，就看到了丁怡文微锁的眉头，她的笑容也不再是灿烂无忧的，她的笑声是短短的，然后就静静地坐在一旁，什么也不想说的样子。

安在东想到了网上那个叫"一根小刺"的女孩，这时的丁怡文一定又是心中有了一根小刺了。他过去捧起丁怡文的脸，这张脸上写满了茫然和忧郁。安在东怜惜地吻了吻丁怡文的额头，轻声地说道："小文，怎么了？什么事让你不开心，告诉我。"

丁怡文愣愣地看着安在东，轻轻摇了摇头，什么也没有说。

安在东停了一会儿，问："是不是在家很闷？要不你还是去上网，到网上去找几个网友聊一聊？不过，你要和很多的人聊，千万不要盯着一个人不放啊！"

丁怡文很认真地对他说道："我不想上网。我想找份工作。"

安在东奇怪地问："小文，这样不好吗？为什么要找工作？"

"我要靠我自己赚点钱，要不然我连上学的学费都没有。你知道，我是不愿意再回家向我妈妈要的。我已经离开家了。"

安在东当然明白丁怡文的心思，她一心要上北京电影学院的心愿，就像她自己的影子一样随时都尾随着她，只是有时在她得意忘形的时候，她会暂时忘记它，可这个影子也时时会奔出来，提醒着丁怡文，它还存在着，它是她心中不灭的梦，她不会轻视它不能忽略它。

安在东想是到了自己尽力量的时候了，否则，他爱她又凭什么呢？爱她，就要让她快乐，要她快乐，就必须得帮助她向自己的目标靠拢。可是，虽然他有一个在这个城市还算显赫的家庭，但他自己只是一个小小的办事员，他又有什么能力帮助她呢？其实安在东也知道，如果他父亲愿意出面的话，很多在他看来困难重重的事都会迎刃而解的。但安在东并没有把他和丁怡文的事告诉父母，他知道他那官味十足的父母是不会答应他和丁怡文这样一个普通家庭的女孩谈恋爱的。在他父母眼里，他们未来的儿媳妇长得漂亮不漂亮，安在东喜欢不喜欢倒在其次，最重要的是要和他们的家庭门当户对，好像他们不是为了替儿子娶媳妇，而是在替他们自己找脸面。安在东很清楚，一旦他家里知道了这件事，他和丁怡文之间就面临着更大更实际的困难。但安在东真心实意地想要帮他心爱的丁怡文，她把整个身心都交付给了他，却从来没有贪图过他什么，他为什么就不能为她的前程、为她的人生更加精彩而出一把力呢？

安在东想了想，忽然高兴地说："咱们一起开个花店吧！这个城市的花店不多，可是人们的生活却很需要花朵来衬托的。"

丁怡文的眼睛一亮："好啊，好啊，我愿意！"随即又耷拉下了眼皮，"可是我们到哪里找店面，又哪里有开店的资金呢？"

"这不用你操心，一切都由我来办。"

接下来的日子，安在东开始忙了起来。他先是到处查看地形，寻找合适的店面，同时，他还跑到工商所直接找到局长，打着他父亲的旗号去帮丁怡文申请营业执照。

不到两天，安在东便把营业执照拿到了手上。他又跑到一家房地产公司老总那里，老总是他父亲以前的同学，见安在东只是想在他经营的房地产公司里，寻一个位置相对好的租金又不贵的店面给他的未婚妻经营花店，虽感到有点奇怪，但也没说什么，很快就给安在东找了一个刚刚装修好还没来得及出租的店面，并且每个月只象征性地收两百块钱租金。这样的租金在这个城市是绝无仅有的，安在东去看了看那店面，对这个地理位置十分满意。

现在只差开张了。

偏偏在这个时候，安在东的父母发现了儿子为丁怡文办的这些事情。

说起来，还得怪那个房地产公司的老总，给安在东的父亲安扬打电话时，为了跟这个在政界官运亨通的老同学套个近乎，便说帮安在东找店面的事情办妥了，不知他是否还满意这样的安排。安扬一听，竟莫名其妙。事情就这样败露了。

放下电话，安扬就开始找安在东。

这时的安在东，正在想着到哪里去弄钱进货呢。

安扬想找到安在东一点也不困难，同样，他从安在东那里套出丁怡文的情况也是轻而易举的。当他从安在东那里知道他在外面给丁怡文租了一套房子，气坏了，他怒气冲冲地指着安在东说："你小子好样的不学，倒是学会在外面包女人了。"

安在东争辩道："我没有包女人，我是真心喜欢丁怡文！是她自己不愿意回家，我才给她租了一套房子的。"

"一个不愿回家的女孩能是正经女孩子吗？她才十七岁，十七岁就知道利用男人，以后还不知道是个什么样的女人呢。"

"她是个好女孩，她不是那种人。"

父亲冷笑道："哼，好女孩会在上学期间就想着找男人替她赚钱？"

"不是她的意思，是我想帮助她，她想到北京去上电影学院，我想挣点钱帮帮她。"

"你又有多大能力，她还不是看着你有一个当秘书长的父亲？"

"不是这样的，爸爸，丁怡文是个很清纯的女孩子，她并不像你想象的那样，虽然她的家庭并不显赫，可是她却是个气质好、求上进的女孩。她一开始并不知道我们家的情况，她也不在意我有个什么样的家庭。她爱的是我，不是我的家。"

"好，就算你说的她不在乎你有个什么样的家庭，但你也知道，以她的出身和资历，她并不适合当我们安家的媳妇。而且你刚才也说了，她不是那种随便的女孩子，那我想她一定也是那种可以靠自己的努力而达到目标的女孩。之前你们的事我不追究了，但以后，你们再也不要在一起了。"

安在东早就想到了如果父亲知道这件事，他一定会阻止他和丁怡文的，所以听到父亲这样说，他并不感到意外，只是默默地看了父亲一会儿，然后，才一字一顿地说："不管你怎样反对，我是不会离开丁怡文的。我爱她，我绝不会负她，不但不会负她，而且我还要帮她实现她的愿望！"

安扬冷冷地说："你怎么帮她？"

"那你就别管了！"说完，安在东头也不回地走了。

房子没有了，连经营执照都在父亲的活动下被取缔，花店开不成了。

安在东没有灰心，为了丁怡文，他不怕失败，他在继续为丁怡文到处奔走着，他不相信，他就不能为一个自己所爱的女孩办成一件事，为帮丁怡文找到一个合适的工作，他义无反顾地频频打出他父亲的旗号，这当然很管用，很多单位都不在意多一个或少一个员工，何况这是市委秘书长的公子。所以，安在东很快就联系好几个愿意给丁怡文提供工作岗位的单位。但是，父亲好像掌握了安在东所有的活动，不管他到哪个地方，找了谁，父亲都清清楚楚，而且会很快把电话打到安在东去过的地方，然后对方又客客气气地给安在东打电话把他回绝掉。不愿让儿子陷得太深的父亲把安在东的路堵得严严实实。

安在东一筹莫展，他终于知道，自己离开了父亲权力的庇护其实是什么也干不成的。

安在东已经好几天没来找丁怡文了，丁怡文并不知道安在东在他的父母的威逼之下，正处在万分的苦恼之中。

为了阻止安在东和丁怡文的来往，父亲堵绝了安在东的路子，他不允许儿子借着他的名义去办任何事，他就是要让儿子知道，没有他这个当秘书长的父亲，他是什么事也办不成的。

但安在东仍心有不甘，他还想在父母面前再作最后的一战，他想，万一他还有胜算呢？

可安扬像是看透了安在东的想法一样，他赶在安在东之前来到了丁怡文租住的屋子里。

安扬早已查到了丁怡文租住房子的位置，所以，他一想到儿子可能还有别的行动的时候，他立马来找丁怡文。

安扬看到的是他意想之中的丁怡文，美丽、动人，但他却没想到，在丁怡文的脸上看到了一种优雅，一种气度，当然，还有一份未褪尽的稚嫩。安扬想难怪儿子会如此执着地喜欢这个女孩，她身上的确有一种迷人的气质。

从打开门的一瞬间，丁怡文看到神情冷峻的安扬时，就预感有什么事要发生了，她把安扬让进了屋后，什么也没说什么也没问，就那样静静地等候着。

安扬打量了一下屋子，屋子里其实很简单，除了一套半新不旧的沙发和一个电视柜以及电视机外，没别的东西。客厅的东侧有一个小小的卧室，卧室的门半开着，安扬清楚地看到里面半张床的模样和一张书桌，书桌上还摆了几本书。他想那大概是这个女孩的学习用书吧，看样子她还是个比较努力的孩子。安扬收回目光放到丁怡文的身上，此时的丁怡文还是低眉顺眼默然不语的样子。于是，安扬问道："你就是丁怡文吧？"

丁怡文心想都进来老半天了才想起来问这么一句话，明知故问嘛。但她脸上没动声色，轻轻地点了点头。

"我是安在东的父亲。你是师范学校的学生？"

又一句废话！丁怡文想，安在东肯定把情况都告诉他了。这次，她还是点了点头。

"学校放假了，你也不回家啊？"

"我想出来锻炼一下自己。我已经跟家里打过招呼了。"丁怡文说。

"哦，要锻炼自己？嗯，好想法，不过，锻炼得靠自己的能力啊，你不能让安在东在外面为帮你找工作，打着我的名义到处去骗人啊。"

丁怡文一惊，安在东只跟她说过，找店面开花店，却从来没有说要给她找工作啊。

"我倒不介意他替你找一份工作，但问题是你暂时还没有那个能力，你还是个学生，连高中都没上过，你有什么能力去适应他给你找的工作呢？再说，你们只是普通的朋友，他帮助你也要有个度，否则就会出问题的。"

"伯父，我不知道安在东给我找工作的事。我还是个学生，我暂时还不需要找工作。"

"我知道你对他的感情很深，但你还不了解安在东，他是不会娶你的。他的对象是市长的女儿，是安在东大学里的同学，我们两家都已经谈到他们的婚期问题……呃，这个，我想安在东大概没跟你说过吧？"

丁怡文愣了愣，忽然笑了起来，笑毕，她才说道："伯父，我明白你的意思，你不就是说我的家庭很普通，配不上你们安家吗？可是我和安在东相爱是我和他之间的事，跟家庭应该没有多少关系吧。"

这下，轮到安扬愣了一下，他没想到这个女孩倒是十分聪明，很快就领会了他的意思，但想问题、解决问题的方法却又是这样直白和简单，他有点哭笑不得。

"你说得对，我希望你们能分开。分开对你们俩都有好处。"安扬也不绕弯子了，他直截了当地说。

"只要安在东说分开，我就分开！"

十四

安在东所谓的最后一战，其实很单纯，就是想让父母见见丁怡文，虽然混迹官场的父母对他的感情问题也是用很理性、很现实的思维去考虑的，但若是他们见了丁怡文，或许有可能被她的可爱和清纯所打动，而改变他们过于理性的思维和世俗的观念呢，让父母喜欢丁怡文，只要他们一喜欢，就不会再拼命反对他和丁怡文的事了。

安在东想得倒挺好的，可父亲直截了当地告诉安在东，他见过丁怡文了。

安扬说："我觉得她不适合你，更不适合我们安家！"

安在东感觉一块石头朝他打来，他眼前一阵发黑："为什么？丁怡文是个好女孩！"

安扬说："好女孩多得是，并不是所有好女孩都适合你和我们安家。何况，那个丁怡文并不像你说的那样清纯可爱。而且她文化层次也不高，就算她师范毕业了，也才是个中专吧。"

安在东沉痛地说道："爸爸，我喜欢的是这个人，不是她的家庭、她的学历啊。"

安扬讥笑道："可既然你生在安家就要为安家着想。丁怡文是貌美如花，可那又怎样，难道美貌能给你带来幸福和运气？我倒不是说要你找个门户多高的女孩，但总得要能配得上我们安家吧。"

安在东绝望地说道："不，我绝不离开丁怡文！"

安扬生气地说："好！你可以为了爱情回到丁怡文的身边去，但这个家你从此就不要再踏进来。我就当没有你这个儿子。"

"不回就不回！"安在东愤怒地夺门而去。

安扬没叫住儿子，他太知道自己的儿子了，虽说个性很强，可是具有十分强的惰性，正是这种惰性，造就了他离不开他这个秘书长父亲的庇护，也正因为太了解儿子的这个性格，他才更要为儿子铺好前方要走的路，他不能因为所谓的"爱情"两个字，而让儿子的将来太过平凡和普通。

丁怡文见到安在东的时候，扑到安在东的怀里什么话也没说，就那样静静玲听着他的心跳。安在东什么也没说，静静地拥着丁怡文。两人似乎都知道等待他们的将是一种什么样的结局。很久很久，丁怡文才发现安在东一脸的泪水。

丁怡文替安在东抹着泪水，可是那泪却像是一条怎么也关不住的水龙头，泪水一直不停地往外涌着。丁怡文从没有见安在东流过眼泪，更没有见过男人的眼泪，她很清楚这眼泪意味着什么。她哭了。哭得很压抑。

安在东的心像被利器狠狠地剜过一样，痛得几乎要晕厥过去，他一把将丁怡文紧紧地搂进怀里，任由丁怡文的哭声在他的胸腔处爆发着，锐利地刺痛着他的心。

丁怡文的手指狠狠地掐进安在东的背里，她的爱和恨都凝聚在这手指间。

安在东也曾想到和丁怡文私奔，去一个别人找不到的地方，两个人厮守着过日子。只是和丁怡文在一起的时候，这种想法就很强烈。可一旦和丁怡文分开后，他一回到自己家里，在舒适的生活环境里，他狂热的心就会慢慢地平静下来，甚至都不敢想象私奔后在那种未知的生活里他将会是什么模样，他不敢想象。

经过一番权衡，安在东认为长痛不如短痛，他像蛇蜕皮似的从心理的压迫之中痛苦地脱换了出来。他选择了退却。

这种选择让安在东痛恨了自己很长时间，他恨自己负了丁怡文，恨自己的软弱和无能。他痛丁怡文的聪颖，痛丁怡文竟然就这样忍了他的软弱，痛丁怡文对他付出的爱竟似一江春水……

安在东选择了逃避。负着自己的爱，也负着对丁怡文的诺言。

丁怡文知道了安在东的心思后，她的心碎了。她听到自己的心破碎的声音，像一个脆弱的瓷瓶，啪嗒啪嗒，一片一片地碎裂，然后又一片一片地掉落，摔在地上又碎成无数瓣，最后成了粉末。

下雪了。这个城市的冬天，有下不完的雪。冰雪越堆越厚，经常会听到一些积雪压坏物体的消息，河边上，那些干枯的芦苇，被雪压伤，倒伏在地。

石头记

　　告示贴出仅半天，营门口竟然聚集了五百多名劳工。抱石混迹其中，与那些根本不懂开采石头的劳工一起，想碰碰运气，寻口饭吃。在人堆里挨来挤去，碰到脸熟的都把脸别开，装作不认识。抱石越发心虚，可又不想错过机会，等等看吧。直至日头西斜，营门依然紧闭，不像放人进去的样子，开始有人发牢骚，还有好些人冲到了营门口，又叫门口的哨卫给拦了回来，更多的人饿得撑不住，趴在斜水河边喝水哄肚子。也是，但凡有个能混饭吃的地方，谁愿意来这里碰运气呢。抱石已经埋头在河边喝过五六次水，肚子不是那么好哄，没有一点实质性内容哪唬得住，河水在里面打几个滚，除了制造出一些空洞难堪的声响，逼迫抱石钻进树林排泄出来外，反而比之前更饿了。他很后悔，出门时应该把那个稷面窝头带上，万一呢，今晚怎么熬得过去。几趟树林钻下来，他浑身的力气像是被一趟趟的尿水给带走，连趴在河边继续喝水的劲儿都没了。在漫长的等待中，尤其满怀的期望被等待一点点磨损之时，没有什么比这时的饥饿更让人绝望的了，好像黎明前的曙光，你分明看到那破云的一线光亮，却始终迎不来更多的晨光。抱石捂着空响的肚子，看着身边那么多跟他一样有气无力的人们，绝望中更多了几分凄凉。前晌出门时，抱石正要从老娘手里接过掺和野菜的稷面窝头，不经意间看到妹妹们的眼神从窗缝里挤出来，似几束雷电击中了他，她们眼里蹦出的火星灼到了他的心。他犹豫着把手缩回来，脸上扯出牵强的笑，努力使这份笑容看上去轻松了些："听人说，告示上写着，选上了，肯定会管饭的。"要是选不上呢？他没敢想，转身时狠狠吞咽着口水，把希望和窝头留了下来。

抱石运气不错，除过几个年纪太大明摆着是来混饭的，以及两个女扮男装的，被发现了拒之门外，其余的人天黑前被放进营区，一个个登记造册后，果然给管饭。天黑透了，点起的几个大火盆，映得营院亮如白昼，一帮伙夫抬来十几口大锅，往每人刚发的陶钵里舀冒着热气的汤面条。汤稀面少，混合了不少山梁、沟坎边的嫩草、叶芽，说不上是什么味儿，却不限量，喝完了还能再添。伙夫扯着大嗓门喊个不停，主食定量，两个白米饭团子或者一个稷面窝头，自个儿选。抱石捧着比脑袋略小点的陶钵，边喝面汤边排在队列里缓缓向前移动，心里早盘算好了一定选那个窝头，绝不吃那两个白米饭团。尽管白米饭团看上去比稷面窝头分量多，以他饥饿的程度，再多两个白米饭团也是不眨眼能吞咽下去的。只是，他像大伙一样，恨透了白米，蜀军来了之后，吃不惯面食，说是军垦，实际上强行征地，在斜河两岸的肥沃地里全种上了稻米，留给当地人一点坡地，种很少的麦子和稷，还得看老天爷脸色。去年天旱几乎颗粒无收，天下又不太平，四处闹战荒，为了活命，只能依赖野菜和树叶充饥。听说蜀军招石匠，虽然并不知道招石匠干啥，但一沾了"匠"字，总是有了难度，可乱世之中，谁管你是不是真的

"匠"呢，只要有机会，哪怕是犯险，大伙也愿意冒充成"匠"，随它什么"匠"，只要是条活路，能为家里省口粮食就行。

抱石好不容易排到主食筐子跟前，里面没了稷面窝头，他翕动鼻子，一碗温热的汤面条下肚，他终于感觉身体不那么虚脱，但面对吃食，肠胃依然充满了极度的渴望。稍有犹豫，眼睛从空了的稷面窝头筐里跳到了白米饭团这一边，只是那么一瞬，脑不及手，已经抓起了两个，还没挤出人堆，饭团被塞到嘴里，进了肚子里。白米饭团说不上难吃好吃，他没顾上细品，身体被挤压在人群的缝隙里，为的是多抢一钵汤面。

在蜀军窝棚的稻草堆里睡了个踏实觉，一大早抱石他们被喊起来，每人给发了路上的吃食，相跟着沿斜水西岸往山里开拔。至于具体做什么，怎么做，无人给说，也没人问，大家都是奔着吃食来做苦力的，谁还能不知道自己的"匠"中掺了多少水分？不过一次招好几百号人，要说都是纯手艺人，谁信哪？可不就借个名头，心知肚明罢了，只不过都不肯明着说而已。早晨发的是两个稷面窝头，揣在怀里沉甸甸的，抱石隔着衣衫摸着窝头，不断地回头，往北边柳家村方向探望，他心里想着，昨儿夜里的三钵汤面外加两个白米饭团顶一天没问题，要是把这两个稷面窝头捎给家里就好了，妹妹们好几天没吃顿像样的饭食，说不定眼巴巴正盼着他呢。可他不敢离开队伍，更不愿离开，好不容易找到混肚子的活路，哪舍得放弃！他希望这个时候能碰到同村的人，把稷面窝头捎回去。他是异想天开，同村能走动的人，几乎全在这个队伍里，剩余的老弱幼儿，兵荒马乱的，谁敢大清早出来。

仲春时节的早晨不冷不热，斜水河畔的风徐徐吹来，带着几分舒缓，又有几丝潮意，若不是这庞大阵群杂乱行走的步履卷起的尘烟，席卷了清晨的宁静，这个不为肚子操持的早晨该有多么安宁惬意，仅是河面洇起的水雾也会使人心神一动。斜水河面宽阔辽远，水流轻缓，舒展而平静。从高远处看斜水河，倒像根粗壮的树木，随处能见大小不一的枝杈向外延伸，那些被强行开挖出来的渠沟，便于引流河水浇灌无边无际的水稻秧苗。望着身边这条熟悉的斜水，抱石想起以前与妹妹们在河边田地里耕作的情景，那时的生活虽也辛苦，劳作却是欢愉的，充满了丰收的希望。如今的斜水河两岸早已换成另外一幅景象，除了蜀军开垦的水田，这里也成了蜀军老弱病残的休养地，到处是拄着拐杖的伤兵，还有从蜀地前来寻亲的孤儿寡母，他们个个愁眉苦脸，眼神呆滞。人叫马嘶的战争场面不会出现，可带着浓郁川音的哭叫声随处可闻，而失去更多良田的当地人忍气吞声，只能任凭日子越过越恓惶，却又无计可施，惶惶不可终日。

父亲在陈仓病逝后，抱石遵照遗嘱将父亲秘密安葬于秦岭北麓的八鱼沟，连夜带着母亲和两个妹妹乔装潜出陈仓城，一路往东走了两天行程，本来还要继续往东走的，母亲不愿走了："离陈仓越来越远，恐怕以后给你爹上坟就难了。"望着母亲皲裂的嘴唇渗出血迹，加上一路奔走沾染的尘土，她的模样苍老又落魄，没有一点神采的眼神中满是疲惫，妹妹们也是，傻愣愣地看着抱石，她们的俏皮与活泼如同被风扬起的柳絮，不知什么时候飘着飘着就没了踪影。抱石心中辛酸极了。父亲的遗嘱到底没从他哆嗦的唇中冲出来，他是长子，如今父亲没了，他是家里唯一的男丁，有责任让母亲和两个妹妹活下去。那不往东走了，寻个安身之处。为避开城镇，抱石沿着斜水河往山里走，在落星湾崖边的一孔废弃窑洞里，把母亲和妹妹们安顿下来。早些年，父亲已看透世事，让抱石读"四书""五经"之余，兼览一些日常所用的书籍，像《神农本草经》《水经》之类，扩大他的知识范围，绝不让抱石晋科举走仕途，这倒是明智之举，给抱石埋下了生存之道。凭着书本和现实的对比，抱石在田畔、河边、山崖采了不少草药，对照书上的治疗法子，能开出治疗头疼脑热的简单方子，为周围村人免费行医，很快得到大家的认同和接济。几年下来，抱石在斜水东岸的柳家村置了几亩地，盖了三间泥瓦屋，算是有了真正的家。平时抱石带着两个妹妹在田间劳作，母亲在家里做好饭给他们送到地头，一家人围着饭钵边吃边笑。抱石觉得日子这样过下去就很好，寻常人家，以几亩地持家，平静地生活，得一些简单的快乐，有啥不好呢。然而这种欢愉没维持多久，蜀军来了，他们夺了良田，强征了四周的土地，斜水河畔百姓平和朴素的生活被他们硬生生捣烂，如今哪里还有欢笑？除了恐惧，剩下的只有饥饿。一想到饥饿，抱石仿佛看到了两个妹妹空洞的眼神里，掩饰不住的对食物的渴望，别说她们，就是他自己，还有身旁行走的这些男人，他们又怎能掩饰住饥饿的侵蚀？抱石埋头随人群机械、麻木地往前走着，心里如同有虫子啃噬，千疮百孔又疼痛难忍。摸了摸怀里的两个稷面窝头，粮食的质感像一股坚实的力量撑着他，可他越走心里越不踏实，似乎看到妹妹们接过窝头瞬间亮起来的眼神，她们脸上绽放出的光亮，使他眼窝发热，内心更加焦躁，他被自己的想法左右着，头脑一热，顾不了太多，突然冲出队伍，向家乡的方向奔去。

抱石的超常举动立刻引起大家的注意，有人根本不知发生了什么，竟然追随抱石也跑出了队伍。很快，有人意识到了这个异常的行为会带来什么后果，刹住脚步又缩回到队伍里，只有抱石还在头脑的风暴中，压根没想到自己暴露在队伍外面，被看押的蜀军看得一清二楚。一个骑兵飞奔过来，将抱石一鞭子抽倒在地："打死你！还敢逃跑。"

抱石从怀里掏出两个窝头，跪着举起来说："我不是逃跑，只想把这两个窝头送回家，给母亲和两个妹妹后，我保证跑回来赶上队伍。"

"龟儿子，还敢耍老子？"骑兵骂着，俯身抢过一个窝头，"把那个也还给老子。"

抱石见解释不清，又心疼被抢走的窝头，情急之下，将另一个窝头塞进嘴里，抻着脖子咀嚼几下咽进肚子。他的行为惹怒了骑兵，抽出腰刀朝抱石头上砍来，旁边有几个同村的邻居，平时受过抱石的免费医疗，见此情景不愿眼睁睁看着他丧命，几个人扑过去将抱石拉开，跪倒在地求骑兵饶命："军爷，他家里有病弱的母亲，领着他两个年幼的妹妹，全靠他一人挣口吃的。"

"是啊，他就是想给老母亲送点吃的，我们都是主动来讨活路的，哪有没开始就逃跑的道理！军爷大人有大量，请息怒放过他吧。"

"军爷，杀了他等于杀了一家四口啊。"

骑兵其实不想杀人，不过被抱石的行为所激怒，并不是真的下了杀心，面对的毕竟都是普通老百姓，再加上众人求情，更不敢轻举妄动，顺势收起腰刀，却要责罚抱石，两天不给他一口吃食。

好在春天比较友好，大地回暖，春风轻柔，摇曳的柳枝上爆出了绿芽，细密密地摇荡在枝头，饿极了也能充饥。一路上，山桃花开得满沟谷都是，被淡淡的轻烟一样的绿色衬得格外清丽娇美。抱石没心思欣赏美景，饿得撑不住了扯几把山道边的树叶、野菜果腹，一路喝着河水，随着队伍走了两天山路，到了斜水河的上游鳌山。

按告示上说的，招石匠是为了开采山石。至于开采的石头做什么用，有人曾大着胆子问过，挨了蜀兵两鞭子，知道是寻不出答案的，再没人问，其实就是问出结果又能怎样，他们不过是为挣一份口粮。

刨山挖石是体力活，蜀军给抱石恢复了伙食。他每顿饭能领到两个稷面窝头，或是白米团子，外加一碗剁得细碎的菜汤，不能敞开肚子吃，可到底是实打实的饭食，咽进肚里踏实，有了依靠一般。抱石吃了几顿饱饭，有了被粮食托出来的满足感，他认为自己这趟来对了。春荒、战乱，无论经历着什么，首先得填饱肚子，像父亲生前所说，活下去，才是根本。进到山里，抱石和大家一样拼命干活，他的目的和大家一样明确，就为了能领份伙食，保证有饭吃，不至于饿死。

刨开山体外面的树木、土层，巨大的石头暴露在日光下，闪着耀眼的白光。这个时候得考验你是不是真正的石匠了，从哪里开凿、打眼、塞药、放炮，凡是稍微带点技术的活路，这五百余人基本上都不会干，世代在地里刨食的庄稼人哪懂得拾掇石头，他们甚至不知道这山石原来是白色的，在阳光的照耀下能迸发出丝线一样细碎的光芒。原来只有黄土才是他们眼里最热切的，那是能孕育粮食以维系生命的实在东西。当然，蜀军也并没真的指望这些人里有需要的能工巧匠，他们真正要用的，就是干体力活的苦劳力，抡大锤、劈山、抬石头、搬石头。只要能把石头破开，搬到山下去就行。蜀军看得紧，没人敢偷懒，每天累得半死，可肚子大多时候能填个半饱，偶尔还能开一次荤。尽管是在菜汤里加了些肉汤或者碎肉末，但那鲜香的肉味在每个人的舌尖上流转，够回味几天的。没人叫苦叫累，也没人逃跑，都清楚无处可逃，荒山野岭，能逃到哪儿去，再说世道混乱，逃出去不是饿死，也得被乱兵砍死，还不如在这山沟里混个填饱肚子。

可开山刨石不光苦累，还很危险，爆破炸起的碎石、凿过的石渣经常会伤到人。这个时候抱石的能力显现了出来，他不忍心看着工友们流血，征得蜀军士兵的同意，去山林里扯些刺芥、艾叶或者白及，找个石窝子捣烂敷在伤口上。有时工友受伤严重，情况紧急，一时找不到石窝子，用手揉的草药汁水出不来，抱石扯把刺芥塞进嘴里嚼烂，先把伤口处的血止住，免得工友因失血过多而危及生命。随着刨石创面的不断增大，受伤的工友越来越多，抱石基本上成了专职医者，这喊那唤，他的身影穿行于工地和山林之间，边跑边嚼草药，一天跑下来，满嘴绿汁，舌头被草药蜇得麻木不堪，话都说不完整，但他没有一句抱怨，相对那些晒在日头下挥汗如雨的工友，他不用干体力活照样有份粗陋的饭食，他很知足了。到了夜深人静，窝棚外明亮的月光从每一个缝隙里渗进来，长的短的，薄的厚的，这些细碎的月光重新融在一起，使帐内也有了浅薄的一层亮光，烟尘一般荡漾在一片沉重的、起伏不定的呼噜声中。抱石的心随之动荡起来，分外想念母亲和两个妹妹，出来这些日子，不知道她们还有吃食没有。母亲的身子弱，他这一离开，她一个人操持着家，更辛苦了。两个妹妹虽说懂事了，可到底年龄还小，又正是长身体的时候，要是连肚子都吃不饱，这一天一天的怎么熬得过去，将来要落下病根怎么办？他的眼前闪现着离开那天，妹妹们透过窗缝落在稷面窝头上的目光，饥饿、隐忍，每当想到这一幕，他的无力感如同一身的疲惫，倾尽全力都无法挣脱。可他什么都做不了，这种无能为力只能让他躺在窝棚的稻草堆里黯然低泣，哭声显得虚弱轻薄，似窝棚里的月光一样，沉沦在起伏、沉重的鼾声中，很快被淹没。夜晚偷偷哭过，第二天他照样奔跑于工地和山林之间，为工友减轻疼痛或者避免死亡，也为了父亲的嘱咐、母亲和妹妹们，他得活下去。

抱石以为，若没有战争与饥饿，活下去哪有这么艰难，他们冒"石匠"之名的这五百号男人，哪个不是为了让家人活下去，让自己活下去，才到这深山之中刨挖石头的？现实就这么残酷，生存与死亡像盲盒一样，并不是选择得慎重或者随意而有定数。抱石没有办法阻止死亡，他每天要面对死亡。被石头砸伤或其他意外受伤的人越来越多，他采来的草药只能止血消炎，遇到伤势严重、高烧不退或者转为败血症之类的重症患者，没有针对的药物和专业大夫，抱石束手无策，急得他眼含泪花却无能为力。随着死亡人数的不断增加，抱石的压力越来越大，工友在死亡线上的挣扎加重了他的恐惧，他浑身战栗着躲在一边偷偷地哭泣。有个老工友看到了，难过地把他抱进怀里，劝慰了好久。随后，老工友联合一大帮工友陪抱石去找百夫长，要求送重症患者下山，去山外的医馆治疗。百夫长不同意，有一大堆重伤员得送出去医治，且不说那些重伤者能不能救治，蜀军没有救治他们的义务啊。抱石夹在人群里焦急又愤怒，世道动荡，工友的命虽低贱，可见死不救，太没人性了。愤怒解决不了问题。抱石毕竟读过不少书，懂得动脑子，他暗地里串通工友搞了次罢工，想以此逼迫蜀军，或能使他们心生一丝仁慈，送那些重伤患者出山求医。工友们为争取自己的利益，几乎全部参与了罢工，动静搞得很大，整个山谷人声鼎沸，蜀军却无动于衷，他们见惯了战争场面，根本没把这些土包子放在眼里，见劝说无用，便停止了所有人的伙食。这招果然管用，出门受罪为的是填饱肚子，眼下没吃的了，有人泄了劲头溜出人群，去刨石头了，却没想到蜀军照样不给干活的人吃食。这下，大家同仇敌忾，饿得支撑不住也不妥协，僵持了两天，百夫长怕耽搁采石，勉强同意送重伤病人下山，只是不让抱石陪同出山。工地上离不开他，随时有人受伤需要治疗。抱石本来有随病人出山的念头，想着或许能回趟家看下母亲和妹妹，这下希望落空，心里不免有些失落，可他身不由己，只能接受事实。

　　送重伤患者的工友返回后带来外面的消息，他们开采这些石头是为防备魏军来袭，运往五丈原的。蜀魏两国在渭水两岸对峙已久，先是魏军不出兵迎战，想拖垮蜀军粮草耗尽、自然退兵；后见蜀军在当地占田军垦储备粮草，魏军为防蜀军做大做强，经常伺机偷袭，扰得蜀军疲于应付，便多备些石头堆在五丈原边上，用来打击来犯之敌。只是，开采的石头远在鳌山，本想利用斜河水运至山外，没承想石头太重，征来的木船太小，一艘船装不了几块石头，装有石头的小船没行几里不是翻船，便是被压得沉入水底。为此，毁了不少船只，死伤不少船工。

听到这个消息，大多工友都很兴奋，认为石头运不出山，就帮不了蜀军，说不定魏军能攻上五丈原，打败蜀军尽快结束这场战争。蜀军要是滚回了蜀国川地，他们霸占的农田不就回到自己手里，又能过上以前的好日子了。工友们欢天喜地做美梦时，百夫长突然宣布，眼下采的石头太大不便于运输，上面传令必须碎到瓦盆大小。望着满山遍野大小不一的白石头，工友们脸色凝重，心头发怵。碎石比采石更费时费力，这么多的石头得碎到猴年马月，何时才能看到头啊。心劲没了，工友们干起活来无精打采，挨的鞭子就多，天气热了起来，鞭痕伤到了皮肤，不出两天便溃疡、感染。抱石一个人根本忙不过来，他抽空去找百夫长，本来想劝他别再用鞭子抽人了，可话一出口竟变成了他需要帮手。百夫长怒气冲冲举起的鞭子停在了半空，迟迟没有抽下，山外的消息他是知道的，蜀军的备战防卫需要这些石头，可这么多的石头运出去需要这些健全的劳力，这要再抽打下去，说不定会造成更加混乱的场面。在这群所谓的石匠里，抱石不光是止血镇痛的皮毛医者，更是这帮人的主心骨。上次为送重伤患者出山，闹的罢工已显出了端倪，这个白净文绉绉的小子不是一般人呐。百夫长捏拿不准，一直想不出怎么对付这种人，这下抱石自己送上门来，灵机一动，扯着川音质问："为啥子要给你配个帮手？"

抱石见百夫长有所松动，也以礼相待，双手打拱道："军爷，天气炎热，病人太多，伤口感染得厉害，在下一个人根本顾不过来。"

"是怪老子的马鞭打了他们，替他们闹事来了吧？"百夫长说着，又举起了鞭子。

阳光炽烈，仿佛能看到阳光洒在白石头上溅起的火星。抱石心里一点都不惧怕，相反异常冷静，微微笑了一下："军爷，在下没半点军爷说的那个意思。如果军爷不同意借个帮手，在下也无多话，只能铆劲一个人干呗。只是……请军爷的鞭子少举几次，让大家伙儿都缓缓劲，毕竟伤的人多了，活干得就慢，不是？"一口气说完，他转身就走。百夫长叫住了抱石："你这个家伙，说话这么费劲，仗着读过几天破书，是吧？那你就给老子出个主意，怎么着能快一点把满山的大石头捣碎？"

抱石读的杂书比较多，遇事不循规蹈矩，所以旁逸斜出的鬼点子多，他平时就爱琢磨些稀奇古怪的事情逗妹妹们玩闹。此刻，他脑子一转，突然间冒出一个念头，是从青石烧石灰那儿得到了启发，成熟与否容不得他多想，便脱口而出："在下倒有个想法，不知可不可用？人工碎石难度既然这么大，何不用火烧、水浇之法破石，或许能加快一些进展呢？"抱石心里其实没有一点把握，他对白石的质地、性能根本不了解，是否能像青石一样烧裂，他没往深处想，只想着能让工友们减少伤痛，减轻一点沉重的体力劳动。

百夫长却来了兴致，扯住抱石非让他讲个明白。抱石指着山下的斜水河，又指了指旁边山头的杂树林，说出自己瞬间被启发得出的想法："既然青石能烧成白灰，那是不是白石也会有受热再遇冷能崩裂的性能，咱们利用这个原理，或许能将大巨石烧成碎块？"百夫长觉得抱石的想法有一定道理，立即实施起来。

为取水方便，工友们将巨石推下河谷，砍来树枝架在巨石周围烧烤，待巨石烧至透热，再浇淋河水。巨石猛然遭遇凉水，自然爆裂碎开。

这招奏效了，不但破石快，还省下了炸药。只是危险性更大，巨石爆裂的碎片崩伤不少工友。百夫长给抱石配了个帮手，可还是忙不过来，伤员太多需要的草药量大，四周山沟树林里的刺芥、白及几乎全被采光了，得去更远处的山头，来回路途要走半天，还不一定能采够当天的用量。加带天气炎热，伤口溃疡、化脓严重，伤病员越来越多。这是抱石没有想到的，愁得他几夜都睡不着觉，一直睁眼到天亮。他已听到一些风言风语，工友中间有人开始埋怨他，说是他爱出风头献的计策，才导致巨石崩伤的人员增多了。抱石心里恼火，却不敢多言，怕惹来众怒。他苦思冥想，抛开眼前的现状，想从源头上寻找一个突破口。思来想去几天，他想出一个简单实用的法子：割些藤条编成人体形状的大筐，给烧透的巨石浇水时，人钻在筐里，挖两个小孔手伸出去操作，肯定能挡住崩石伤到人。

征得百夫长的同意，河谷里很快竖起了不少移动的藤条筐，后来根据个人的兴趣，还做了不少更有利的改进，大大减少了人员伤亡的数量和受伤的程度，也加快了碎石的速度。百夫长高兴，工友们对抱石的闲言碎语也随之消失。

入伏后，没下过一场雨，烈日炎炎，山里燠热难耐，有人说山里以前没这么热，都是采石头给闹坏了，把山上的树木砍秃，裸露出又干又硬的石头，日头洒在上面烤出了更大的热量，整个山巅谷底似火炉一般。当然也有好处，对破碎巨石有很大帮助，不用柴火烧烤太久，浇上河水便能爆裂。只是，天上日头照着，地上石头烘烤，像是钻进蒸笼里，热得实在受不了，有人先是脱掉汗褂，光着膀子在石头堆里劳作，后来褪去长裤，留个大裤衩子，还没到晌午，裤衩就湿透了，能拧出一摊水来。年纪稍大点的早没了羞耻，干脆脱了裤衩光腚晃荡，反正没耽搁活路。蜀军懒得管，也不打骂。大家便纷纷效仿，深山里没有女性，光着身子也不怕伤风败俗。

抱石年轻羞涩，从小在城里长大受过传统教育，不敢造次，热得实在受不了只褪去长衫留着汗褂，长裤一直都没脱过。他得钻树林扒草丛寻找草药，裸露着身子会被划伤，也会被蚊虫叮咬。热得实在受不了时，抱石借着来去自由的便利，瞅空钻入山涧河水里解会儿暑。其他工友没有抱石的这个福分，别说溜空钻进水里避暑，稍有懈怠就要挨蜀军士兵的鞭子，没有衣衫的裸体，一鞭子抽下去，血珠子立马蹿出，比火烤还疼。谁也不愿挨鞭子，再热也不敢偷懒。随着夏粮的收割，给山里送来了少量细米白面，伙食比刚进山时好了很多，除过稷面窝头，偶尔还能吃一两个不掺树叶的白面馍，喝几顿相对浓稠一些的面条汤。采石量进展得快，蜀军高兴，提高了伙食定量，每天基本上能吃饱了。比起之前的受伤和受伤严重得不到更好医治的那些人，现在的工友觉得热点累点不算啥，能熬过去。他们自愿来刨石头，不就是为混口饭吃，能吃饱肚子很知足了，干劲不减。还没出三伏，附近的几个山谷沟壑堆满了大小不一的石头，斜水河运输的船只日夜不停，也只运走了很少的一部分。石头越堆越多，堵塞了河道、山涧。五丈原大本营那边没有停止开采的命令，鳌山采石点就不能停工，依照蜀军的计划，把采下的巨石破碎完后，要向更深的山里开采。一切为了前线战场需要，一切为了尽快打败魏军。

这天午后时分，炎热的天空终于飘来了乌云。大团乌云从西北方向的山顶俯冲下来，势头汹涌，瞬间将鳌山覆盖得严严实实，日头不见了踪影，连天光也躲了起来。乌云笼罩下的天空形同夜晚，这是暴雨到来的前兆。随着一道道闪电划过黑色天幕，雷声胜过巨石爆炸声十倍、百倍，震得耳朵嗡嗡乱叫，人们心里着慌。蜀军没有下令，谁也不敢擅自离开采石场，可对于这种天气的惊惧，让大家慌乱不堪，场面一度十分混乱。

狂风突然间刮起，紧接着铜钱大的雨点从乌云里跌落下来，密集如箭，射向大地、山岭、石场，还有大家光裸的身上，比碎石崩落要轻柔得多，还能降低暑热，洗去汗渍。这样淋着雨，怪舒坦的，大家不再惊慌，倚着身旁的石头坐下，享受起老天的沐浴。

抱石从远处的树林里跑出来，还是淋到了雨。他顾不得雨水糊住双眼，山路泥泞绊住双腿。他往山下的采石场一路狂奔，边跑边喊。狂风暴雨似行进中的千军万马，怒吼着将抱石的呐喊声吞没，随着雨水流向山谷沟壑。

雨越下越大，刨去树木草根的山丘被雨水泡得稀软，残存的那点泥土迅速垮塌，与枯枝败叶混在一起堵住了沟渠。随着雨势加大，低洼处的积水蓄积汇聚，流向沟谷形成洪流，蓄势待发。

滚了一身泥水的抱石终于跑到了采石场，他不顾蜀军士兵的阻拦，喊叫大家赶紧向山顶跑，往有树木的山头上跑。他被两个士兵拧着胳膊挣脱不开，可他急切焦灼的呐喊声还是穿过雨帘，冲进狂风传播进工友耳朵里："快跑！往有树木的山顶上跑，山体塌了，山洪就要暴发了！"

抱石声嘶力竭的叫喊终于提醒了茫然无措的工友，他们这才意识到危险正在逼近，顾不上别的，撒开丫子往山上逃命。这时，四周响起了山洪的咆吼声，似万马奔腾、战鼓擂响，恐怖极了。蜀军士兵丢下抱石、采石场，往山上逃命去了。

洪水似一群狂怒的猛兽，裹挟着山体树木、石头泥土，咆哮着向山下冲去，向低处的河流汇聚，蓄积的势力膨胀到极限，似烧烫的巨石陡然遭遇到水击，瞬间崩裂发出惊天动地的巨响，摧毁了河岸，冲垮了山路、石桥，乃至葫芦峪堤坝。洪水一路势不可当，冲到山外的落星湾地势平缓处，溢出宽阔的河床，散开在即将成熟的稻田里。这时洪水的嚣张气焰才逐渐减弱，没力气带动沉重的石头了，将石头丢得遍地都是。尤其是蜀军开垦的稻田，被大小不一的石头填得满满当当。

雨过天晴，五丈原下的斜水河两岸，昔日的稻禾被洪水全部卷走，留下遍地石头，日光一照，白得刺眼。

之后，当地老百姓把斜水叫成了石头河。

这年秋天，蜀军垦植的稻米颗粒无收，严重影响了蜀军的战斗力，究其根源，绑来了罪魁祸首郝凯。罪名为图谋不轨，利用鳌山开采石头之机，假意献上火烤破石之法，实为借山洪裹挟碎石损毁山外稻田，报一己私仇，罪大恶极，判处斩立决。

秋后的某天午时三刻，郝凯被处决于石头河畔。前来观刑的人山人海，许多人看不到刑场的情景，站在石头上引颈眺望，河水两岸只见黑压压的人群，根本看不见白石头。但是远远的，人们注意到，有个发色如雪的妇人，被两个未至及笄的少女搀扶着，哭天抢地，从柳家村一路跌跌撞撞而来。

从贴出来的告示上，大家这才弄明白，郝凯，字抱石，原陈仓太守郝昭之子，无职无权，略通医术，隐居民间靠种田为生。当年，就是这个陈仓太守郝昭，率领一千魏军驻守陈仓城，诸葛亮领三万蜀军前来攻打，郝昭毫无惧色，带领千名魏军坚守了二十多天，后在援军的协助下，逼退蜀军回川的。

天　鹅

　　过去，表哥轻易是不理会他人的，那时大舅是镇信用社主任，很多人都巴结着呢。表哥不理会别人是正常的。有一次，二舅带着我父亲一起去镇上的大舅家，正赶上表哥要出门，瞅着二舅和父亲进门，抬头给二舅轻描淡写地打了个招呼。我父亲老远就绽开笑容，但表哥看不见我父亲似的，招呼了二舅，还递了支烟，眼神从我父亲头顶上飘过去，好像我父亲是根木桩，不飘过去就会绊住他似的。那时表哥已经结婚有了女儿，应该懂事了，况且父亲又是他的姑父，是长辈，又主动跟他微笑点头，他却熟视无睹。没得到表哥的回应，父亲脸上的笑容开始还绷着，绷到表哥的背影快消失了，他脸上的笑才像中枪的鸟一样，"啪嗒"一下跌落下来——绷给谁看呢？表哥的眼里连他的影子都没有。这让父亲很受伤。父亲是抽烟的，大舅是知道的。但大舅一直倚在沙发上看电视，二舅和父亲进门时，他只是眼神飘移了一下，抬手指了指对面的沙发，连头都没转过来。显见大舅的余光是看到了表哥的做派，可能觉得过意不去，又指了茶几上的烟盒，示意父亲自己拿烟。

电视里正在播芭蕾舞，一帮外国女人踢着光溜溜的大腿，身姿优美地旋来转去，使大舅挪不开眼睛。父亲失去笑意的脸垮着，盯着茶几上的烟还犹豫要不要拿。二舅眼神好，赶紧抽出一支塞到父亲手里，又拿打火机给父亲点着。一根烟抽完，电视上那帮外国娘儿们还在踮着脚尖欢天喜地转着、踢着，灵动得就像飞舞的雪花，确实好看，大舅脸上的肉一抽一抽的，嘴大张着，眼大瞪着，一副恨不能随便捞一个出来往嘴里塞的神情。二舅用胳膊肘不停捣父亲，示意父亲往电视上看。父亲被二舅捣得火起，粗着嗓门说，看着呢！

终于，等到外国娘儿们闹腾鞠躬完了，大舅这才把眼睛从电视里拔出来，陶醉又意犹未尽地咂着嘴说，看看，这外国娘儿们，啧啧，咱就没有！唉——艺术呀这个东西！也不知他到底想要表达什么意思。父亲掀掀眼皮，没吭气，二舅却连连赞同。自从大舅当了信用社主任后，二舅对他大哥说什么做什么都极力赞同。

大舅是什么时候开始喜欢芭蕾舞的，已无从考究，只知道他把所有的芭蕾舞都说成是天鹅舞，一看到电视上有直溜着腿踮起脚尖的画面就两眼放光，看完了总要意犹未尽地感叹一声艺术呀这个东西！表哥见他父亲这般爱好，就投其所好，把自己才两岁多的女儿送到县里的少年宫去压腿练功，说是将来要培养孩子上小天鹅艺术团，专门给她爷爷跳天鹅舞。那么小的孩子没见过天鹅，更不知道什么天鹅舞，压了几回腿居然趴在地毯上睡着了，被表哥给训哭过好多回，弄得他女儿后来一听到"天鹅"两个字嘴就撇开，眼泪汪汪的。

大舅关上电视，好半天才从"艺术呀这个东西"里走出来，看一眼二舅和父亲，牙痛似的倒吸一口气，说，你们想办果品加工厂是好事，我支持，可靠那几亩果园作贷款抵押肯定不行，没有保障嘛。过了会儿，大舅见没动静，又接着说，你们真想办，我给企业办打个招呼，让他们办起来，你们入股，这样担的风险小。不要什么都老想自己干，要多少投入你们知道吗？以为办厂有那么容易啊！

　　大舅显然是不想帮忙，在找托词。父亲看了眼二舅，见他不吭声，知道他想靠磨来达到目的。这是他俩来时商量好的。可二舅不能先开这个口，二舅说他要先开了口叫大舅拒绝了，就一点回转的余地都没了，要采用"阶梯式"战略。"阶梯式"战略的策略就是力量相对弱的父亲先提出来想法，再由实力强点的二舅来打开口子。父亲咽了咽唾沫，对大舅说，我们找人预算过，果品加工不是高利润行业，就算企业办牵头，我们能入股，人家也不会给我们太多股份，那几乎挣不到什么钱。眼下只有自己干，才能有赚头。

　　大舅不置可否地笑笑，说，有这种想法的人太多啦，快把我们信用社的门槛踏断了。可你们不知道，有多少人栽到里头？我是干啥的，能不知道这里头的道道！回去吧，要干，我就给企业办打招呼，由他们挑头办，有些政策方面的手续有公家顶着，到时亏不到个人头上。钱谁都想赚，但钱不是那么好赚的，要担风险。入股挣钱少是少点，但真要有事，还不至于把你们赔得倾家荡产！

　　这话也就是大舅在说，换了别人，二舅肯定跟他急，什么事都没开始呢，怎么就倾家荡产了？父亲本来没多少热心，进门那会儿让表哥的漠视弄得心里极不舒服，这下更懒得说话了。看大舅的态度，让他帮忙贷款跟直接问他要钱一个性质，让大舅从口袋里掏钱给他们，做梦去吧！

　　该二舅上场了。他拿起茶几上的烟抽出一支，递给大舅，说，哥，看在咱娘的份上，你就帮帮我们呗。我们是贷款，也就十几万块钱的投入，肯定能赚，我们都做过那个什么调查（二舅肯定是想说市场调查，但所谓的市场，他其实能看到的，就是我们镇上那巴掌大的地方），果品加工还是有赚头的。你看咱都是亲兄弟，你不帮忙谁还帮咱呢？

大舅不屑地瞅了二舅和父亲一眼，说，你以为信用社的钱是我自己的，想给谁就给谁？我们要找人评估论证，就你们那几亩破果园作抵押想贷十几万？就算加上你们两家的房产，都值不上啊。要是上面知道我这样帮自家人，以后我还怎么跟别人硬？信用社可不是我自己开的，我也要替你们担风险的。你们说，让我为你们陷进去值不值？

大舅的神情好像那个连影子都没看到的果品加工厂，已经摇摇欲坠地歪斜在他面前，他正替二舅和父亲收拾烂摊子。

二舅所谓的"阶梯式"战略从一开始就注定是要失败的。亲情牌根本打不动大舅，这是父亲早就料到的。

其实，想要办果品加工厂的主要是二舅，说是有大舅这棵大树，不想法子多挣些钱才傻呢。谁对挣钱没有欲望！但父亲对二舅的提议心里没底，办厂可不是种果树那么简单，施点肥浇点水除除虫就可以收获累累硕果——有时候还得看老天给不给力呢。看着二舅信心满满的样子，父亲还是很犹豫的，但敌不住赚钱的诱惑，终是跟着二舅去找大舅。按理被大舅拒绝是父亲预料之中，可后来看着有人贷到款办起了果品加工，还红红火火的，父亲很眼热，心里对大舅很不满，若说只是他们没贷款的条件倒也罢了，可为啥条件不如他们的人都贷上了款呢？嘴上不说，到过年时，父亲找借口有事，打发我陪母亲去大舅家拜年。

这些年，外婆在二舅家住，父亲不陪母亲去大舅家拜年也说得过去。

外爷活着时，名义上外爷外婆是跟着三舅过日子，三舅当兵去了青海，三年兵当够没回来，提干后在青海娶了媳妇。外爷去世后，留下外婆孤单一人。大舅家境好，当仁不让地把外婆接了过去，名义上外婆是跟着大舅过日子，但大部分时间她都在二舅家住，图个清静。外婆在镇街上待不住，嫌吵闹，可谁都知道，她是嫌大妗子太冷漠。

二舅不是那种随便给自己找麻烦的人，外婆住到他家，其实还是他跟大舅要求的，说是大舅工作忙，就由他来照顾老娘好了。大舅那时很烦恼，大妗子可没少为外婆的事跟他闹过别扭。大舅落了清闲，少不了给二舅一些实惠，二舅家的化肥农药从没花过一分钱，每到逢年过节，大舅拎过来的好烟好酒自不必说，肉油米面一送就是半卡车。外婆没住到二舅家前，他家哪有这种风光呀，说到底，外婆给二舅带来的好处还是多于他供养的负担。用父亲的话说，二舅巴望着外婆在他家长期住下去呢。也正仗着外婆住在自己家，二舅才跟大舅提贷款的事。

第二年立秋后不久，别人开的那个果品加工厂突然间关门了，听说赔得一塌糊涂，主要是那个厂没有好的加工设备，卫生检疫关就过不了。这样一来，很宽二舅的心，感叹还是大舅有眼光，不然，自己真的被套进去可就惨了。父亲也感到庆幸，但他表现得很矜持，不发表任何意见，只是嘴角微微地上翘着微笑。母亲以为父亲这下冰释了对大舅的不快，可是后来的几个春节，父亲还是打发我陪母亲去给大舅拜年，他再没去过大舅家。我不知道父亲是在意表哥的冷漠，还是对大舅不帮忙耿耿于怀。

我在大舅家也见过几次表哥，跟大舅长得很像，白白胖胖，一看就是衣食无忧的人。只是他走进走出，除了我们刚进门那会儿跟我母亲打声招呼外，几乎都不说话，对我更是视若路人，连眼皮都不带抬的，好像我不是来他家走亲戚，而是来要饭的，就差拿根棍把我往外撵了。我心里很恼火，要不是大舅是我母亲的亲哥，谁稀罕上他们家看脸色呀。我算是明白了父亲不是记恨大舅，而是怕受表哥的伤害！后来，我也不愿跟母亲去大舅家了。母亲劝我说，别计较你表哥，他从小就那样，孤傲得很，还不是跟你大舅学的，见惯了别人的奉承，以为上他家的人都是求你大舅帮忙的。

表哥在心里可能把信用社当成是他们家开的了！我发誓长大了绝不贷款，不给表哥蔑视我的机会。

这个机会还真就没了。没过几年，大舅出事了。有个私企老板带着大舅去看艳舞，他觉得俗气透顶，非要逼那些舞女跳天鹅舞。是踢光溜溜的大腿、用足尖走路的那种。他以为跳舞的人都会踮着足尖呢。她们当然做不来那么高难度的动作，大舅不依不饶，竟然掐人家大腿，着急了大打出手，被人家报了110。大舅被当成闹事的流氓给抓了。这一抓，没查出有多么流氓的行为，却不知怎么扯出他给人贷款拿回扣的事。县纪委立案一查，大舅被查出不少经济问题。这下可不得了，一旦证据确凿，大舅就得倒大霉。大妗子哭哭啼啼地说，这是有人故意使的坏，听说大舅要提升到县行当副行长，他的竞争对手买通一帮人给大舅设下的套，那个私企老板其实根本就不是什么老板，是个四处游走的小贩，本来密谋想让大舅犯其他错误，没想到大舅还挺配合，总算是让人家抓到了把柄。大妗子不知从哪儿听来的这些，就像掌握了解救大舅的灵丹妙药，跑到城里直接去找县长告状，被人家拒之门外。实在找不到门路，大妗子竟然与表哥来找二舅商量对策。

二舅能有什么对策？使点小聪明从大舅那里讨点好处还可以，真遇到事，他啥招也想不出，当初那个失败的"阶梯式"战略就是佐证。还是唤了父亲过去商议。没有了大舅的支撑，表哥高傲不起来，他神情肃然，眼神都是软的，像一棵藤蔓似的，没有了大树，曲里拐弯不知要爬到何处，那个冷漠而孤傲的表哥已荡然无存，他软软的目光躲闪着父亲，竟然怯怯地叫了声姑父。父亲心里说，看来他还是认识我的，只是人家得势时不愿意叫我这个姑父罢了。父亲脸上有了得意，却没啥办法可想，一个农民，怎么侍弄土地他可以想出一些招来，但要在大是大非的浑水里，他看到的仍不过是浑水而已。但父亲还是摆出姑父的架势，点上烟狠狠地抽了一大口，徐徐吐出烟雾才说，如果真有事，找谁也没用！这不让人家拿住了嘛，这个时候，该低头还是要低头的，想想办法怎么让人不受罪才对。父亲这话，说得还是在理，常在河边走哪有不湿鞋的，若说大舅清白得像一张白纸，就算有人陷害，事情总会查清，断不至于有事。可大舅有没有经济问题，大妗子和表哥心里是清楚的。

父亲的话让表哥的脸更加灰暗，他无助的眼神落到大妗子脸上，如果大舅出了事，最大的受害者首先是他，他在信用社当合同工，平时仗着大舅自我感觉良好，大家伙儿也对他笑脸相迎，以后没了大舅的势力，谁还会对他笑意盈盈？恐怕到时他送上笑脸人家也得扒拉下来踩到脚下，就像他曾经对很多人一样，比如我的父亲。

大妗子比表哥更加无助。大舅是家里的大树，大树要是倒了，没有了庇护，他们怎么过？大妗子有劲使不上，急得连哭带骂，眼泪鼻涕一大把，弄得谁也不敢靠近。大妗子的动静惊动了里屋的外婆，她耳朵背，只要谁嗓门大点，就怀疑人家是在背后数落她。以前在大舅家，大妗子不理她，嗓门稍微一大让她听到，听不清她也要生气。这下，外婆拄着拐棍从里屋出来，冷着脸对大妗子说，老大家的，我住到老二家，你跑过来又数落我啥呢？这次说啥，我也不回你家住了，整天连我大儿子的面都见不到，就剩下你的冷脸了，我在这里住得好好的，别想叫我回去！大妗子抹着脸，理也不理外婆，只哭诉自己的。外婆不依不饶，嘟囔个没完，在这节骨眼上，在场的人都烦了她，可谁也不好说她。表哥实在忍不住，架着外婆往里屋推，没想到外婆劲挺大，扒着门框还拿拐棍打表哥。打得本来就郁闷的表哥越发恼火，撒开架着的双手，冲外婆吼道，够啦，你就别添乱了！这一声吼把表哥所有的软弱都吼得无影无踪，可也抽没了他所有的力量，吼完，他抱着自己的脑袋痛哭起来。外婆这下听清了，她被吼声震住，半天才缓过神来，眼里含着泪指着表哥，颤声骂道，这个小崽子，跟你妈学坏了，敢骂我，叫你爹来，看他不撕烂你的嘴！大妗子面对乱糟糟的一切，哭得更加厉害。外婆以为大妗子嫌自己骂了她儿子，愤怒得不再看别人，只顾扒着门歇斯底里地喊大舅的名字，要他来教训他儿子，来看她是怎样受他媳妇和儿子气的。顿时，二舅家乱得成了一锅粥，事没商量成，大家不欢而散。

直到大舅的信用社主任当不成了，还被判七年徒刑蹲进监狱，外婆都不知道。逢年过节，外婆见不到大舅，就骂大妗子，嫌她不让大舅来看自己。又叫二舅去喊老大过来，说越来越不像话，连老娘都不见，肯定是老大媳妇捣的鬼。二舅不能说大舅蹲进监狱，只说他出差不在，或者开会学习搪塞过去。好在外婆年纪大，也记不住，说过就忘，想起来时重新唠叨一遍。

大舅进监狱没多久，表哥果然被信用社辞退了，人家做得很委婉，说信用社人员超编，需要精减不在编的人员。表哥还能不明白这个事理？大妗子要跑到信用社去闹，那么多人员，干啥只精减他儿子？表哥拉住大妗子，人情世故他是懂的，人走茶凉嘛，何况大舅还坐在牢里。

这下，表哥在镇上无所事事，回村子种地抹不下脸，可还得生活，在大妗子的催促下，表哥与一直没有正式工作的表嫂在镇街摆了个卖毛线的摊子。当地人能织毛衣的不多，毛线生意可想而知。有时守一整天，除了过路的好奇，拿起毛线看看外，几乎没人买，看着人来人往，守着空荡荡的摊子无聊至极。表哥与左右做生意的人聚在一起打牌，一开始打着玩，混混时间，还不忘照顾一下摊子，后来嫌清汤寡水不提神，就带点小彩，跟人输赢一两碗面。再后来，进入到实质阶段，改打麻将要钱了。这一打，上瘾了，表哥见一天不打就提不起劲儿，回到了原先的状态，见谁都冷冰冰的，对自己女儿都懒得多说一个字。有时女儿高兴，趴在他耳边跟他说悄悄话，他一把推开，看着女儿撅着嘴要哭的样子也没一点怜惜的感觉，他早忘记要送女儿去小天鹅艺术团的事了。反正，她爷爷现在没有机会看天鹅舞，恐怕也不会再有看天鹅舞的雅兴了。

做毛线生意挣不上几个钱，还得养活一家老小，表哥打麻将后扔下摊子再无心去管，表嫂一个人要看摊还得顾家，两头忙不过来，挣的那几个钱也供不起表哥的爱好。为钱的事，表嫂与表哥闹过好多次，都闹到要离婚的地步。大妗子说了谁都不听，每次哭着来找父亲与二舅，叫他们去劝说调解。父亲和二舅扔下手中的活去镇上，这时候的表哥别说傲气，连锐气都没了，耷拉着脑袋，一副蔫不拉叽、暮气沉沉的样子。父亲看着心里倒有些不忍。既然是说客，总要说些话劝告的。表哥表现得还算不错，生活教育了他，说什么他都应答，就连二舅猛然间咳嗽一声，他像听出无数道理似的也要点下头。表哥还算识相，知道这婚是离不成的，离了，哪里还有女人嫁他？虎落平阳，何况他原本就不是虎，扯了面虎旗而已；现在没了虎旗，谁还能把他看进眼里？父亲和二舅给表嫂赔着笑脸替表哥好话说尽，安慰了半天，表嫂撒泼哭闹之后，才勉强答应婚暂不离，要他们保证表哥今后不再赌钱。这让父亲和二舅很为难，他们保证了有啥用？看表哥那提起来一挂放下一摊的样子，想要利利索索地不赌，难哪！他们含含糊糊地又安抚了一番表嫂，赶紧开溜。下次，见大妗子又哭着来叫，二舅开始躲闪，找各种借口推托，不愿再去大舅家沾染那一摊理不清的破事。表哥无赖，表嫂撒泼，丢人脸面呢。这里面还有个原因，大舅进监狱后，二舅一点实惠都得不到了，别说肉油米面，过年连糊炕墙的报纸都没了，有一次他还问父亲，公家的人是怎样弄到报纸的，镇街上就不见卖的。

二舅连报纸需要去邮局订阅都不知道，他还能为表哥家的事劳神费力，才怪呢！不仅表哥的事二舅不愿操心，他还后悔把外婆接到了他家，外婆三个儿子凭啥就他一人养着？他跟我父亲嘀咕这话的时候，已全然忘了当初他是怎样讨好大舅，主动接外婆来他家的，也忘了外婆在他家的几年里，大舅给他的比他一家人那几年挣的都要多。

　　大妗子见二舅躲着她，在背后连骂二舅良心叫狗吃了。骂归骂，二舅也听不到，就是听到了，他也装听不到。三舅在部队，两三年才回一次家，指望不上，大妗子只能来找我父亲，哭哭啼啼地请父亲帮忙。父亲也不想沾这些事，清官还难断家务事呢，他只不过是个农民。可看到大妗子一把鼻涕一把泪，说从大舅进了监狱后连亲兄弟都躲得远远的，大舅在位时给过他多少，人咋就这般绝情呢。好像父亲也拿了大舅很多好处似的，终究抹不开面子，随大妗子又去表哥家劝说。其实，表嫂也不想离婚，眼看女儿五六岁了，不说小天鹅艺术团的事，正常也快上小学了，她不想让这么小的女儿没了爹。所以，父亲的几句劝说，算是给表嫂的一个台阶，顺势也就下了。但表哥赌上了瘾，面对即将的妻离子散他都照赌不误，又怎会说几句话就让他彻底了断呢。于是，表嫂隔几天就闹一次离婚，大妗子准上一次我家的门，父亲又得去一趟镇上。表哥依然执迷不悟。慢慢地形成了一个惯性，明知道做什么都没用，但所有人都惯性地去做，维系着惯性的循环往复。母亲意识到了这点，劝父亲不要再插手表哥家的事情，没有用。父亲不是不想听，是落不下这脸，他怎么可能面对大妗子的眼泪像二舅那样闪身躲开？母亲气恨恨地说父亲，你等着看吧，总有一天你会被卷进去，落不下好的！

　　果然，这年立秋后不久，二舅来找父亲，听说三舅在部队立过二等功，国家有了新政策，当地民政局给功臣的母亲每年发一千二百块钱，就是每月一百，作为老人的生活补贴。父亲不知道这事。二舅说你咋能不知道？父亲一脸茫然，他又没跟三舅联系过，怎么会知道？二舅竟然板起脸严肃地说，你不是一直在给老大家调解关系嘛，你想想，这都有半年了吧，他们再没闹过离婚，为啥？是人家手里有了赌资啦。父亲想想，可不是，大妗子真有小半年没哭着来找他了。父亲点点头说，嗯，是快有半年没闹过，这不是好事吗？说明人家学好，开始知道生活啦。啥叫知道生活了？二舅白了父亲一眼，他以前不挺能生活的嘛，还生活得比咱都好。父亲不说话，那可是自己的侄子，总不能盼着人家生活得不好吧。二舅又哼了一声，别的不再多说，只叫父亲给表哥递个话，民政局给外婆的钱应该属于他，因为功臣的母亲现在住在他家。

二舅走后，母亲埋怨父亲咋不一口回绝，要递话他自己递去，见钱眼开的东西，拿自己老娘当幌子，真不要脸。母亲叫父亲以后别再掺和他们的事，这就是一锅粥，都馊到一块儿了，你说谁能理清？没法说！

父亲果真躲避了。大妗子再来，母亲一听到哭声，在前门顶着，父亲赶紧从后门开溜。从此见了二舅也避着走，尽量不与他打照面。中秋节时，母亲去给外婆送月饼，受了二舅一肚子气回来，进门就埋怨起父亲，看看，我说什么来着，没落下好吧。老二像条疯狗，瞎咬开了，说你肯定得到了好处，分到他外婆的那点生活补贴了，与老大家穿上了一条裤子。父亲听着母亲的诉说，气得浑身发抖，本来没他什么事，倒弄得他一身腥。他要去找二舅问个明白，被母亲强硬拉住。父亲挣脱不开，急得快哭了，颤声对母亲说，我不去找他说明白，怎么清白得了？母亲说，你有啥不清白的，老大家现在啥情况谁不知道？还能有啥好处让你得？你去找他说清楚，能说得清楚吗？摆明了就是嫌家里多了个老娘，胡乱咬人嘛。娘给他挣回了那么多好处，现在没了，他能不窝心？老二扬言要直接去找老大家的，要不来钱，他就把他们告到法庭，他不要脸，让他去闹吧，看他能闹出个啥名堂，咱没沾染那钱，也不掺和这烂事！

　　的确是烂事，说白了都是钱给闹的。二舅到镇街的大舅家去吵嚷，表哥先是莫名其妙，后来才弄清楚家里还有这么一笔收入，当即与大妗子吵闹起来，嫌背着他私藏了钱，让他一人在外辛辛苦苦地赚钱。表哥整天在外赌，赌得表嫂都懒得用离婚来要挟，家里家外，实际上都是大妗子和表嫂在操持着，表哥不闻不问。看在钱的面上，表哥毫不犹豫地承担以往的辛苦——或者在他看来，赌钱确实辛苦，至于是不是赚钱，就另说吧。大妗子说烂嘴也说服不了表哥，哭闹着要上吊、喝农药。二舅当成他们在给他上演苦肉计，偷偷溜到镇政府民政所去打听，只要拿到证据，看他们一家还怎么演戏。民政干事说是有这个政策，可全镇就三家有这个补贴，没你们家。二舅不信，民政干事说这个简单，打电话去问你们老三，不就啥都明白了。二舅不会打电话，也不知道三舅的电话怎么打，到隔壁邮电所请工作人员查询拨打了半天，终于听到了三舅的声音。三舅说他的二等功是写新闻报道立的，不是战功，不享受这个补贴。二舅当即耷拉下脑袋，对三舅问候外婆的话一句都听不进去，断然挂了电话，还交了十几块长途电话费，灰溜溜地回家了。

　　后来，是不是表哥也去找过民政干事，还是他给三舅打过了电话，反正，二舅没再找过父亲，大妗子和表哥也没再为此事闹过。

　　过年时，表哥带着他女儿突然来到我家，说是给姑父姑妈拜年。父亲愣怔了一下，这是表哥第一次带着孩子上我们家的门，父亲表现得还算高兴，叫母亲去准备酒菜，当即从口袋里掏了十块钱，给表哥的女儿压岁钱。小女孩高兴地接过钱，一边跟父亲说拜年的吉利话，一边趴在茶几上把钱很小心地捋着。十块钱是新的，只是放在父亲口袋里有了几道褶皱。父亲去厨房端菜时，突然听到小女孩在客厅尖叫起来，赶紧从厨房跑过来看。他看到表哥的背影已经到了院门口，瞬间消失了。客厅里，表哥的女儿张着两只空空的手，看着表哥远去的方向，孤零零地，像只折断翅膀的小天鹅，一抽一抽地哭泣着。

口　罩

　　早晨起来，老周觉得榴莲不大对劲。

　　榴莲有阵子不来催老周起床了，这不像是榴莲的风格。具体什么时候开始榴莲每天早上趴在床沿等着他起床，老周记不太清，那会儿老周不爱搭理这个家伙。前阵子老周咨询过医生，说是榴莲老了，像人老了一样，生活习惯会发生改变，只是这样的改变因为每天的陪伴而显得不动声色。老伴也从网上查了一下，医生的断定不虚。老周没往别处想，不管人还是动物都会老，这是自然规律，谁也逃不脱。但今天榴莲的眼神不太对劲，它明明是在看着老周，可是当他把目光投向它时，它却像是碰触到什么似的，眼神慌乱地躲开——以前榴莲做了错事被训斥时，它的眼神也会极力躲闪，但那种躲闪，带着点不屑，甚至是暗自窃喜的倔强。最让老周记忆犹新的，是它把古色古香的茶几咬出一排星星点点，老周气愤地指着那些繁密的牙印斥责时，它漫不经心地转过头，一副我看不到就不是我做的淡定。等到老周停歇，它又转回头来看着，一旦指责声起，毫不含糊地再次移开眼神，干脆利落地撇清自己与那些星星点点的关系。像今天这样的慌乱眼神，榴莲还未曾有过。这眼神投向每个地方，都是犹豫不定，似乎每个地方都藏有不安。老周唤了几声榴莲，它才把眼神收回，望向老周的目光，不似以前那么关切，带着种种企盼：食物的、玩闹的……老周心里纳闷，这是怎么了，难不成老了它还有心思了？他想问下老伴，她进卫生间坐马桶上正玩手机呢，只要好沉迷于网络世界，一时半会儿很难回到现实。老周去阳台检查榴莲的食盆，昨晚喂的狗粮几乎没动，上面的半截火腿肠都干瘪了。是不是没水了？老周戴上眼镜瞅了瞅旁边的水盆，果然，水盆是干的。就说呢，没有水，榴莲怎么吃得下去。他拎起水盆到厨房添水，暖壶里没开水了，现烧肯定来不及。想起老伴昨晚吃药，可能有剩下的凉白开，去卧室找，果然有半杯，足够榴莲喝的了。把凉白开倒入水盆端给榴莲，它却望着水盆发呆。老周说，喝吧，凑合一下，我马上去烧水。榴莲抬头看了老周一眼，赶紧把目光移开。老周又看到了它眼神里的不安，他不习惯这种不安，蹲下身子，抚摸着榴莲，说，你这是怎么了？看上去心神不定。不知道是不是错觉，老周感觉榴莲的身子颤了一下，像微风拂过柳枝，只轻轻地那么一颤。老周停下抚摸，榴莲却低下头，舔了一下盆里的水，抬头又仓促地望了老周一眼，眼神里带了丝歉疚。这一眼让老周心里越发不踏实，他冲到卫生间门前，重重敲了门说，你快点出来，榴莲好像生病了。

卫生间有了动静，以老周的经验，还得等上三五分钟。他返回榴莲身边，摸了摸它的额头，不烫。不发烧证明不了没生病。老周心里忐忑，在榴莲跟前来回走动。榴莲埋着头趴着，睡着了一般，但老周还是敏锐地发现，榴莲不时会撩起眼皮看他一眼，目光迟钝、散淡，却能迅速地合上眼皮，避开他的注视。

等老伴终于从卫生间出来，老周说，赶紧洗脸、穿衣，咱们带榴莲上医院。

老伴蹲下身子抱住榴莲的头说，你到底哪里不舒服，怎么不吃东西？来，喝口水也行啊——老周，告诉过你多少次了，不能喝生水，你喂它生水，能不生病吗？

跟着老伴蹲下来的老周对老伴突然间抬高声调很反感，气憋到嘴边，却扑哧一下笑了，随手蹾了蹾榴莲的水盆，你怎么不想想，这难道不是凉开水？还是昨晚你吃药剩下的。

老伴的这个茬没找成，随即又换了一招，你也不看看现在才几点？还得过两个多小时医院才上班呢。

这下，老周急眼了，他呼地站起来，又蹲下去说，榴莲不对劲呀，它不吃不喝，我这心里不踏实，要不，咱先带它过去？

那是宠物医院，你以为有急诊室啊。老伴站起来敲着腰说，别说没用的，你赶紧去烧水，把昨晚的剩饭热一下，记住别放油，更别放盐。

老周说，我还没洗脸刷牙呢，起床就叫榴莲给吓到了，手都没洗，热的剩饭你可别怪我呀。他边说边去洗手，然后去厨房烧水、热剩饭。他不想大清早就与老伴别别扭扭，榴莲的异于常态使他心里已经毛糙了。

早些年，老周可不是这么婆婆妈妈，他一向大大咧咧，除过工作，生活中的琐事不太放在心上，也不计较老伴的埋怨和白眼，活得洒脱自在，所以心宽体胖。退休后，没有什么业余爱好来充实闲下来的大量时间，每天待在家里，直接面对生活琐事了，老周才忽然觉得，再小的琐事也马虎不得。比如一日三餐，就不好对付。妻子血脂高，越清淡越好；老周的血糖高，2 型了，还没退休时已经服用二甲双胍好几年，什么都不能吃，就是能吃的也只吃个半饱。以前上班不觉得，反正大多时候在单位食堂吃，食堂的伙食不错，就算吃得严格，老周也乐得留恋。现在退休回到家里反倒没那么随意了，每天面对的一日三餐吃什么，怎么吃，头疼着呢。

其实，自己每天吃什么不是重点，榴莲吃什么才是重点。榴莲的饮食有严格的规定，女儿按照宠物犬营养搭配制定下来，不能随意更改，她虽然在外地上研究生，却给家里装了监控，说是想家想父母的时候能打开手机通过监控看一看他们，可在老周看来，想家想父母是虚，想榴莲才是真。视频不过是专门监控父母有没有对榴莲不好，是不是敷衍或者漠视了榴莲。狗是她养的，名字当然得她来起，按照自己的喜好，爱吃榴莲，爱犬就叫榴莲了。这个榴莲一点都不臭，每次带下楼溜完回来，都会给它洗爪子，每周最少要洗一次澡，夏天的时候两天洗一次，用的是宠物犬专用沐浴露，香着呢，比老周夫妻用的沐浴露还高档。起初，老周不大喜欢榴莲，他向来不喜欢动物，何况小时候曾被狗咬过，对狗更有种不能挨近的嫌恶。可榴莲喜欢他，它对情感的认定与其他的狗不一样，不是它被认领，而是它在执着、笃定地认领主人。所以每次下班回来，榴莲似久别重逢，扑上去抱住老周的腿不放，尾巴摇得像钟摆，根本停不下来，它一点都不觉得他排斥它，想把它甩开，也不计较他几乎不抚摸它，更不带它下楼去玩。它很有娱乐精神地取悦老周，经常明目张胆地藏起老周的拖鞋，又卖力地把拖鞋叼回老周跟前，眼睛亮亮地看着他，得不到期待中的赞扬，榴莲也不失落，趴在老周脚下，依恋地把头埋在老周的拖鞋或者穿着拖鞋的脚上，让老周时不时生出无法摆脱榴莲的绝望感。

后来，老周开始慢慢地接触榴莲，感受着一只狗对他天然生发的感情。每天，天还没亮榴莲就进到卧室趴在床边，懂事地不乱叫吵闹，只盯着老周看，等他醒来。发现老周醒了，榴莲才兴奋地摇头晃脑，尾巴摇来晃去将床头柜敲得像鼓点，时缓时急。老周迟钝，有时候还犯着困不想早起，便推开榴莲继续假寐。榴莲不叫唤，也绝不跳到床上，它只是歪着头观察老周，继而重新趴到床边等待。老伴比老周有经验，能从榴莲尾巴敲击的声音里判定，它需要排泄的急切程度，催促老周赶紧带它下楼。宠物犬惹人爱，绝对有它的可爱之处，榴莲在家里从不拉屎撒尿，在道路、楼道上也不随意便溺，憋着下楼后钻进树林里才踏实解决。老周发现这个规律后，早上不睡懒觉了，只要他感觉榴莲进了卧室，便爬起来带它下楼便溺，然后与它在院子里跑跑走走。长此以往，老周的体重有所下降，这是老周一直盼望的结果，却让一条狗帮他完成了。

　　渐渐地，老周离不开榴莲了。退休好几年，老周依然没有别的爱好，在院子里也常遇到一些退休的，不同的人有不同的偏好，文雅些的，上个老年大学，画个画，写个字，有人提着跟扫把一样的大软笔，在院子空旷处蘸水秀书法；也有音乐和戏曲爱好者，走着走着猛然间吼上一嗓子；还有爱好体育运动的，不说网球拍、羽毛球拍，单是乒乓球拍的装备都像个小型重型武器，还嘚瑟跟人约了哪个体育馆对赛，生怕人不知道自己对体育高级装备的热爱。至于那些沦陷于广场舞的，老周虽觉得挺好，是接地气的大众娱乐，他却瞧不上眼，一大老爷们（虽说退了休，他还不承认自己是老头）整天跟一帮老太太在那扭来扭去，想着浑身都不舒服。所以除过晚上看电视、睡觉，没啥爱好的老周，退休后基本上——只能是围着榴莲在转。早上遛狗，也是遛自己，既锻炼了身体，也呼吸到新鲜空气，一整天都觉得神清气爽。早餐，按榴莲的食谱先给它舀三勺"朗仕"牌狗粮、半杯鲜奶，待它吃完喝完，将水盆洗净，倒上凉白开，然后才进入自己的早餐；榴莲中午不食，沿袭着以前他们上班时不在家的习惯，它一天两餐，晚上给它舀四勺"乐喜达"狗粮、半杯酸奶，再加半根火腿肠。狗粮是有讲究的，早晨喂"朗仕"牌，能淡化狗的泪痕；晚上吃"乐喜达"牌，可以做个好梦。这还不算，特别要记住的是，不能喂人吃的食物，因为狗粮营养搭配科学，能延长狗的寿命。这是女儿定的铁规，绝不能犯。老周偷偷犯过，给榴莲喂过骨头，当然带着不少的肉，他的知识范围告诉他，狗是食肉动物，宠物狗也难以改变狗的本性。果然，榴莲对肉骨头特别喜爱，吃得可香了。只是，当晚榴莲就吐了，它没法打开门到楼下，只能找背僻的花盆后面，吐出已经消化的骨肉。第二天早晨，榴莲没像以前那么迫切地想要出门下楼，在老周的催促下，反而躲躲闪闪地消磨着下楼的时间。最后老周发现了猫腻，再看榴莲时，它不敢看他，晶亮的眼睛里有了泪水，好像它的呕吐是一件不可饶恕的事情。老周收拾了呕吐物，带榴莲下楼时，发现它的泪水已浸湿了两行毛发。老周没想到呕吐物会让榴莲这般自责，他庆幸自己忍住了情绪，没有冲榴莲发火。

可是，吃"朗仕"牌狗粮也难阻止榴莲流泪。其实老周最烦榴莲流泪了，以前榴莲喜欢疯跑，他老说榴莲是"风一样的狗子"，榴莲似乎也很认可这种说法，在院子宽大的没绿化充分的树林中奔跑的身影越发迅捷。跑得快，扬起的灰尘也多，榴莲的眼角每天会堆两大坨眼屎，与毛发粘在一起，用水才能洗掉。晚上老周洗完脚，再弄点水给榴莲清洗眼睛，每当这时，榴莲都很兴奋，无论是吃东西还是玩闹，只要听到老周的呼喊，它会不顾一切冲进卫生间，看来它很烦眼屎这个累赘，自己又没能力清洗，有时早早地守在卫生间门外，等老周给它洗眼角。整个过程，榴莲清澈的大眼睛里流露出的全是感激和崇敬，老周能看出来。洗久了，老周心里怪难受的，有些事狗自己做不了，必须依赖于人，所以它才对人无比忠诚。往后，他得对榴莲好上加好，不然他心里过意不去。

带榴莲去看病之前，老周以为宠物医院会公平公正，其实不然，宠物像人一样，也分三六九等。第一家宠物医院的医生是个中年女子，她见老周领进来的榴莲，只扫了一眼，问这是什么品种？老周回答，具体我也不清楚，听说是泰迪和金毛的混血。中年女子撇撇嘴，啥混血啊，叫得这么高级。这种狗就是串，我们叫串串。老周问，咋个叫法影响它看病吗？中年女子被噎了一下，顿了顿不耐烦地问，那它得的是什么病？老周心里越发不悦，奇怪地看着医生说，我哪知道啊！心里愤愤地想，要是知道榴莲得什么病，还来找你干吗，难不成为看你这张阴阳怪气的脸？

中年女子不高兴了，拉下脸说，你什么都不知道，连它是什么品种都闹不明白，那你让我怎么登记？怎么瞧病？

老周心里的怒火噌噌往上蹿，但他忍住了。为了榴莲，他得忍。老周轻声细语地说，看病应该与它的品种没关系吧？

怎么没关系？上什么设备，用什么药，都有严格区分，有一定的针对性。中年女人眼睛瞪得溜圆，话没说几句，嘴角却堆起了白沫，看得老周不得不稍稍转过头，不让视线触碰那两团白沫，他会联想到榴莲眼角的两坨。

你说这能马虎吗？马虎不得，也不敢马虎！中年女人像是寻到了强有力的支撑理由似的，不依不饶。

这句话伤害性不大，侮辱性极强，老周无视中年女人的盛气凌人，但看不得她鄙视榴莲的神态，坚决地选择了离开。看来，把榴莲交给这样的医院这样的医生，就是不负责任。再说了，老周对宠物医院把狗分高低贵贱的做法早就深恶痛绝，人类的恶习用在狗身上，他接受不了。当初，在榴莲从不气馁的热切认领下，老周终于勉为其难地接纳了它。接纳的表现不是亲近的抚摸，而是接过老伴递过来的狗绳，笨拙地扯着榴莲去楼下。第一次遛狗，老周有点不适，手脚放不开，弯腰扯着榴莲的脖圈不知所措。还是榴莲自己有想法，梗着脖子往狗堆里钻。老周没经验，想着让榴莲有几个玩伴也不错，就由着榴莲去了。可出乎意料的是，看到欢快奔跑过去的榴莲，一旁正闲聊的狗主们竟如临大敌，大呼小叫冲过来扯开自己的狗，挡在身后或者搂进怀里，纷纷质问，这是什么品种？不明不白地别乱了血统！

　　榴莲是条公狗，那个时候它不过几个月大，模样还没长开呢，怎么看都不像是到了发情和滥情的年龄，至于吗！老周很不高兴，碍于邻里关系，没与他们理论，心里憋着气，倒忘了顾忌，拴住榴莲，再将它一把抱进了怀里，他不想让榴莲看起来比别的狗低一等。榴莲在老周突如其来的宠溺中兴奋得无与伦比，时不时往老周怀里拱着，抬起它的头，晶亮纯澈的眼睛良久地注视着老周，毫无顾忌。老周不能理解一只狗的快乐，等把榴莲抱出小区大门，回头看看没人注意他们，便把它放下来，他不习惯与一只狗瞬间变得如此亲密。榴莲依在老周的脚下腻了会儿，便颠着欢喜的步子跟着去了远点的街心公园。自此，老周开启了遛榴莲的历史，不过他不在小区院里遛狗，不愿与院里那些拿着狗的血统说事、以身价论高贵的人为伍，他反倒渐渐喜欢上榴莲的呆萌可爱。后来，老周因为有榴莲相伴，路越走越远，榴莲的步子也越走越快，从来没有走不动耍赖倒在地上不肯走的时候，人与狗互相成全着，老周两个月体重下降了四公斤，无意中倒减了肥，令老周喜出望外。不久，老周带着榴莲，或者说榴莲扯着老周逛遍了周围的小区、街道和公园，见识了不少身边的风景。这让老周心生惊喜，没退休前多年两点一线的生活程序屏蔽了很多值得他去体会的东西，榴莲让他对生活的周边有了新的感触，这种感触像细绒般撩着他的心，他不再显得那么无所事事，而是常常饶有兴趣地保持着对生活细节的观察。尤其是对狗的世界有了更进一步的认知，当然，这种认知大多来源于榴莲。比如，狗天性灵敏，对未知的危险时刻保持着高度警惕，路过井盖时，从不踩踏，它会绕行，老周注意到这个细节之后，好几次故意将榴莲引到井盖上，发现无论他怎么引诱，它都能准确地判断出来，并迅速地跳开，一点都不含糊。再就是，狗对主人的保护意识与生俱来，它有着对这个世界的惊恐和惧怕，可一旦主人遇到危险，它会毫不犹豫地冲上去。老周记得和榴莲刚到院外溜达的时候，有一次路过一个修自行车的摊子，修车人起身时不小心撞倒了一辆自行车，眼看要砸向路过的老周，他对突如其来的变故一时没反应过来，榴莲已从身后"嗖"地冲上去，用它瘦小的身躯替主人挡了一下。自行车并没有完全砸下来，修车人眼疾手快地抓住了龙头，但脚蹬把矮小的榴莲压在了地上，虽然没伤着，但它舍身救主的行为令老周非常动容，才几个月大的狗，在狗界还没成年，小小的身躯，却舍生取义。何况，老周那会儿对它处在还不冷不热的阶段，它却丝毫没有被冷落的怨愤，关键时候不管不顾冲出来救他。也就是从那会儿起，老周对榴莲另眼相看，他的意识里，榴莲不再是一条未成年的狗，而是一个不会说话却懂得与他忠诚相伴的亲人。时间长了，老周渐渐忘记了这一出，可每次经过那个修车摊时，榴莲都会冲着那里汪汪几声，以示提醒主人。

第二家宠物医院的医生是个年轻小伙，瞧病却很老到，脸上始终挂着琢磨不透的笑意。他似乎对狗的品种一点都不在乎，但他把榴莲折腾个够，生化十项、血气电解质、超声图像，再抽血做常规、病毒筛查——各种医疗器械检查下来，只扔下一句轻飘飘的结语：钩端螺旋体感染。

老周的忍耐是有限的，他摸着痛苦不堪的榴莲，语气狠狠地问，这到底是什么病？

宠物医生推了推口罩，奇怪地看着老周说，钩端螺旋体病呀。说完，诡秘地一笑，冲老周继续说，你的这只犬得的是亚急性肾炎型，这是钩端螺旋体细菌感染引起的，呈肾炎表现，初期多为无精打采，眼神衰弱。症状加重后，呕吐、便血，重者口腔恶臭，舌头坏死……

老周望着趴在检查桌上的榴莲，耳朵耷拉着，眼睛微微闭着，蔫蔫的样子，他心里难受至极。为了榴莲，对宠物医生的话，无论听不听得懂，他得装出配合的样子。他蹙着眉，努力消化着年轻宠物医生的话，一边对照着榴莲表现出来的症状。

好了！老伴听不下去了，打断医生，就一条狗嘛，有你说得这么严重？

犬和人一样，会得人得的各种病。如果不尽快采取治疗，发展下去会很严重。年轻宠物医生收起脸上一副见惯风云的不以为然，有些严肃，这倒让他的话更显些分量来。

老周的心往下一沉，不由自主地揽住榴莲的头，问医生，那你说该怎么治吧？榴莲一天都没吃喝了。

宠物医生说，按说得先注射疫苗，可你这只——叫榴莲吧！它上了年纪，发病这么突然，未必能起作用。从临床上看，先输液消炎，得住院观察。

住院？老周和老伴同时惊叫起来。

宠物医生耸耸肩，不然呢？你们是不是以为动物有病只要吃点药就可以，根本用不着住院吧？

老周心里一角顿时坍塌，他确实不知道狗还有住院一说。他看了一眼老伴，轻轻捧起榴莲的脑袋。榴莲的眼神软塌塌的，他心里更难受，正要答应住院治疗，宠物医生一把拉开他说，从现在起，你们不能与榴莲亲密接触，这种病菌会传染人，能通过呼吸，以空气或其他介质感染到人，不可小视。

但老周没有马上丢开榴莲，他不能这么做，榴莲看着他呢。就是它不同以往的那种清透眼神，他也知道榴莲此刻很在意他的接触，或者说态度。老周的眼眶湿润了，他发现老伴的眼泪已涌了出来，为避开榴莲的目光，他拧过身拍拍老伴的肩膀说，咱们听医生的。

榴莲显然听懂了老周的话，它无力地发出了"呜呜"的哭声。老伴再也绷不住，她哭出了声。宠物医生见多不怪，取了两个医用口罩递过来说，那我们就制定治疗方案了。如果你们还要在这陪着，就请戴上口罩。从现在起，你们不得与榴莲接触了，人类和犬类的菌群不一样，亲密接触会导致真菌感染，不光对你们，对榴莲的治疗也会增添麻烦。

榴莲留在宠物医院住院，老周两口子商量好，这事不能告诉女儿，怕她担心，影响学习，更怕她丢下学业，回家探望。女儿做得出来，她很单纯，会不顾一切。

平时感觉不到，一旦榴莲不在身边，老周两口像丢了魂似的，在家坐卧不安。老伴将榴莲用过的卧具、食盆、玩具一一清洗消毒，老周心里不痛快，埋怨老伴，这就嫌弃它了？老伴瞪圆眼睛，这跟嫌弃有什么关系？既然生病了，还是会互相感染的病，就得把有可能带着病菌的东西消消毒，防患于未然。至少家里不能有感染源吧。

这样一说，老周能够接受，也必须接受。他帮老伴把消过毒的卧具挂到窗外晒太阳，将榴莲用过的阳台彻底清理干净、消毒，也只用了不到半小时。还没过午，离天黑尚早，剩下的时间怎么熬？退休几年了，老周第一次感到时间空虚带给他的焦虑，他在屋里走来走去，午饭味同嚼蜡，实在难以下咽，平生第一次剩了饭。他怕老伴责怪，早早地将剩饭用保鲜膜盖严实，留着晚上再吃。老伴看到了，像没看见，竟然没说一个字，午饭她几乎没动筷子，收拾完饭桌，她进卧室扯开被子午睡了。

老周怕影响老伴休息，穿衣换鞋，轻轻出门下楼遛弯。平常只要他一着衣穿鞋，榴莲就知道他要出门下楼，便寸步不离地跟着，它喜欢户外。老周一般也不会拒绝，在接过榴莲的牵引绳后，就心甘情愿地让榴莲慢慢成为他的影子。眼下，老周一个人下楼，院子空空荡荡的，平时那些带着娃遛着狗、时不时大呼小叫的老头老太太竟然一个人影都没有，好像商量好了要空出这个院子似的。老周散漫地走着，不时转头看看身侧，看看身后，除了阳光、树木，他身边空空如也。没有榴莲的相伴，他显得孤单无聊，感到极度不适，看到的树叶也不似太绿，红花也不似太艳。暮春时节，天气晴朗，春风和煦，阳光打在身上温暖舒适，老周穿着长袖 T 恤却觉得背脊凉意透过肌肤，往骨子里钻。他知道这股凉意来自内心，想着想着眼眶不由自主地湿润了。脚步越来越迟缓，老周不想走了，站在汹涌的阳光里，任那光芒随意泼洒。就是这巨大的光芒，也有它填充不了的地方，那么多的阴阴暗暗，斑块一样贴在幕布一般平坦的光芒上。阳光无能为力啊！老周想。抬头看了看不远处的院门口，一位保洁员从外面进来，站在保安室门前，大概是和屋里的保安聊了些什么，脸上带着几丝笑，折身离开时，脸上的笑意忽然消失，像被这午后的暖风突然荡尽，心不在焉地从老周身边走过，并不注意处在伤感里的老周。抹了把眼泪，老周垂头返回家里。没有了榴莲的热切迎接，那个从雀跃到稳重的小巧身影却像是在跟前，一根竖得直直的尾巴摇得欢腾又喧闹。老周更加失落、伤感，去卫生间洗抹了眼睛，无所事事，在客厅走来走去怕惊扰到老伴，过去要关上卧室的门，发现老伴根本没睡，侧卧着，两眼一直瞪着门口。

是我吵醒你了。老周小心翼翼地说了一句。

老伴抽着鼻子，半晌才说，我没睡着，心里憋得慌。要不，咱去宠物医院看看榴莲？不知它吃没吃东西！

我也这么想呢，那你起来吧，我去煮两颗鸡蛋，榴莲爱吃煮鸡蛋。老周冲进厨房，点火烧水。老周没退休时，一日三餐全在单位食堂解决，早上的鸡蛋他舍不得吃，留给了榴莲，每当下班回到家，榴莲必定在门口等着他，也是为等这颗煮鸡蛋。老周推开门，榴莲扑上来，两个前爪抱住他的腿，尾巴摇得欢快，眼神里全是期待，老周顾不上换鞋，先剥鸡蛋，掰碎喂给迫不及待的榴莲。每当看到榴莲顾不上嚼，急急吞下鸡蛋，他从心底里认为，榴莲很喜欢吃煮鸡蛋。当然，喂榴莲煮鸡蛋都是背着老伴，不然，她会制止，拿女儿定的规则说事：宠物不能吃人的食物。后来退休了，老伴盯得紧，老周趁老伴不在家时，偷偷给榴莲煮过几次鸡蛋，看着它狼吞虎咽的样子，心里别提有多满足了。

老伴说，多煮几个，榴莲最喜欢吃煮鸡蛋，你以为我不知道呀，以前你从单位食堂带，后来你背着我还偷偷煮鸡蛋喂它，我心里跟明镜似的。咱们多带些煮鸡蛋去，给榴莲备着。

你以为在家里，医生管着呢，可能不让榴莲吃鸡蛋。

如果他们不让榴莲吃，咱就换家医院。

两人来到宠物医院，一进门看到榴莲被关在铁笼子里。铁笼子很小，一看就不是备着给狗用的，榴莲那小巧的身子窝在铁笼里，别说转身，几乎是被钢筋箍在那里，根本动不了。一见到主人，榴莲激动得全身发抖，撑得铁笼在地上不停地挪动。老周上去按住铁笼，老伴寻找机关，想打开放榴莲出来。一个女护士闻声跑了过来，按住铁笼说，你们不能随便打开，放它出来得医生同意才行。

老伴推开护士，气呼呼地说，榴莲病着，你们就这样关着，于心何忍哪！

榴莲得到了援助，发出委屈的哭声。

护士说，这是医院规定，防止它病急乱咬人。

榴莲的哭声似刀子刺入老周的胸口，他跳起来，冲护士吼道，你才病急乱咬人呢！我们把它交给你们，是为了治病，你们这样是在给它治病吗？这是虐待它！是欺负它不会说话，是吧？

护士见情况不妙，不知对手机说了句什么，很快冲过来两个保安，后面跟着昨天给榴莲诊病的那个年轻医生。

怎么了？医生分开护士和保安，站到笼子跟前，辨认出老周和老伴，挥了挥手，让保安走开，才说，有啥事跟我说，我是这只犬的主治医生。

老周站起来指着铁笼子说，你们医院就是这样给宠物治疗的？

医生笑了一下，实在抱歉！今天大笼子不够用了，暂时让它屈就一下，昨晚可是给它安排大笼子了，它情绪基本稳定，上午挂完水后还睡了一觉。马上要到下午挂水时间了，会带它去专门的注射室。

榴莲听到挂水，像被什么东西击中一般，"呜呜"又哭开了。老周听着榴莲的哭泣声，心如刀绞，顾不得生气，弯下身子，隔着铁笼摸着榴莲的头，安慰它，榴莲，别害怕，这是为你治病呢。正说着，他看到榴莲的眼角挂着两坨很大的眼屎，这下忍不住心中的怒火了，冲宠物医生高声叫道，既然这是医院，你们就得用心是吧，看看它眼角的眼屎，毛都粘一起了，它得多难受啊。

护士嘟囔一句，掏出纸巾给榴莲擦，受空间限制，榴莲没法躲开，可护士用纸巾擦不掉眼屎。老周生气地说，早就干了，粘住了毛发，得用水洗。护士又嘟囔一句，这次声音大，说的是"给它洗，对我父母都没这样过"。她看了眼医生，不再试图给榴莲擦拭，躲一边去了。

为了榴莲，老周强迫自己压下怒火，咬着牙说，那把榴莲放出来，我带它去洗。老伴拿出鸡蛋，剥皮要喂给榴莲，被医生强行拦住，他苦笑道，你们这是怎么了？一个要放犬出来，一个随便喂东西，这不乱套了。不能放，更不能喂！它是动物，也是病菌携带者，既然在宠物医院，就有严格的隔离和饮食规定，你们随意这样做，出了事谁负责？

这话把老伴激怒了，她跳起来，叫道，我负责！你这是医院吗？这样对待狗狗到底是治病还是要命？还医生呢！

榴莲被老周放了出来，它在老周跟前转圈，焦躁不安。老周看了看铁笼子，里面除过榴莲落下的毛发，再无他物，它不在笼子里便溺，痛苦地憋着。老周明白榴莲的需求，对老伴，也对医生说，它憋坏了，我得带它出去方便一下。

医生扯住老周，从口袋里掏出一个口罩说，这个病传染性极强，防护点好，另外，对它的便溺物要掩埋。老周戴上口罩，带着榴莲出门到旁边的树林，榴莲排泄完毕，刨土和一些枝叶把溺物盖住，望着捡了根树枝帮它又刨土掩埋的老周，发出轻吟声，却不再往老周跟前靠过来。老周鼻子一酸，瞬间泪流满面，榴莲除过不会说话，它什么都懂。

往回走到宠物医院门口，榴莲往后撤了两步，不愿进门。老周蹲下来摸榴莲的头，觉出它整个身子都在轻微地颤抖。他握住它的前爪，它轻鸣一声抽了出来，眼神里满是哀求，老周还看到了一丝恐惧，他到它的眼眶潮湿，并发出孩子似的抽泣声，仿佛在说，不要把它留在宠物医院，它要回家。榴莲的抽泣和眼泪令老周心颤，他接过老伴手里的鸡蛋，剥干净皮捏碎喂榴莲。

榴莲望着老周，纹丝不动。老周不敢看榴莲，慌慌地转过头，轻声说道，榴莲，听话先吃点鸡蛋，这是你最爱吃的。吃完了，我去找医生说，不会再把你关进那个小笼子里了。榴莲张开嘴，缓缓地吃了一个鸡蛋，老伴又剥了一个，还没送到它嘴边，它转过身，往前急跑到一棵树根前，吐了。老周想去找点凉开水喂榴莲，那个护士严厉地说，这得征求医生意见，病犬不能随便喝水。

老周怒吼道，这是什么破规定，水都不让喝？

医生像在后台准备出场似的，秒闪出来，弄明白事情的真相，一连说了三四个"NO"，还说什么"目前的治疗方案与国际接轨，全球化之类"的鸟语，老周已经听不进去，他强压住怒火，尽量降低声调说，让你的国际和全球化见鬼去吧，我们不住院了。

医生的夸张表情瞬间定格，半天才恢复到常态，你是说要放弃治疗？我们采取的最有效方案，已初见成效——

老周挥挥手，懒得跟他解释。

那你可违约了。医生摇摇头，一副不可思议的样子。

我就是要违约！

先前的入院手续你是签过字的，单方面违约，押金是不能退的。

一万元，不少呢，可榴莲哀求的眼神在老周眼前晃动，他收住要冲出口的话，来到门外与老伴商量，老伴没听完就大叫起来，他们凭什么不退？

跟出来的医生和护士，手里已经拿着入院手续，让他看上面的说明。老周不看，推了推口罩，蹲下抚慰瑟瑟发抖的榴莲。老伴扫了眼说明，扬言没戴老花镜看不清楚，这是什么破规定，她非要投诉不可。

护士似笑非笑地望着他们。医生无奈地摇摇头，轻声细语地说，规定就是规定，没办法。你们要么继续住下来，要么让我再给它挂一次消炎液，还能降低点损失。

一听到又要挂水，榴莲再次发出呜呜的哭声，望向老周的眼睛里涌出一股一股的泪水，湿透了它眼睛下边的毛发。老周于心不忍，反身冲老伴说，你看看榴莲的眼睛，咱不在这跟他们磨嘴皮子了，出院回家行不！

老伴哭泣着点头。

医生嘱咐护士拿来两包口罩，一包给人，另一包大点的给榴莲。他苦笑道，既然这样，我也没办法，只能尊重你们的选择。说句不好听的，你们——榴莲，年纪大了，碰上这病，你们要有心理准备。另外，一定要做好人的防护，千万别被传染。

依老周的脾气，那两包口罩是不要的，但老伴接了，回家后生气地说，凭什么不要，花了钱的。她上网一查，给榴莲用的桶状口罩，一只就要三十多块钱呢，幸亏拿了，不然还得花钱再买。

前几天给榴莲戴着口罩，像个桶似的把它的嘴全箍住了，妨碍它喝水。它吃东西已经很少，吃了也会吐出来。偶尔发烧，可能是全身烧得难受，不断地喝水降温。后来，老周提出，只要不出门，就不要给榴莲戴口罩，影响它喝水，它戴着也难受。老周想好了，他和老伴在家戴上口罩，也能防止传染，再说，人戴着比狗戴着方便。老伴当然同意，但她还想送榴莲去其他宠物医院，老周坚决不同意，他说榴莲根本不想在医院受罪，你看它的眼神，它怕待在那里，更怕吊那该死的水。那个医生不是说了吗，榴莲老了，得上这病——言外之意恐怕没救了，我们就让它待在家里，多陪陪它，少受点罪吧。

老伴只能同意，网购了犬类退烧、止痛的一些必备药。榴莲烧得厉害时，才喂它一片药，大多时候物理降温，冰敷、温水洗涤，这些都不是难事。最难的是榴莲排泄，老周和老伴分别给它说过无数次，让它排在准备好的猫砂里，他们处理起来也是很方便的。可榴莲两眼直勾勾地看着他们，仿佛在说，这怎么行！

老周摸着它的头说，榴莲，咱这不是病了吗，下楼不方便，不讲究了。你想拉时就拉，就在家里拉，千万不要憋着。你看好多猫狗不都是这样直接在家里拉在猫砂里吗。

泪水顿时蓄满了榴莲的眼眶，它心里什么都明白，就是真正要拉屎时，却排泄不出来。老周把装猫砂的纸箱搬进卫生间，他故意躲出去关上门，过会儿进去看，榴莲竟然没排出一点屎屎。多年的习惯成了自然，改不掉。每次榴莲憋得浑身发抖，站在门口呜呜叫唤，直到老周无可奈何地把它带到楼下，才能解决。

白天楼下会有其他的狗溜达，老周担心榴莲的病传染给它们，为避免与其他狗接触，他趁早晨天没亮就带榴莲下楼一次，夜里十点后再带下楼一次，让榴莲每天排泄两次。他从网上查，钩端螺旋体病毒不光传播人类，更容易传染同类，尤其是粪便、尿液。老周买来一把铁铲，带榴莲下楼时，腰里别着铁铲，随时挖坑填埋它的排泄物。再就是，早晚去院子时会给榴莲戴上那个桶状的口罩，以防万一。偶尔碰上夜游的好事者，上来取笑老周，大半夜还给狗戴着嘴罩，人影都没一个，怕咬着谁呀。也好，说成嘴罩，免得老周解释。而且，老周不想给人说榴莲的病情，免得传开，有人举报惹来麻烦。

有月亮的夏夜，老周带着榴莲在院子里溜达，也算乘凉了。月光下，楼房、树木、花草都变了样，朦胧、清静，倒有另一番情致。入伏后，各种小虫子忍耐不住酷热，漫漫长夜里它们的叫声此起彼伏，像开音乐会。老周听着这些全是噪声，更加心烦意乱，想想生病的榴莲，他装作心平气和，信步悠闲。

这天晚上，老周忘了带烟，心里烦躁想抽几口，便带着榴莲走出院子，到街边小店去买烟，扫码付款时，因光线问题扫不上，老周转着身子折腾。这时，榴莲突然迎着一辆急驶的汽车冲了过去。老周吓得手机掉到地上，他惊叫了一声"榴莲"，这一声撕心裂肺，击到了榴莲的灵魂深处。它迅即刹住脚步，往老周这边看了一眼，原地站着不动，过了会儿才扭身回撤。

老周惊魂未定，冲上去抱住榴莲，他疑心它是故意犯险，去看它的眼睛，它却转过头，躲闪开了。接下来几天，榴莲都躲老周询问的眼神。这更证实了老周的判断，他背着榴莲给老伴说了，老伴开始不信，说这可能是老周的错觉，再怎么样榴莲也只是一只狗，它怎么可能会自寻短见？但老周忘不了榴莲冲向汽车的身形和后来躲闪的眼神，坚信不是自己的错觉。老伴后来不但信了，还越想越怕，嘱咐老周不要再去院外。老周也要老伴保证，不能与榴莲说这事，它除过不会说话，什么话都能听懂，别让它伤心。

晚上再下楼，老周多了个心眼，放慢脚步，与榴莲保持着两三步的距离。

夏末时，榴莲的状况越来越糟，发烧频率比之前多了，进食极少，喝水也少了，体质很弱，走路越发慢慢腾腾，如果不是它下楼排泄，老周不愿让它出门。可榴莲还是那样，不带它下楼，它就憋着不排泄。老周耐下心，陪它晚上去楼下溜达。

这天晚上，跟往常没什么两样。只是返回时，老周接了个电话，是多年前的大学同学打来的，可能是喝多了，说起来没完，老周没心情听他闲扯，说了几次自己正忙，对方答应着又把话题扯开，没完没了。老周不好挂断，走到楼门口时，他想着一定要找到对方的空隙，把这场通话结束。老周的心思用在了通话上，榴莲瞅准了机会，往旁边闪了。

挂断电话，老周脏话还没冲出嘴，发现身后除过夜色，哪里还有榴莲的影子。

先是轻声地呼唤，怕吵到一楼的人。紧接着提高了声调，后来都声嘶力竭了，老周也没能从漆黑的夜里呼喊出榴莲。院子十几米一个路灯，灯光不怎么亮堂，却足够让人辨别动态和静态的东西，但是那些不太茂密的花草树木，也一样稳妥地隐匿了榴莲。

夜色，在老周瞬间的疏忽中，冷漠地吞没了榴莲。

榴莲失踪了。

这消息挠心掐肝般疼痛，老周与老伴顾不得悲伤，打开手机电筒，找遍了院子角角落落，也去院外找了，没找到榴莲。天快亮时，两口子回到家，谁也没有睡意。老周想着天亮了还要去找榴莲，不睡觉哪有精力，从抽屉里找了片"思诺思"安眠药，从中间扳断，递了一半给老伴，自己吞下半片。过了半个多小时，老周没能入睡，要在以前，半片"思诺思"足以让老周十分钟之内进入梦乡。眼下，安眠药失效，老周干脆下床在屋子里走来走去，老伴也不埋怨他了，她来到阳台，望着榴莲的卧具，吸着鼻子流泪。

天蒙蒙亮，老周抱着活要见榴莲、死要见尸的心态下楼，再去寻找。他把院子能走到的地方，又重新找了一遍，当然没有他想要的。各种寻找的方式方法在他脑子里乱撞，他想到了所能想到的一切，准备回家去拿榴莲以前照的相片。

起风了，是夏末特有的热辣劲风，搅起地上的尘土、草茎、碎叶。也将一个小桶状的灰色物体，刮到了楼前面，老周看到了，心头一惊，冲上去弯腰捡起。深沉的灰色此刻显得特别不合时宜，甚至狰狞，它以难以阻挡的扩张之势，迅速将老周包围起来，层层裹住，而且越裹越紧，迫使他呼吸不畅，心跳急促。他咬紧牙关，攥紧双拳，强迫自己一定要挣脱这个灰色，逃离眼前恐怖的困境。这个时候，他不能被现实打败。

现实就是这浓得难以化开的灰色口罩，还有口罩边沿上的两根黄色带子，在狂风中簌簌抖动。

没错，这是榴莲的口罩：灰色的、小桶状、两根黄色的勒耳带。

老周控制不住自己的情绪，他心跳迅猛，全身跟着抖动起来，随即眼泪也喷涌而出。这一刻，老周知道，榴莲偷偷地走了。它其实一直在寻找独自离开的机会，去一个他们找不到的地方。

它不想让他们看到，它最后的不堪。它更害怕，和他们做最后的诀别。

接　生

　　她从空荡荡的干草房里出来，穿过一排畜圈，跌跌撞撞地走到坡跟前。割光了草的坡地变成了荒坡，她像一叶孤立无援的舢板，漂在海洋一般的荒坡下，用那双失去光泽的老眼久久地打量着坡顶。离坡顶很远的山谷里，有她的老头夏天割晒下给牲畜过冬的干草，那些干草就像是她扯了线放出去的风筝，飞得高了，却拽不动线，她没能力弄回来。她老了，连走路都费劲，不可能走到山谷去运干草。看来，圈里的羊和马，这个冬天得靠空气维持生命了。

　　她的眼睛似两口干枯的深井，射向坡顶的天空。天空像捂着一张肮脏的羊毛毡，羊毛毡的边沿与地连在了一起，灰突突的，分不清哪是天哪儿是地。风拖着乱蓬蓬的灰云，从坡顶滚下来，眨眼之间，针尖似的雨滴扎到她的头上、身上，还有眼睛上。她连躲雨的劲都没有，任雨滴把自己身上还有脚下的土地淋洒得千疮百孔。她张着嘴，喉咙里发出咕噜咕噜的声音，仿佛呼进呼出的空气在穿透一层滞重的乌云，她半张半闭的灰白眼窝里，慢慢地起了大雾，像开水壶里的蒸汽慢慢涌泄而出，弥漫了深秋枯燥的天空，还有脚下的荒坡。

她那刚强了一辈子的老头，此刻正躺在炕上等死，初秋时的那一跤把他摔成了废物，除过那双已经不认识人的眼睛每天早上还能睁开，漫无目的地落在某个地方外，连句正常的话都不会说了。不管曾经是怎样的强壮，如今也是一把年纪的人了，哪里经得住这一摔，躺下后再没起来。家里的顶梁柱倒了，她的天随之塌了。从悲愤中醒来，她做的第一件事，就是赶走给她家带来耻辱的儿媳妇。要不是儿媳妇惹出事来，她老头好端端的怎么会摔一跤？

现在，家里就剩下几匹马和圈里的几十只羊，连个说话的人都没了。以前，羊和马都是老头经管着去放，她只顾操持一日三餐，给老头把家看好，叫他从风里雨里回来能吃上热乎饭，睡上热炕头。老头瘫痪后，羊没人放，在圈里饿得叫唤声响成一片，听得她心里凄凄凉凉。开始她心里光顾伤心，还没啥反应，后来才意识到这个家里现在就剩她一个健全的人，她再也没有任何依靠。在羊群咩咩的叫声里，她抹干眼泪去打开羊圈的门，羊像云朵一样涌出来，她的心也被这些汹涌的云朵堵得结结实实。这样没有缝隙透进阳光的日子过得一天像一月，一月又像一年，漫长得她的心里都发了霉。

毛毛细雨下得真不是时候。母羊们该产羔了，她连一点准备都没有。往年，这都是老头操心的事，该怎么弄，老头一个人都会弄好，根本不需要她过问。羊是他们家最重要的财产，一直由老头掌管，她一个女人家，做些掌管财产以外的家务事，从不过问，也无心探听财产的细枝末节。

可眼下，老头以这种决绝的方式让她接管了家里的全部财产，没等她从慌手慌脚中镇静下来，还没弄清楚有多少只母羊，就到产羔期了。她不怕给母羊接羔，她是生过孩子的女人，没啥怕的。可怕的是这场连绵不绝的秋雨，下起来没完没了，草场、羊圈，到处湿漉漉的，通往塬上塬下的坡路滑得不敢走。她没有经验，应该在产羔前把远处山谷里的干草运回来，她心里一直惦记着这事呢，她本可以赶着一大群羊边放牧边套上马车往回运草，但山谷离得太远，一个来回得一整天，瘫痪在炕上的老头没人照顾，谁知道他会出什么事情。她不能扔下老头去运干草，拖了一天又一天，想不到一直拖到了雨季。现在，她弄不来一点干草，供母羊铺在身下生产。毛毛细雨使地气一天冷于一天，羊羔落在冰冷的地上，将会是什么结果。

　　几天前，她都在注意那些拖着大肚子的母羊，如果哪个卧下不动，她就往起赶，母羊不情愿地起来，两眼湿湿地望着她，咩咩地叫唤个不停，她知道它快要生了。母羊们的临产，使她眼前不断闪现出挺着大肚子的儿媳妇。儿媳妇也快临产了，这使她的心又疼痛起来。儿媳妇怀孕后，她的心脏开始犯病，有时疼得她想死，像老头那样人事不省，人世间的什么疼痛都感受不到才好。眼下，她无处逃避，面对一只只待产的母羊，她流着泪将它们一只只弄到自己住的屋子里，给它们接生。屋子要比羊圈暖和得多。可是，后来生产的母羊越来越多，窄小的屋子里根本盛不下那么多羊，她只好放弃对羊们的心疼，没日没夜地在羊圈里接羊羔。圈里又窄又小，没法把正在生产和待产的母羊分开，有时往往几只母羊一同产羔，羊羔又没暖和的地方可以放，躺靠在母羊肚子跟前冰冷的地上，瑟瑟发抖，连叫声都带有裹着寒气的颤音，听得她的心也跟着颤抖。其余的羊并不因为那些母羊们的生产和小羊羔的出世而多些自觉性，它们因为寒冷不停地拥来挤去，寻找取暖的好位置，为此踩死了小羊羔。看着刚出世不久就惨死的羊羔，她那双空洞无光的褐色眼睛像打量与她不相干的世界，目光中流露出无奈与苦闷，嘴里的上下牙发出很响的摩擦声，她紧握着两只血糊糊的手，一副无助的可怜样儿。她从没经历过这些事，以前，老头子不让她参与这种场面，现在，她不知道怎样才能渡过这个难关。

要是有些干草就好了，可以把母羊和小羊羔放在干草上，这样就不会侵占那些冷漠的大羊们的位置了。可是老头就像是考验她似的，没等把晒好的干草拉回来就出事了，把理应由他打理的一切，连声交代都没有就一股脑儿全扔给她。这可是一副无法估量的沉重担子，她连选择的余地都没有。她更没有应付眼前这个事实的经验。

她绝没想到，缺少干草的后果会这么严重。有一些刚生产过的母羊，为尽快下奶，哺养自己的孩子，吃了带雨水的湿草，竟然拉起肚子。一天过去，羊圈里到处是稀黑的稀粪，几天下来，连个下脚的地方都没有。她提着马灯，在羊堆里穿来挤去，把那些被大羊踩死的羊羔，还有被饿死冻死的羊羔清理出圈。羊圈里臭气熏天，她的眼睛跟着这些气味始终没干过。如果不是照顾老头，她连口饭都吃不上。几天下来，她瘦削的脸越发尖削起来，脸色枯干蜡黄，两个眼窝深陷下去，枯井似的眼睛里目光都是直的，头发也白了不少，在寒风中零乱得像冬天的荒草。她看着院子里堆积的死羊羔，腿脚酥软，不管不顾地往泥水地上一坐，寒气从泥水里慢慢洇上来，穿透所有的阻挡，渗透进她的血液、她的每一寸肌肤。她无法抵挡这样的侵袭，所有的委屈全涌出喉咙，她放声大哭起来。她要用哭声化解心中的憋闷，可她的哭声没人听得到，在这个独家独户的地方显得异常寂寞，在凄风冷雨的山坡上荡来荡去，慢慢地化在雨水中，消逝了。

肿着眼睛回到屋里，她对着老头又哭开了，把满肚子的委屈湿淋淋地全抛给老头，哭诉得直到喉咙干疼，嗓子都哑了。老头连眼都没眨一下，眼神不动不摇，依旧痴痴的，脸上是没一点感情的冷漠。她把眼泪抹干，不再哭了，就是哭死，老头也不会像以前一样跟她说几句安慰话。

她开始后悔，不该将儿媳妇赶走，要是儿媳妇没离开，不能替她分担点接羔的活，起码可以和她说说话，帮她分担一些忧愁吧，她也不至于被眼前的痛苦淹没。

她快支撑不住了，她发现已经开始死母羊了。

死的第一只母羊，产下一对双胞胎。此时，双胞胎羊羔还不知道失去了母亲，它们叼住母羊干瘪的奶头吮吸着，吸不出奶水，它们的小脑袋用劲往上顶几下，继续吸。没有吸到它们希望的东西，才吐出母羊的奶头，咩咩哀叫着，去抢别的母羊奶头，与那只母羊产的羔子顶起架来。

羊羔失去母亲，等于没了亲人，它们永远都不知道父亲是谁，就是知道了，又能怎样？它们的父亲很冷漠，根本不会顾及父子关系，来抚养自己的孩子。她不忍心看眼前的惨景，想把失去母亲的双胞胎抱回屋子里养活，她弯腰去抓那两只羊羔，它们却警惕地跑开，到别的母羊身边，发出凄惨的哀叫。她追它们，又怕踩到别的羊，绕来绕去，肮脏的粪水溅了她一脸一身。最后，那对双胞胎总算被她抓住，她已累得喘不过气来，在追抓羊羔时，内心积蓄的愤怒之情使她两眼发黑，手上用力差点把两只羊羔捏死。她恨这对拒绝她的疼惜而跑来跑去的双胞胎，恨这些在她措手不及时产羔的母羊，恨躺在床上没有知觉撒开尘世烦恼的老头，恨身在她家肚子里却怀着别家的孩子的儿媳妇，更恨丢下媳妇去城里打工，一去三年不回家的儿子。想起儿子，她的怒气更像烈烈燃烧的大火，想扑都扑不灭。追根溯源，家里发生的这一切都是因儿子而起，如果不是他三年不回家，儿媳妇又怎会耐不住寂寞怀上别的男人的孩子？

刚开始发现儿媳妇不对劲，她跟老头说时，老头反而埋怨她，说她好歹是做婆婆的，儿媳妇就跟自己的闺女一样，哪有自己的妈乱猜疑自己孩子的?

儿媳妇是个规矩的牧人家女儿，嫁过来后对公婆一直很孝顺，尤其是对婆婆言听计从，从来没惹她生过气。她相信儿媳妇是个好女人，但她不是乱猜疑，她生过儿子，还生过一个女儿，是过来人，对女人怀孕有些经验。种种迹象表明，儿媳妇怀了身孕，可老头就是不相信她的话，只埋怨儿子三年都不回家，是个没心没肺的白眼狼，生了这样的儿子，委屈了这么孝顺的儿媳妇。

不久，儿媳妇的肚子明显鼓了起来，连盲人都能看出，他们的儿媳妇怀有身孕。老头这下慌了，叫她去问儿媳妇，儿子不在家三年了，她的肚子到底是咋回事。

还能是咋回事，肯定是别的男人下的种，这是明摆着的，她的儿子结婚不久就离家打工，一去三年不回，儿媳妇怀的不是别人的孩子是什么!

她尽量控制住愤怒，找个机会心平气和地和儿媳妇谈论肚子的问题。她都觉得太难为情，不好直接开口，用另外一种方式问儿媳妇，是不是生了啥怪病，肚子咋不对劲。

没想到儿媳妇一点都不掩饰，说她怀孕了。

儿媳妇坦然的态度，似突如其来的一记耳光，打得她半天回不过神来，她结巴了半天，才问，你——咋——怀——上——的?你这个不要脸的女人，该不会说你怀了三年孕吧。

儿媳妇的镇定被婆婆的话敲碎了，哭了起来，哭得很伤心。

她稳下神，恶狠狠地骂道，还有脸哭! 臭不要脸的，你把先人的脸丢光了，你告诉我，是谁的孩子?

儿媳妇只是哭，不回答。

她扑上去抓住儿媳妇的肩说，如果不说出是谁的孩子，就把她赶回娘家，叫她娘家人处理去。她是绝不允许自己家里有这样不要脸的人，也绝不会要一个来路不明的孩子。

儿媳妇突然止住哭声，一改往日的温顺，咬着牙说，你把我赶到哪儿，我也不说！我还要生下孩子，养他长大成人。

你敢！她声嘶力竭地大叫着，浑身电击了似的颤抖起来，她料不到儿媳妇会以这样的态度对她。

为什么不敢？我的孩子我一定要生，除非我死！儿媳妇的话是从牙缝里挤出来的，带着狠劲，并且挣脱开她的手，冲进自己的屋子，砰的一声关上了门。

那道把她和儿媳妇隔开的门好像落进了她的心里，把她的心隔成了两半，一半是伤心的碎片，另一半是愤怒的碎片。从此，她就像做了一个黑暗的梦，身不由己，心不由己，在梦的笼罩下，她呼吸不畅，好像雷阵雨前的天气似的，阴沉，憋闷。

不能让这个坏女人辱没了她家的清白，儿子不在家留下个不守妇道的下贱货，是何等的奇耻大辱，她叫老头子赶走儿媳妇。开始，老头也很愤怒，这样的事出现在自己家里对谁而言都不是件光彩的事情，但他没有轻率地按她的话做，而是骑着马，翻越了几个山头，去找他的亲家兴师问罪。亲家对女儿做下的这种丑事羞愧难当，支支吾吾害牙疼似的说不出一句完整的话来，目光躲来躲去地不敢面对他。亲家母望着愤怒的老头，把他拉到一边，告诉了他一个秘密：他的儿子有缺陷，不能生育，为了逃避就一直不回来，不回来也就不回来吧，却在外面又跟一个女人混在一块儿，还到处跟人说，他找了一只不会下蛋的母鸡。亲家母说，肯定是女儿气不过才干出傻事的。

亲家母的话犹如晴天霹雳，把老头打蒙了。绕来绕去，根源却在自己儿子身上，是那个不中用的东西负了媳妇。

她从老头那里知道了真相，差点晕过去。儿子有问题，心里有委屈的自然是儿媳妇，可再怎样她也不能挺着怀有别人孩子的肚子，在他们两个老人面前招摇啊！可以不把她赶回娘家，但得叫她把肚子里的孩子打掉，不然，低头抬头叫他们看媳妇揣着别人孩子的肚子，那是怎样的尴尬！

儿媳妇换了个人似的，犟得像匹儿马，又蹦又跳，她宁愿死，也不愿把孩子做掉。别人的孩子也是她的孩子，是她身上的肉。

别人的孩子！儿媳妇说这几个字时一点都不难为情，还有几分理直气壮，像是多骄傲的事似的。她却为儿媳妇的不知廉耻臊得脸像火烤着，她家可是正经人家，丢不起这人呵。她逼着老头硬带儿媳妇去医院引产，儿媳妇寻死觅活，他们又不敢绑上她去医院。她和老头为这事愁得寝食难安，却又找不到解决的办法。老头的脸阴沉得像块浸透了污水的抹布，随时都能拧出脏水来。他心里的痛苦没法说出来，就借酒浇愁。有一次，他割草时喝多了，失足摔下山谷，以一种决然的方式将自己从愁闷中解脱出来，变成永远不知道痛苦为何物的世外之人，却把一切屈辱和艰辛留给了年过半百的老伴。她能忍受贫穷、苦难，却承受不了屈辱。老头失去当家做主的权力，她横下心将儿媳妇赶出家门。

儿媳妇要犟就犟到底，她没回娘家，也没去找肚里孩子的父亲，一个人挺着日渐凸起的大肚子，住在坡下一间被人废弃的羊房里。

毛毛雨下到后来，变得越来越冷，深秋的寒意被冬天的冷峭彻底替代了。寒流堂而皇之地到来。第一场雪悄悄落下，带来寒雾，把山坡、沟谷、羊肠似的小道全部吞没，没有了天，也没有了地，只有寒冷，匕首一样尖锐的寒冷。

她惶惶不安地在又臭又冷的羊圈里忙碌了一天一夜，一双老花眼被臭气熏得睁不开，她寻了两根细草秸，湿了唾液沾在上下眼皮之间，即使这样，还是觉得眼神越来越模糊。她到羊圈外头抓了两把雪沫往脸上搓，强烈的冷寒使她重新打起精神。回到羊圈，挂在柱子上的马灯，散发着昏黄而温暖的光，可她的心被外面的雪侵占了，这淡而散的温暖无法驱散她透心的凉意。她真想让自己就这样倒下去，哪怕像老头子一样躺着痴着傻着，这辈子再也没有了烦恼。她原来认为的幸福就是蓝天、艳阳，她站在草坡下等待黄昏染红草坡时，老头子赶着羊群归来。可现在周围一片黑暗，她所做的一切可能徒劳无益，在这一群羊面前，她无路可退，在自己这个惨淡的家面前，她毫无选择。

　　昏暗的马灯照着母羊们的脸，它们或微闭着两眼昏迷，或已经接近死亡。她拖着两条浮肿的腿勉强支撑着身体，像个醉鬼，一瘸一拐地穿行在浑身打战的母羊之间，两只手麻木得几乎不听使唤，剪刀在她手里像条活蹦乱跳的鱼，不能利索地剪断母羊与羊羔相连的脐带。她看到一只母羊被脐带拽得痛不欲生，像她自己身体里有一根带子拽着似的。她哧哧地吸着气，丢开剪刀用牙咬脐带。她的牙还算齐整，咬得满嘴腥气，终于咬断脐带，解除了母羊的痛苦。母羊们生产的惨叫声，慢慢幻化成女人生孩子时的呻吟。她的耳朵里灌满了这个久违的声音，似乎看到正在生孩子的儿媳妇疼得大喊大叫，痛苦扭曲的脸。她的心颤抖了，咬不动脐带了，她的牙失去了锐利，像剪刀一样钝了、锈了，张开了就合不上，大张着嘴却无能为力。她像刚生完羊羔的母羊一样，身体虚弱，缺乏力气。她的牙还是锐利的，她的目光却痴呆，在劳累中分不清白天黑夜。有时，她能在一瞬间进入梦乡，无论是正在接羔，还是收拾死去的母羊，她的大脑会一片空白，对什么都没了感觉。在她用尽一切能用的办法，就是挽救不了那些可怜的生命时，看着一只只羊羔或者母羊死去，刚开始的那种疼痛慢慢地淡化了。有时，她竟然会昏睡一小会儿，很快，她会被羊的哀叫声惊醒，或从羊圈外冲进来的凉气把她刺醒，醒来的时候，她一眼看到的是面前母羊的肚子，奇怪地，她脑子里会闪现儿媳妇挺着的大肚子。天气越来越冷，一个行动越来越不方便的女人，在那个废弃的羊房里该怎样生活？这个念头一闪，她吃了一惊，随即赶紧收回纷乱的心思，继续忙碌眼前的活，羊们都在等着她接羔呢，她不敢分心。有些事一旦想起就很难驱除，每接一只羊羔出来，儿媳妇鼓凸的肚子就会奔出来在她眼前晃动，直晃得她心慌手软。这个时候，她还是忍不住放慢手脚，向羊圈外张望一眼，其实什么也看不到，儿媳妇住的废羊房离这里还很远呢。

她抱回屋子里的那对双胞胎羊羔，最终还是辜负了她的怜惜，死了。它们吃不到母亲的奶，她给熬了些面糊糊，饥饿使它们勉强吃了一些，不久，先是其中的一个开始拉肚子，像它们的母亲一样，拉得遍地都是稀屎，接着，另一只也开始拉了。它们本来就体质虚弱，不到一天时间，就躺下不动了。

偶尔，她回屋给老头做饭，看到这对小羊羔的情形，心里酸酸的，这两个没有母亲的孩子，缥缈的眼神落在她身上，细弱的哀叫声轻风一样若有若无。尽管这几天她看惯了羊们的生死，心已钝得几近麻木，可面前这两双哀怨的眼神使她终于没能忍住眼泪的喷涌。她把虚弱的它们抱在怀里，像抱着两个幼小的孩子，边烧火，边流泪，边抚摸梳理它们身上的脏毛。

她很累，手还在下意识地梳理羊毛，感觉却飘忽起来，身体摆脱了疲累变得轻松起来，慢慢地，一切都与她无关了。雪不下了，寒流消失了，温暖的风从坡下吹来，染绿了坡顶，顺着开阔的草坡看上去，她看到辽阔湛蓝的天，洁白柔和的云，她感到了温暖，心情舒畅起来。怀里抱着的小羊羔软乎乎的，她低头一看，哪里是小羊羔，分明是一个光着身子的孩子在她怀里乱拱，伸展着手脚哭叫。她被小孩的哭叫声吸引着，这是多么诱人的情景啊！是她的孙子吧！她感到身上增添了某种勇气，有种看不见的东西注入她的身体里，使她有了使不完的力气。她睁开那双无神、滞呆、枯叶般干涩的眼睛，看到人世间的一缕温暖。她爬起来，"咚咚咚"的脚步有力地向外走去，向湿滑的坡下走去。寒冷算什么？泥泞算什么？她要去坡下那间废弃的羊房，把儿媳妇接回来，她要亲手将自己的孙子接到这个世界上来。

槐　花

中午的阳光从不太厚实的树叶间漏下来，地上像撒了一层硬币，银光闪闪。

杨金水穿着一身溅满涂料的灰黑色工作服，像条可爱的斑点狗，憨态可掬地眯着一双不太大的眼睛，仰头盯着树梢上的洋槐花傻笑。洋槐花盛开和没完全盛开的，一串一串往下坠。杨金水望着洋槐花发会儿呆，然后，看看周围遛弯儿的老人，抽动鼻子嗅嗅洋槐花那浓郁而不腻的馨香，无奈地摇摇头。

那几个老人像故意和杨金水过不去似的，他们就在这棵洋槐树下转悠，也不去稍远处的草地那边。草地跟前摆满了鲜花，什么猫儿脸、一串红、小玫瑰，还有北方春天很少见到的三角梅，都在争芳吐艳。老人们干吗不去欣赏春天盛景，要在这棵洋槐树下溜达呢？该不会是他们发现他这个粉刷工反常，一连几个中午都来街心公园盯着洋槐树看个没完，起了疑心吧！杨金水心里咯噔一下，如果是这样，那他就没机会下手了。

　　杨金水心里似搁了盆火，突然间烦躁不安。他听着头顶"嗡嗡"鸣叫的蜜蜂，像上足发条的闹钟，把时间一口口吞吃掉了，他耗不过那些老人，如果再这样等待下去，纯粹是浪费时间。要不，放弃这儿算了，到别处再去寻找目标？可说起来容易做起来难哪。就这，还是他用午休时间，骑着破自行车几乎转遍了附近的大街小巷，好不容易才找到的。再去找，上哪儿找啊！他离开洋槐树，抬头看远处近处，被楼房劈得支离破碎的天空，两眼茫然，心里空落。

　　不知不觉间，杨金水走到草地跟前，盯着花看，越看越觉得那些花儿虽艳丽，却呆板，没有新意。看来，再美丽的花儿看久了也会无趣的。怪不得呢，那些老头老太太们不在花前久留。

　　那些在土地里生长的东西，美国草也罢，偶尔夹杂其间的狗尾巴草也好，它们像城市正在生长的楼房似的，拔地而起，竭力向天空的太阳伸去，接受春天阳光的普照。春天多好啊，万物都在生长。小昭肚子里的孩子也在生长，虽然看不见他（她）已长成什么样子，但从小昭肚子外形的变化上，能看出孩子在一天一天长大。

　　小昭是杨金水的媳妇，她每天晚上都要丈夫摸她的肚子，问他又长大一点没有。刚开始，他摸不出生长的变化，摸来摸去，就一个鼓凸凸的肚子，能看出什么来？杨金水实在，实话实说，小昭不高兴了，点着他的脑门说如果每天没生长变化，那婴儿是怎么长大的？又说他不用心，感受不到孩子在肚子里的成长。小昭说得也是，婴儿是慢慢长大的，每天当然都会不一样，可那隐藏在肚子里的变化那么细微，他的眼睛又不是透视镜，哪里能看得到感觉得到？这也怪不得杨金水，哪个父母不是看着自己的孩子慢慢长大的，可谁又能说清孩子哪天长大了多少！杨金水不愿小昭不高兴，再摸她肚子时就细心多了，也许是感觉不一样，有一天，他真的摸到小昭的肚子有些不一样，那是一块拱起的地方，拱起又落下去，再拱起来。他兴奋地大叫起来，小昭小昭，我摸到了，他在踢腿呢！小昭躺靠在床头上，笑眯眯地看着他说，还不到四个月呢，哪里就会踢腾？杨金水摸着媳妇的肚子说，那一定是孩子在你肚里游泳了！

杨金水掏出手机看看上面的时钟，又快到两点，该上班了。时间这玩意儿真会捉弄人，越是你需要的时候越是过得飞快。他揣好手机，匆匆回到洋槐树下，看看头顶麦穗一般挂满枝头的串串白花，不死心地扫眼周围还在转悠的老人，犹豫一下，还是骑上自行车走了。

其实，杨金水只想捋几把洋槐花，给小昭做顿槐花饭吃，也就是他们老家说的麦饭。可是，树下有人，他不敢上树捋，怕城里人骂他捋走了他们的花和香气。

四月初，洋槐花还没开，小昭的肚子已经很明显了，但她反应不大，她没城里孕妇那般金贵。本来跟着丈夫到城里来就是为多挣几个钱，趁天气好，一直没停手头的粉刷活。有天，他们接了个小活，给一家粉刷旧卫生间，小昭看到窗台放着一瓶洗手液，她洗脸洗手用的全是香皂，从没用过那玩意儿，出于好奇，她挤压出一些洗手，没想到那黏稠的东西沾上水竟发出一股奇香，她叫声"啊，真香！"把手伸给杨金水闻。他一闻，激动地叫了起来，咦，是洋槐花味！怪不得呢，只有洋槐花才能香得这么透彻。在他们老家，房前屋后、满坡遍野全是洋槐树，这树耐旱，好活。到四月底五月初，洋槐花开了，浓郁得化不开的花香气，能把人香死！当然，这种香味在城市闻闻也就过了，在农村，人们却不愿白白浪费，他们把挂在枝头欲开未开的槐花采摘下来，做成可口的饭食，让那四溢的香气不仅渗进肺，也渗进胃。

小昭吸着鼻子闻手上的洋槐花香味，沉浸在一片馨香里深情地说，真想吃一顿麦饭。

杨金水也沉浸在槐花的香味里出不来，听到小昭的话不由得咽口水。麦饭做法很简单，像杨金水这样不怎么下厨房的大男人都会做，要捋新鲜还没完全盛开的洋槐花，张开的花被蜜蜂采过，没了花粉，吃起来也甜，但没有了槐花特有的馨香。将洋槐花洗净，拌上面粉和混合调料蒸熟即可。小昭说最好用玉米面拌，色彩鲜亮，黄里透白，且松软爽口，白面要次一些。想想，洋槐花是白的，白面也是白的，混淆不清，还太黏，这在他们老家，是很有讲究的。至于玉米面拌的洋槐花为什么叫麦饭，连小昭也说不明白，她猜想，是不是洋槐花开的时节，麦子已经打花抽穗，人们闻到了麦子的味道？

不得而知，叫什么名字不重要，祖先流传下来的说法，大多说不清楚。看到小昭说起麦饭时那一脸的陶醉样，杨金水心里立马有了想法：一定要捋些洋槐花，给小昭做顿麦饭吃。她是孕妇，城里很多女人借着怀孕吃东吃西，小昭从来没吃过什么，还拎着油漆桶跟着他东奔西走干活，想想都觉得她亏得慌。麦饭也不是什么高级饭，如今她可是娘儿俩啊，连这么个小小的愿望都实现不了，他杨金水还有何面目给未曾见面的婴儿当爹！

四月中旬，城市正是花红柳绿的灿烂季节。杨金水想着先不跟小昭说，他要偷偷捋回洋槐花做好麦饭给媳妇一个惊喜。可他们是跟着别人的装修队干粉刷，每天收工时天已经黑了，不可能去找洋槐花，只能利用午休时间。比起建筑工地，他们的活倒不显得很重，但熬人，爬上爬下，有时站在梯子上一站就是一上午，手酸脖子疼，中午的一觉就像是能源消耗后的补充，每到吃午饭时节，杨金水恨不得边吃边睡，随便歪在哪个旮旯儿里眯瞪一会儿。可为了怀孕的小昭，杨金水只能牺牲掉午觉，强撑着困乏，骑自行车满街满巷去找洋槐花。

杨金水穿着斑点狗一样的工作服，一看就是从乡下来的民工，他表面对城市不胆怯，心里却是怯的，不敢问人。问城里人什么地方有洋槐树，人家会用怎样的眼神看他呢，算了，还是自己找吧。没想到，在城市要找个乡村再普通不过的洋槐树，竟这么难。可再难，他也要找到，小昭最近的反应越来越强烈，闻不得涂料味，动不动就呕吐，已经不能跟着他干活了。杨金水很奇怪，别人都是刚怀孕一两个月反应大，小昭三四个月了，才这么大反应？莫不是闻多了涂料味？他后来听人说涂料里有对人体不好的东西，为了下一代，他要妻子回老家去养胎，老家环境好，不像城里这么嘈杂，空气这么坏。可小昭不愿意，说他们用的涂料又不是劣质的，哪来这么多对人体不好的东西？城里人不是每天都住在涂料堆里！再说每个人的体质不一样，怀孕的反应肯定也不一样，她才没那么金贵呢，就吐那么几回，没啥大不了的。杨金水心里明白，小昭不愿回去，并不是真的喜欢城里的吵吵嚷嚷，主要还是想和他在一起。他就没硬赶她走，有小昭在身边，他干活再苦再累也踏实。可在城里待着，每天得吃饭，花费不少，小昭不愿吃闲饭，她鼓动丈夫，两口子一起跟老板好说歹说，总算给她谋下工地食堂帮厨的工作，每月包吃，还有一百五十块工资。没吃闲饭，多少能挣点钱，小昭乐颠颠挺着大肚子，每天收拾完食堂卫生，眼巴巴盼丈夫用自行车驮她回租住的小屋，躺在男人怀里，让他摸肚里的婴儿，享受恬淡安静的乐趣。

这一阵，杨金水晚上回来，吃过饭倒头便睡，根本没精神摸媳妇的肚子，不一会儿，鼾声如雷。一次两次，小昭不往心里去，他干活累，春天又是嗜睡的季节。但四次五次之后，她就有想法了。怀孕的女人比较敏感，首先想到的是，男人是不是背着她，干对不起她的事了？是不是他熬不住，跑到外面胡来了？不然，他怎么打不起精神，回家就睡呢？以前他不也每天干活嘛，就是再困再累，他也该陪她说说话，摸摸她的肚子跟孩子交流，和她憧憬孩子出世后的情景啊。在他们眼里，孩子是他们所有的梦想。

小昭越想越气，望着身边打着呼噜睡得香甜的男人，心里一酸，眼泪涌了出来。后来，她没忍住哭出了声。哭着哭着，突然明白过来，哭下去对胎儿不好，赶紧爬起来拧个湿毛巾擦去眼泪。回到床上却怎么也睡不着，思前想后，她还是把男人推醒了。

杨金水在睡梦中被推醒，一百个不高兴，可看到从窗外透进的灯光下，小昭幽幽的眼神，他心软了，搂住她，把脸轻轻贴在她肚子上，说句睡吧，明早还上班呢。话音刚落，鼾声又起。

小昭抚摸着男人的头，他的头发刺拉拉的，发硬，是沾了涂料没洗干净。愣了半天，她没忍心再把他叫起，大睁着眼耗到天亮。

杨金水清楚小昭的心理，看着小昭有些忧郁的眼神，他的心也有些乱，但他还是忍着没跟她说自己要干的事，虽然是件很小的事情，但没做成前说出来，就没意思了。他爱看小昭惊喜的样子，眼睛瞪得溜圆，嘴唇划出翘翘的弧线，肉乎乎的，很性感，他喜欢得不得了。来城里打工后，杨金水也学会用"性感"这种词了。

杨金水不想叫媳妇再胡乱猜想，再拖下去，恐怕洋槐花也败了。这天晚上，他把媳妇送回住处后，撒谎说老板要带他去看一个新工程，没等小昭同意，就蹬上车子跑了。

城市的夜晚一点都不安静，到处都是人来人往。杨金水赶到街心公园那棵洋槐树下，那几个老人终于消失不见，可换班似的，来了一批年轻男女，他们在花前月下搂搂抱抱。

那仍是一片属于别人的天地，杨金水不好意思在别人的各种动静中爬树采洋槐花。撑好自行车，他绕着洋槐树转圈子，不时抬头向树梢上望望，高大的路灯比槐树高些，他看到很多洋槐花惬意地张开笑脸，在灯光中闪闪烁烁。因为晚上车少，噪声也淡，花香更加浓郁。他知道，这浓郁的花香也意味洋槐花的花期很快就要过去了，再不抓紧采摘，洋槐花就谢了，那么，小昭今年就吃不上麦饭了。

他不想空来一趟，找个僻静处坐下慢慢地等。反正洋槐树下的那些人总是要回家睡觉的，他就不信，等不到那个时候。

白天劳累了一天，中午去别处找洋槐树又没睡成午觉，他很困乏，现在又处在一种漫无边际的等待中。夜晚的时间是不是也犯困了，走得很慢，杨金水熬不住了，瞌睡一阵紧似一阵地袭击他。四月的天，白天热得快，可到夜晚，还是很凉爽的。杨金水靠在草地边的石椅上，眼睛却离不开洋槐树，他看到树下走开一对男女，心里便喜一下。撑了一会儿，上下眼皮一直在打架，他根本没法拉开，就靠在椅背上，浸着夜晚的凉爽，想微微闭一会儿眼。

他没敌住睡意，眼睛一合上，再也睁不开。他竟然睡着了。

等杨金水从凉意中突然醒来，槐树下已没一个人影，他心里一阵窃喜，这个时候，他终于可以堂而皇之地攀上树，给他的小昭捋槐花了。

爬树对杨金水来说太容易了，他朝掌心吐了一小口唾沫，攀住树身几下就到了树上。夜晚的洋槐花，安静地绽放着，花香浓郁纯正，没有一点杂质，置身其中，他感觉回到自己的老家，淹没在洋槐花的香气里。要是在老家，在哪儿都能捋把洋槐花，不像城里，怕东怕西的。他很想念老家与世无争的恬淡生活。坐在一个枝杈上，身子倚靠着一根结实的树枝，他捋了一把洋槐花忍不住先塞进嘴里，真甜真香！透过花儿望向夜空，城市的夜空其实没有多少内容，空洞而遥远，但今夜，仿佛因了洋槐花的香气，他看到城市的上空，居然有星星点点在闪烁，像他在老家时经常能望见的夜空一样，幽蓝深邃。

杨金水开始捋洋槐花，出来这么长时间，不知道小昭又会怎么样呢，她一定又在胡思乱想了。杨金水有点儿心疼，但一想到小昭很快就能吃上麦饭，他的心里，就像他嘴里的槐花，又香又甜。

这棵洋槐树不很高大，但枝叶繁茂，洋槐花更是拥拥挤挤，浓密得很，杨金水不用仔细辨认，伸手一捋，准保一把。捋了几把之后，他把手凑近鼻子一闻，比上次小昭闻过的槐花洗手液更香，更纯净。这种味道，才叫人陶醉呢！他想着待会儿回家后让小昭用洋槐花搓搓手，叫真正的槐花香气留在小昭的手上！杨金水在黑暗中嘿嘿地乐，似乎看到小昭把沾满洋槐花香气的手使劲地嗅。

杨金水捋得开心，不由得哼起歌来，哼的是什么歌，他自己也说不清楚，反正城市到处都是音乐，走到哪儿都能听到好听的歌，听多了，他不会唱，也会哼两嗓子，高兴了就哼，惹得小昭净笑话他。他哼着歌又往更高处爬，许是哼歌哼得出神，手上猛地被什么东西扎了一下，钻心地痛。他哼了半截的歌含在嘴里，借路灯一看，手指没流血，只是痛，还痒。是招蜂蜇了？奇怪，这么晚了怎么还有蜜蜂？他躲过白天的老人、夜晚的青年恋人们，却没躲过守在这里的蜜蜂。他侧耳听，是不是有蜜蜂的声音，但除偶尔过路的汽车吼声外，夜静得没别的响声。他怯怯地又往刚才的那串花前探了探手，没有蜜蜂飞起的声音，细细一想，他笑了。他竟然忘记，能盛开这种香气扑鼻的洋槐树，在老家叫刺槐，既然叫刺槐，当然有刺了，在老家还被人种在菜地边上做围栏呢。不过这一刺，猛然刺醒了杨金水，他采摘的槐花都是欲开未开的花苞，不能采得太多，不然，蜜蜂就没花蜜可采了。盛开过的洋槐花香味不浓，到明天或后天，那些来槐树下转悠的老人们就没多少香气可闻了。这可不是杨金水愿意看到的。老人们闻一季洋槐花，就少了一年。他不想叫那些老人这一年少了洋槐花的香气。杨金水不是贪心的人，况且他和那些老人一样，都爱闻洋槐花的香气。

从树上下来，他打开塑料袋，看了看雪花一样的白花儿，心里很舒坦。他要回家了，把槐花的香放进小昭手里，进入小昭的胃里，让他们的孩子也知道这世间有种如此纯净香甜的味道。

绑好塑料袋口，一抬头，却发现一个黑影立在面前，杨金水的心"倏"地往下一沉，莫不是有人把他当成贼盯上了？仔细一看，暗淡的星光下，竟然站着小昭。他忍不住惊叫起来：小昭！

已过午夜，小昭在家里等得心焦，她闻着洋槐花的香气，找到这儿来了。

东方红

　　老燕把油门加到最大挡，拖拉机还是像头老牛似的，不紧不慢地往前爬着。人到了一定年纪，身上的部件功能都会退化，吃得再多，也甭想恢复年轻时的气力。这辆老式"东方红"拖拉机太老了，油门轰多大，别梦想它的速度能增加多少。可是，也没白费多烧的柴油，照射出去的灯光比刚才亮了一些，还有发动机的吼声也大了不少，但还是能听到外面的西北风把芨芨草撕扯得像鬼似的"呜呜"怪叫。风简直疯了，甩着胳膊踢踏着腿狂乱地横冲直撞，撞得"东方红"闪着长长的灯柱东摇西晃起来。天地似乎都要颠翻了。灯柱像把锐利的大刀，把夜切割得七零八落，以为黑夜会像一块破树皮，碎成片从天空飘落下来，狼狈地堆在灯柱下面。不想黑夜并不怕"东方红"的吼叫和灯光，抖落了几下，又成一个整体，骄横着、嚣张着。老燕打了个酒嗝，他今晚没少喝，可他没醉，就是头晕得厉害。就凭陈有亮，想把老燕灌醉，门儿都没有！老燕迷迷瞪瞪掏烟，烟盒在口袋里挤扁了，好不容易从中摸出一支用手拇直塞进嘴里。烟是最好的"雪莲"，临上车时，腊香趁陈有亮趴在饭桌前昏睡，偷偷塞进老燕口袋里，悄悄叮嘱他犯困了就抽支提提神，千万别迷糊过去。虽说这老掉牙的"东方红"出不了事，可还是当心点好，喝了不少酒呢，到底是一堆机器，比不了牛啊马的，时间长了，与人能处出感情来。当着丈夫的面，腊香不敢劝老燕少喝点酒，丈夫没开口，她也没法留老燕住一宿，又担心老燕酒喝多了，一个人开拖拉机回去出啥事，便摸包丈夫存下的好烟给老燕。老燕心里暖融融的，一路上用手捂住装烟的口袋，生怕丢掉似的，后来索性用手抓住口袋，就像是抓住腊香的一只手，他都想跟这只手说说话了。结果，他把烟盒捏挤成了一团。本来，他舍不得抽这盒烟，想留个念想啥的，可这会儿，他头晕得厉害，要犯迷糊了，夜太黑，太广袤，尽管拖拉机的两道灯柱射出去，把夜穿出两个大窟窿，可他还是看不大清，他担心自己迷糊过去，想抽支烟醒醒酒。可是，哆哆嗦嗦半天，老燕划不着火柴，他认为是西北风从门窗缝隙里吹进来，故意坏他的事，便扔掉火柴棍，去摇驾驶室的门窗玻璃。玻璃没有上升的空间了，临走前，门窗玻璃已被腊香摇到了尽头，她倒不担心老燕喝过酒开这台老掉牙的"东方红"会出意外，履带式"东方红"就是开进阴沟里也翻不了，况且方圆几百里一马平川，四周不是收割过的田地，就是寸草不生的荒滩，这种重型拖拉机就是想翻个跟头都难。所以，腊香才放心喝了酒的老燕开夜车，也就十几公里路程，"东方红"爬得再慢，总比蜗牛快吧。只是深秋夜，腊香担心老燕受凉，这深秋的夜寒可一点也不比冬天刺骨的寒冷逊色。腊香偷偷溜到车上，把门窗玻璃全摇死。老燕白费一阵力气，认为自己把门窗弄严实了，这才重新划火柴。划了几次，扑哧一声，划出一团微弱的黄火，点着被唾沫湿了半截的香烟。

老燕吸一口烟，吞进去，烟雾从气腔经肺，又从鼻腔出来，很快，驾驶室被沁香的烟雾弥漫了。老燕顿时来了精神，浑身上下像被按摩一番，显得轻快了许多。可老燕心里却怏怏的，要不是看腊香面子，他才不会冒这么大风，给陈有亮承包的砖厂推一整天的土，弄得自己像个土猴，这台老掉牙的"东方红"也疲惫不堪。推土不是个好活路，挣不上几个钱，费神，还费油。当然，老燕不计较这些，"东方红"就是推土机，不推土，要它做啥！他只是不想帮陈有亮这个杂种，何况又是这种天气，西北风刮得快疯了，他老燕可没疯。陈有亮三天两头往老燕家跑，也不管他的态度多冷，没完没了地跟他诉苦，眼看天气一天比一天冷了，万一霜冻提前来到，储备砖坯还差一大截呢，这个冬天他不能烧空窑啊。夏天时，陈有亮好不容易才承包到砖厂，要是错过这个冬天烧窑的好时机，明年开春没砖卖，他不但交不了承包费，明年一年就得喝西北风了。任凭陈有亮说死说活，嗓子嘶哑，老燕一点怜悯心都没有，以机器出故障为由，推辞不去砖厂推土。

　　可是，腊香来求老燕了。他不敢看腊香被泪水浸泡得发红的眼睛，在这个至今没有生育，受尽男人折磨的女人面前，老燕心再硬，也扛不住了，他立下的誓言瞬间土崩瓦解。

　　谁让他心里放不下这个女人呢。

　　抽完一支烟，驾驶室里出不去的烟雾像泡的时间太长、浓得变了味的茶，醇香消失了，剩下的是变质的味道，绕过来缭过去，老燕浑身刚涌起的通畅像被堵住的水流，又不畅快了。浓烟熏得老燕更迷瞪，他怕自己在烟雾中昏睡过去，摸索着把窗玻璃摇下一条缝。烟雾像鬼魂似的，顺着那条缝隙缓缓地往外飘去，同时，从外面钻进来一股凛冽的西北风，带着夜晚的潮湿气味。很快，驾驶室里的烟雾变得若有若无。呼吸到新鲜空气，老燕清醒了不少，把脸贴到玻璃上往外看，辨认走到哪儿了。外面黑乎乎的，"东方红"

两道明亮的光束散到远处，在平坦广袤的夜幕里变得昏黄茫然。老燕仔细看了半天，才弄清楚刚走到"情人田"边。

"情人田"是农场开垦出来最大的一块地，有两三百亩，大得看不到边。他们在集体农场时一直种植棉花，开春时节男人前面打垄挖坑，女人跟在后面下种。夏天的棉花田里男人背着喷雾器打药，女人打杈摘除多余的花。到秋天收棉花了，男人女人混成一堆，像云朵里的牛郎织女。那时的棉花地是块温情的床，总能让不少男人女人生出不一样的情愫来。"情人田"原是大家开玩笑说着玩的，后来，还真成就了几桩情事。于是，就这样叫开了。在这块田里，曾经也有过老燕和腊香的影子。那时候的腊香，一双眼睛像汪着水，藏了许多心事似的，她不正眼看人，老是躲躲闪闪的。老燕喜欢腊香的眼神，常常毫无顾忌地在人群里找腊香的影子。腊香总是躲着老燕，用一条白毛巾把黑油油的头发包起来，只要老燕往她跟前凑，她两手扯着毛巾，恨不得把自己整个儿包起来，待老燕满腹惆怅地走开，她却掀开毛巾，从后面偷偷地瞅他。那是怎样的一种情景啊！虽然艰辛，心里却因藏着爱，日子便过得甜蜜而流畅。

可是，地分给各家各户后，"情人田"里除过棉花，种啥玩意儿的都有，东边一块玉米，西边一块葵花，南边一块高粱，北边不是一块土豆，就是一片红薯，唯独没有种棉花的。因为棉花产量低，侍弄起来费事，还有，就是自家男人女人一起种棉花没有集体种时的那份热闹，少了许多情趣，没人愿意种了。可"情人田"的地名却落下了。明明是去下玉米种子，或者收获高粱，别人碰上问起，偏要说去"情人田"，而且说到"情人田"时，那嗓门忽地高出许多，就像以前集体出工时一样，带了些许诡秘，带了些许兴奋，说完了，转念一想"情人田"已今非昔比，脸上不觉又闪过一丝惆怅。没办法，"情人田"的地名已经叫顺溜，改不了啦。

其实还没入冬，西北风比寒冬时节的劲力还是弱了点，算不得太冷，相反，喝多了酒，全身烧得像火，凉风吹一吹挺爽的。老燕干脆把窗玻璃全摇落下，探出头吹风。喝过酒，又叫烟熏了一阵后吹吹风，心里怪舒坦的，西北风把他和陈有亮喝酒时的别扭劲全吹没了。陈有亮算什么东西，凭什么好事都叫他占尽，什么青年标兵，第一任"东方红"拖拉机手，最可恨的，还是他娶走了老燕的心上人——腊香。其实，这都是陈有亮的哥哥跳进涝坝救落水孩子，成为光荣的烈士给他换来的，与陈有亮没一点关系，他有啥能耐？说句连贯的话都像便秘，劲全用在脸上了。可是，就这么个人却顺顺当当地把腊香娶走了。那年，在陈有亮和腊香的婚宴上，老燕不管其他人，一人喝了整整一瓶半白酒，却没醉，瞟着笑呵呵的陈有亮身边一身小红袄的腊香，眼睛瞪得血红。直到陈有亮和腊香过来敬酒，他看到腊香眼里的一汪水变成了泪，在她低垂着头，一颗一颗滴落到地上时，老燕身子一歪，趴到桌上，才醉了。

　　老燕把牙咬得咯咯响，他以为是西北风太猛烈，冻得牙打架呢。

　　这时，"东方红"颤动着突然跳了起来，老燕的头在门框上磕着了，疼得他倒抽一口凉气。可能是路上有水沟。自分了地后，路边、田头，到处是水沟，机耕路也没以前宽阔了，大家恨不得把路都变成地种上庄稼。

　　当初，分田到户时，集体的东西低价处理给个人，老燕本不想要这台农场唯一的老"东方红"，它除了能推土外，一点都不实用，犁地赶不上新型小四轮拖拉机，人家身子轻，跑得快，犁的地又光又平，还碾压不到别人的地，不像"东方红"，非得把旁边人家的地碾压出两条硬辙，还把地翻得不是东边高就是西边低，给浇水灌溉带来麻烦。再说，"东方红"又笨又重干活又不讨巧，以后只会遭到淘汰的厄运。老燕正犹豫时，做过第一任拖拉机手的陈有亮提出要"东方红"，老燕怎么能让给他？给谁都行，就是不能给陈有亮。于是，老燕以时任拖拉机手的优势，没有使陈有亮得逞。当然，"东方红"的利用价值像他预想的那样，不到万不得已，没人叫他的"东方红"去犁地。像"情人田"这里的好地，老燕好多年都没开着"东方红"进去了。有时候，老燕一个人坐在许久没动窝的"东方红"驾驶室里，望着大片大片种着各色庄稼的田地，他想，当时陈有亮提出要"东方红"是不是一种阴谋？目的就是要他老燕买下这台作用不大的推土机，他看出了自己的犹豫，故意刺激他的？一想到这儿，老燕忍不住"呸"了一声陈有亮。不过，他已经不再后悔了，"东方红"跟了他这么多年，跟它处出感情来了。

夜黑得无边无际。黑暗里的"情人田"也无边无际。以前，老燕开着"东方红"在这片望不到边沿的田里，一犁地就是七八天，掉头，升犁，下犁，单调枯燥，却很有成就感。现在呢？老燕想现在的"情人田"是破碎的，孤清的，也是世俗的。世俗？他忽然被风呛了似的呵呵笑起来，也就是一块田地，因了庄稼才有了生命，五谷杂粮本就是这世上最俗的东西，他还管那地世俗不世俗！

深秋了，玉米、高粱之类的高秆作物已经被收走，黑乎乎的地里什么也看不见，"情人田"在老燕的眼里终于又变成一个整体。没有了作物的"情人田"白天就像一个瘪着怀却敞开的妇人，因为没有鼓鼓的胸脯而失去了致命的诱惑，到了晚上，无边的黑暗又使它重新拥有了魍魉的魅力。老燕将油门松下一个挡位，想想，又松下一个挡位，怒吼的"东方红"像发完威的雄狮，狂怒的吼叫声终于缓和下来，轻轻喘着气慢慢移动着，两道灯束如同两把刷子，在漆黑的夜里刷出两个窄小的光圈。这时的老燕受"情人田"的引诱，有些许冲动，他已经握住了往左边拐弯的制动杆，往左拐个弯，把"东方红"开进宽阔的"情人田"里，犁一会儿地，感受当年"东方红"畅奔在田里的那份快意。这些年，越来越显得落后的

"东方红"比这支离破碎的"情人田"还要孤独和苍凉。犁铧一直就在"东方红"的后面挂着呢，就是去给别人推土，用不着犁地，老燕也舍不得摘掉犁铧。尽管很少有人叫他的"东方红"去犁地，可他认为犁铧是"东方红"身上的一部分，它们是个整体，既是整体，又怎能卸掉呢？

老燕的左手松开了制动杆。酒精还没把他的脑子烧糊涂，他可不能拉制动杆，甭看"情人田"里黑乎乎的，像夜一样平坦，可那貌似平坦的下面，还有着丰富的内容——还有不少没收走的土豆、红薯之类需要霜杀的作物，这可是大家预备过冬的。他要是把"东方红"开进去，这个错可就犯大了，不只挨大家骂那么简单。算了吧，"东方红"只是个推土机，这个瘾不过也罢。老燕有些不舍地朝浓黑的"情人田"看了看。

摸索着将油门拉杆又推向最高挡，"东方红"再次发怒，猛地抖了一下，加快了速度。老燕收回探出的头，他的脸已叫夜风吹得冰凉，可他没觉着冷，身上的燥热却一阵阵地翻动，酒劲涌上来了。老燕干脆拧动门把手，打开车门，让视野更宽阔一些。尽管什么也看不清楚，但老燕还是想看。不看外面，静坐在驾驶室容易犯困。夜风涌进来的通道更大了，像是对这轻而易举得来的胜利有些疑惑，夜风倒不似刚才那么猛烈，却比刚才更加寒凉。

酒后容易口渴，老燕早就渴了，他一直忍着。这会儿，他从窜进驾驶室的西北风里，闻到了阵阵湿润的水汽。

就是说，老燕的"东方红"快到大涝坝了。这可是农场的命脉，几千亩农田灌溉，全靠大涝坝里蓄积的河水。

陈有亮的哥哥，就是在这个大涝坝里成为烈士的。

那年开春，几个孩子在涝坝边捉蝌蚪，有个孩子不小心滑进水里，吓得那些孩子大喊大叫。陈有亮的哥哥当时正在附近的田里播种，闻声跑来，扑通跳下去救小孩。涝坝里淤泥太深，多少年没清理过，落水的小孩被陈有亮的哥哥举过头顶，他自己却越陷越深，闻讯赶来的大人们救出了小孩，陈有亮的哥哥因呛水太多没抢救过来，牺牲了。

老燕想停下喝口水，他抵挡不住口渴。于是，他摘掉油门，踩住离合器，把变速杆放到空挡位置，"东方红"喘口气，晃了两下，歇息了。

老燕踩着履带，摇晃着身子跳下车。还好，没有跌倒，慢慢地晃到大涝坝跟前，老燕头脑还清醒着，不敢蹲下喝水，怕自己酒后犯晕，一头栽进去，成为陈有亮哥哥第二，面对大涝坝，他跪下来，有了大地的依靠，稳妥多了，却像是给大涝坝行礼，老燕扑哧笑了，迷瞪着眼看到水中有个残月，像害白内障似的，若隐若现。老燕已经忍耐不住了，把脸贴近水面，嘴伸进水中，闭上眼，牛似的喝了起来。正喝着，猛然睁开眼一看，黑洞洞的水中有了两个，不，是三个，更多像白眼球似的碎月亮在晃动，吓得他打个激灵，赶紧爬起来跑回"东方红"。

离开大涝坝，在喧闹的发动机声中，浸着西北风的凉意，老燕慢慢有了尿意，他弓起身，拖拉机颠簸着，老燕等了一会儿，却放不出水来。好几次，如果不是他抓住门框，就会被晃出门外。要是掉到拖拉机的履带上可不得了，老燕的腿脚不太利索，这黑天黑地的野外，可没人帮他。

老燕缩回身子，倒靠在座位上歇息了一阵。尿意是憋不回去的，相反，比刚才更紧了。他倚在门框上努力往外看，想看清走到哪儿了。整个世界都是黑的，根本看不清楚。管他呢，到哪儿都一样，得先解决要紧问题。老燕刹住车，这次还熄了火。

没有"东方红"的吼叫，整个世界一下子变得异常安静，静得让人失去了所有的感觉。老燕还不能适应这样的安静，他从座位上坐直身子，等了一会儿，听到西北风从远处刮过来的声音，这才钻出驾驶室。老燕踩着履带跳下地，酒精作怪，腿软得站不稳，跌倒在地。慢慢地，他爬起来一瘸一拐地向前走了几步，开始放水。过了好久，还没尿完，他失去了耐心，觉得眼前有几个黑影发出刷刷的声音，晃动起来。老燕身子一抖，尿水洒到了鞋上，脚背微微热了一下。他睁大眼静静看了一会儿，发现是几丛堆积的玉米秆，西北风吹得干枯的叶子沙沙响，晃动的却是老燕自己，玉米秆根本就没动。

大惊小怪。这个地方连狼都不来，纯粹是自己吓自己。

老燕笑了一下，正常放水。尿的时间很长，老燕闭上眼都快睡着了，过了好久才感觉身上利索了。哆哆嗦嗦提上裤子，已经适应了黑暗的眼睛才看清这是什么地方。

这里是大会战。

刚开荒时，父辈们曾在这里搞过大会战，男女老少唱着歌，比赛开荒挖地，年轻人为了比拼，在路边挖了不少地窝子，白天晚上轮流干，临时住在地窝子里。

大会战就成了这里的地名。

大会战对老燕来说，有着刻骨铭心的过去。他往前摇晃了几步，在"东方红"灯光照射的范围找寻当年失足的那个塌地窝子。那里长满了干枯的野草，像一片黑乎乎的坟堆。老燕的腿脚不灵便了，眼神却出奇的好，摇摇晃晃地在乱草堆里走几个来回，找到了那个塌地窝子。老燕捡个石子，狠狠地扔过去，他听到石子掉落的声音，沉闷，清冷。石子落下的地方，就是老燕成为肢体残疾人的地方。

那时，老燕还是小万，二十啷当岁，从部队复员回来，垂头丧气打不起精神，因为女友腊香被组织出面嫁给了革命烈属的弟弟陈有亮，作为弥补，老燕当上了农场的民兵营长。这下，他不用下地干活，整天带着基干民兵在场部一二一走队列，扎着武装带在田地里巡逻，提防阶级敌人搞破坏。这样的待遇给了老燕极大的安慰，慢慢地，他似乎忘记和腊香还有那档子事，除了有时看到腊香和陈有亮走在一起，他的眼神会暂时游移外，腊香就像梦一样被留在了昨天。他的情绪很快被民兵营长的职务调动起来，精神饱满，浑身有使不完的劲，尤其是大型集会或者搞活动，他带领大家喊口号时，脖子上的青筋暴得老高，那高昂的状态，绝对吸引大家伙的眼球。能在农场成为一个人物，此处失彼处得，老燕想着，老天也算是公正的。

　　那年秋天，"情人田"里的棉花差不多快收完了，一片灰黑色的棉花丛，中间穿插几缕败绿，零零落落的几个没开的花骨朵，很壮观也很苍凉。这样的季节，却挡不住偷情的男女，基干民兵抓住了一对偷情的。场部要在现场开批斗会，老燕奉命召集剩余的社员，列成三路纵队，喊着号子，踏着步子，向"情人田"开进。作为领队，老燕感觉像个老师似的在队列前带着学生走路，喊几声口号不过瘾，便离开大路，一个人走在旁边的田地里，像带着一支正规部队的首长，时不时地冲着大家挥一挥胳膊，喊几声口号。一路上，总听着后面的队伍喊得不够响亮，老燕就倒退着一边踏步子，一边扯开嗓门给后面鼓劲。这支不专业的队伍气氛确实被老燕调动得热烈起来。当时没人提醒，或者有人提醒了，却被喧腾的口号声淹没，反正，老燕激昂地喊着口号，突然间就不见了，后半截口号声从塌地窝子里传出来，大家才知道出事了。

　　老燕从掉进地窝子的那一刻起，注定他再也当不成民兵营长了。他的一条腿摔折，再也踏不出整齐的步伐了。

　　从失去女友的痛苦中解脱出来不久，老燕又失去了风光的民兵营长职务，场长担心他受不了这个打击，愁得头发都白了几簇，不知怎么安排老燕才好。事实上，老燕的确受不了，自暴自弃，脾气大得见谁都想骂。场长和颜悦色地对老燕说，除过民兵营长和这个场长外，让老燕随便挑，他挑中的绝无二话。怎么说，老燕也是因公受的伤。

老燕毫不犹豫地挑中"东方红"驾驶员的位置。拖拉机手不用踏步子，肢体残疾的人照样能当，况且"东方红"的油门用手掌控，用不上腿脚。场长当即愣了，"东方红"当时是腊香的丈夫陈有亮在开，场长以为老燕是故意挑那个位置。谁让陈有亮夺了老燕的女朋友呢。老燕不管场长怎么想，他就是想做"东方红"的驾驶员。没办法，场长只好做陈有亮的工作，你陈有亮不能啥事都占一头，娶了人家的女人，就把"东方红"驾驶室让出来吧。

陈有亮有一千一万个不情愿，可组织出面，他没办法，就像他娶腊香一样，不是组织，腊香能嫁给他？只好把"东方红"交给了老燕。

大会战，也是老燕与陈有亮会战胜利的一步啊，虽然付出了一条腿的代价，总还是胜了嘛。后来，老燕经常会想，当时，要是他提出叫腊香回到他身边，不知场长会不会同意？不过，那样一来，他不就成第二个陈有亮了！嗨，人啊，该有该没有的，命里都注定好了。

不知不觉间，西北风似乎小了许多，可这会儿他却感觉到冷。风小了，寒气更逼人。老燕一摇一晃地回到"东方红"上，摇上玻璃，把寒气关在外面，发动、挂挡，加大油门，歇息过的"东方红"又向前移动了。

驾驶室的空间小，占领了这个小小空间的寒气，很快被发动机的热量同化。驾驶室烘热了，容易打瞌睡。刚在外面冷风一吹，又突然回到暖和的驾驶室里，一冷一热重新把老燕的酒劲给挑拨了出来，再加上"东方红"颤抖的身子，像极好的摇篮，摇得老燕的头更加晕乎。他努力撑着向车窗外看去，窗外是泛滥的夜色，"东方红"的两束灯柱无力将夜切割开，光线微弱，根本看不到远处。看了一会儿，老燕的上下眼皮打起架来。怕自己撑不住，老燕又摸出一支烟，这回划火柴没费事，一下就着了。老燕接连抽了几口烟，酒精麻木了他的味觉，也抽不出烟的好孬，抽着抽着就没劲了。烟在他的嘴上叼着，忘了吸。老燕已记不起这是腊香给他的烟了。

烟雾混合着柴油味的温热，在迷迷糊糊中，老燕似乎看到了腊香温婉的笑容，她还是那么耐看，望他的眼神很羞涩。老燕在心里恨起自己，当年为什么不跟场长说，他不要"东方红"，就要腊香呢。他会让腊香过上好日子的，不管腊香干什么，他都不会像陈有亮那样，不管有人没人，想怎么呵斥就怎么呵斥，陈有亮太不是东西了。老燕伸出手，去拉想象中腊香的手，腊香的手真暖和，可是太粗糙了，他心疼了，女人的手怎么能这么粗糙呢。在发动机的震颤声中，老燕将头歪倒在靠背，夜太大，太长，"东方红"的步履太过缓慢，它走不出夜的边。烟还剩下一小截屁股黏在老燕的嘴角，他不知道烟已经灭了。

腊香的好烟这次没能使老燕提起精神。

"东方红"以它不紧不慢的态度，忠实地执行着拖拉机手清醒时给它的命令，依然向前行进。它并不疑惑自己失去了方向，也不惧凛冽的西北风，在黝黑无沿的夜里，它只管唱自己的歌，走自己的路。

老燕全然不觉，他的"东方红"载着他，在这个黑乎乎的夜晚，经过了老场部，从小学门前的石子路上爬过，经过了一个个小村落。当然，也经过了老燕家门前，沿着笔直的农场大道，在一个拐弯处，没有拐弯，直接进到一片还未收割的土豆地里，将还在酣睡，已经成熟的土豆碾压成土豆泥。

从土豆地里出来，又冲进一片白菜地，将茂盛的白菜压出两条白绿相杂的菜毯来。最后，"东方红"从白菜地开入没有任何遮拦的戈壁滩，将农场、田地，还有老燕的家，老燕的过去，全丢在后面，并且越丢越远。

老燕却浑然不知。

感觉到脸上有东西在爬，暖洋洋的感觉终于使老燕从酒后的沉睡中醒过来。四周万籁俱寂，没有一点声息。

"东方红"燃烧完最后一滴油，自动停住了。

老燕移动身子，抬起麻木的肩膀，两条胳膊像不是他的，完全失去了知觉。脑子也失去了知觉似的，一时间，老燕竟搞不明白自己身在何方。当然，他的眼睛没有失去知觉，左右看了看，慢慢地才明白是在自己的"东方红"上，却弄不清是在什么地方。老燕探头往外面看，完全是一个自己从没有来过的地方。

脸上很痒，老燕伸手去抓，却什么都没抓着。从右边的玻璃窗上，透进来的日光，暖暖地照在他脸上，怪不得痒呢。他眯起眼，往右边太阳升起的地方望去，东方红了，红彤彤的一片，预示着，这是深秋里的一个好天气。

驮水的日子

　　上等兵是半年前接上这个工作的。这个工作其实很简单，就是每天赶上一头驴去山下的盖孜河边，往山上驮水。全连吃用的水都是这样一趟一趟由驴驮到山上的。

　　在此之前，是下士赶着一头牦牛驮水，可牦牛有一天死了，是老死的。连里本来是要再买一头牦牛驮水的，刚上任的司务长去了一趟石头城，牵回来的却是一头驴。连长问司务长怎么不买牦牛？司务长说驴便宜，一头牦牛的钱可以买两头驴呢。连长很赞赏地对司务长说了声你还真会过日子，就算认可了。但他们谁也没有想到，这驴是有点脾气的，第一天要去驮水时，就和原来负责驮水的下士犟上了。驴不愿意往它背上搁装水的挑子，第一次放上去，就被它摔下来。下士偏不信这个邪，唤几个兵过来帮忙硬给驴把挑子用绳子绑在身上，驴气得又跳又踢。下士抽了驴一鞭子，骂句："不信你还能犟过人？"就这样抽打着，赶驴去驮水了，一直到晚上才驮着两个半桶水回来，并且还是司务长带人去帮着下士才把驴硬拉回来的。司务长这才知道自己图省钱却干了件蠢事，找连长去承认错误并打算再用驴去换牦牛。连长却说还是用驴算了，换来换去，要耽搁全连用水的。司务长说这驴不听话，不愿驮水。连长笑着说，它不愿驮就不叫它驮？这还不乱套了！司务长说，那咋办？连长说，调教呗！司务长一脸茫然地望着连长。连长说，我的意思不是叫下士去调教，他的脾气比驴还犟，是调教不出来的，换个人吧。连长就提出让上等兵去接驮水工作。

上等兵是第二年度兵，平时沉默寡言，和谁说个话都会脸红，让他去调教一头犟驴？司务长想着驮水可是个重要岗位，它关系着全连一日的生计问题，这么重要的工作交给平时话都难得说上半句的上等兵，他着实有点不放心。可连长说，让他试试吧。

上等兵接上驮水工作的第一天早上，还没有吹起床哨，他就提前起来把驴牵出圈，往驴背上搁装水的挑子。驴并没有因为换了一张生面孔就给对方面子，它还是极不情愿，一往它身上搁挑子就毫不留情地往下甩。上等兵一点也不性急，也不抽打驴，驴把挑子甩下来，他再搁上去，反正挑子两边装水的桶是皮囊的，又摔不坏。他一次又一次地放，用足够的耐心和驴较量着。最后把他和驴都折腾得出了一身汗，可上等兵硬叫驴没有再往下甩挑子的脾气了，才牵着驴下山。

连队所在的山上离盖孜河有八公里路程，八公里在新疆就算不了什么，说起来是几步路的事。可上等兵赶着驴，走了近两个小时，驴故意磨蹭着不好好走，上等兵也是一副不急不恼的样子，任它由着自己的性子走。到了河边，上等兵往挑子上的桶里装满水后，驴又闹腾开了，几次都把挑子甩了下来，弄得上等兵一身的水。上等兵也不生气，和来时一样，驴甩下来，他再搁上去，甩下来，再搁上去。他一脸的惬意样惹得驴更是气急，那动作就更大，折腾到最后，就累了。直到半下午时，上等兵才牵着驴驮了两个半桶水回来。连里本来等着用水，司务长准备带人去帮上等兵的，但连长不让去。连长说叫上等兵一个人折腾吧，人去多了，反倒是我们急了，让驴看出我们拿它没有办法，不定以后它还多嚣张呢。

上等兵回来倒下水后，没有歇息，抓上两个馒头又要牵着驴去驮水。司务长怕天黑前回不来，说别去了。可上等兵说今天的水还不够用，一定要去。司务长就让上等兵去了。

天黑透了，上等兵牵着驴才回来，依然是两个半桶水。倒下水后，上等兵给驴喂了草料，自己吃过饭后，牵上驴一声不吭又往山下走。司务长追上来问他还去呀？上等兵说今天的水没有驮够！司务长说，没够就没够吧，只要吃喝的够了，洗脸就凑合点行了。上等兵说，反正水没有驮够，就不能歇。说这话时，上等兵瞪了犟头犟脑的驴一眼，驴此时正低头用力扯着上等兵手里的缰绳。司务长想着天黑透了不安全坚决不放上等兵走，去请示连长。连长说，让他去吧，对付这头犟驴也许只能用这种方法，反正这秃山上也没有野兽，让他带上手电筒去吧。司务长还是不放心。连长对他说，你带上人在暗中跟着不就行了。

上等兵牵着驴，这天晚上又去驮了两次水，天快亮时，才让驴歇下。

第二天，刚吹起床哨，上等兵就把驴从圈里牵出来，喂过料后，就去驮水。这天虽然也驮到了半夜，可桶里的水基本上是满的。一连几天都是如此，如果不驮够四趟水，上等兵就不让驴休息，但他从没有抽打过驴一鞭子。驴以前是有过挨抽的经历的，不知驴对上等兵抱有知遇之恩，还是真的被驯服了，反正驴是渐渐地没有了脾气。

连里的驮水工作又正常了。

连长这才对司务长说，怎么样，我没看错上等兵吧，对付这种犟驴，就得上等兵这样比驴更能一磨到底的人才能整治得了。

　　为此，连长在军人大会上表扬了上等兵。

　　上等兵就这样开始了驮水工作。刚开始他每天都牵着驴去驮水，慢慢地，驴的性格里也没了那份暴烈，在上等兵不愠不怒、不急不缓的调教中，心平气和得就像河边的水草。上等兵在日复一日的驮水工作中，感觉到驴已经真心实意地接纳了他，便对驴更加亲切和友好了。驴读懂了他眼中的那份亲近，朝空寂的山中吼叫几声，又在自己吼叫的回声里敲着鼓点一样的蹄音欢快地走着。上等兵感应着驴的那份欢快，明白驴对自己的认同，就更加知心地拍拍驴背，然后把缰绳往它的脖子上一盘，不再牵它，让它自己走，他跟在一边，一人一驴，走在上山或者下山的小道上。山道很窄，有些地方窄得只容一人通过，上等兵就走到了驴后面。时间一长，驴也熟悉了这种程序，上等兵基本上是跟在驴后面，下山上山都是这样。有时候，驴走得快了，见上等兵迟迟未跟上来，就立在路边候着，直到上等兵到它跟前，伸手摸摸它被山风吹得乱飞的鬃毛，说一声走吧，才又踢踏踢踏地往前走。到了河边，上等兵只需往驴背上的桶里装上水就行，水装满了，驴驮上水就走。到了夏天，盖孜河边长满了草，上等兵让驴歇一歇，吃上一阵嫩嫩的青草。他躺在草地上，感受盖孜河湿润的和风，看着不远处驴咀嚼青草，被嚼碎的青草的芳香味洋溢着喜悦一瓣一瓣又掉入草丛。他闭上眼睛，静静地听着一些小昆虫振翅跳跃，从这棵青草跳到另一棵青草的声响，还有风钻入草丛拱出一阵的声音。他那么醉心地聆听着，竟隐隐约约地捕捉到一些悠长的牧笛声。他蓦然睁眼，那悠长的声音没有了，只有夏日的阳光宁静地铺洒着，还有已在他近处的驴咀嚼着青草，不时抬头凝视他，那眼神竟如女人一般，湿湿润润的，平静中含着些许的温柔和多情。每当这时，上等兵从草地上坐起来，看着驴吃青草的样子，想着这么多日子以来他和驴日渐深厚的情谊。

他和驴彼此越来越对脾气了，他说走驴就走，说停驴就停，配合得好极了，他觉出驴的可爱来。

上等兵觉出驴可爱时，突然想着该给这头驴起个名字了。每天在河边、山道上，和驴在一起，他叫驴走或者停时，不知叫什么好，总是硬邦邦地说"停"或"走"，太伤他们之间的感情了。起个名字叫着多好。有了这样一个念头，上等兵兴奋起来。他一点都没有犹豫，就给驴起了个"黑家伙"的名字。上等兵起这个名字，是受了连长的影响。连长喜欢叫兵们这个家伙那个家伙的，因为驴全身都是黑的，他就给它起名"黑家伙"。虽然驴不是兵，但也是连队的一员，也是他的战友之一，当然还是他的下属。这个名字叫起来顺口，也切合实际。

上等兵就这么叫了。

起初，他一叫，"黑家伙"还不知道这几个字已是它自己的名字，见上等兵一直是对着自己叫，就明白了。但它还是不大习惯这个名字，对上等兵不停地"黑家伙""黑家伙"的呼叫显得很迟钝，总是在上等兵叫过几遍之后才反应过来。但随着这呼叫次数的增多，它也无可奈何，就认可了自己叫"黑家伙"。

上等兵每天赶上"黑家伙"要到山下去驮四趟水，上午两趟，下午两趟，一次驮两桶水，共八桶水。其中四桶水给伙房，另外三桶给一、二、三班，还有一桶给连部。一般上午驮的第一趟水先给伙房做饭，第二趟给一班和二班各一桶，供大家洗漱；下午的第一趟还是给伙房，第二趟给三班和连部各一桶。这样形成了套路，慢慢地，"黑家伙"就熟悉了，每天的第几趟水驮回来给哪里，"黑家伙"会主动走到哪里，绝不会错，倒叫上等兵省了不少事。

有一天，上等兵晚上睡觉时肚子受了凉，拉稀，上午驮第二次水回来的路上，他憋不住了，没有来得及喊"黑家伙"站下等他，就到山沟里去解决问题。待他解决完了，回到路上一看，"黑家伙"

没有接到叫它停的命令，已经走出好远，转过几个山腰了。他赶紧去追，一直追到连队，"黑家伙"已经把两桶水分别驮到一班和二班的门口，士兵们帮着把水桶卸下了，"黑家伙"正等着上等兵给它取下挑子吃午饭呢。

司务长正焦急地等在院子里，以为上等兵出了什么事，还想着带人去找呢。

上等兵冲到"黑家伙"跟前。"黑家伙"以为自己做错了事，扑闪着大眼睛看着上等兵，等着上等兵给它不高兴的表情。上等兵不但没有骂它，反而伸手细细抚着它的背，表扬它真行。"黑家伙"冲天叫了几声，它的兴奋感染得大家都和它一块儿高兴起来。

有了第一次，上等兵就给炊事班打招呼，决定让驴自己独自驮水回连。他在河边装上水后，对"黑家伙"说声你自己回去吧。"黑家伙"就自己上山了。上等兵第一次让"黑家伙"独自上路的时候，还有点不大放心，悄悄地跟在"黑家伙"的后面，走了好几里路。弯弯曲曲的山路上，"黑家伙"不受路两旁的任何干扰。其实也没有什么可以干扰"黑家伙"的东西。上等兵就立着，看"黑家伙"独自离去。上等兵远远地看着，发现"黑家伙"稳健的身影，竟是这山中唯一的动点。在上等兵的眼中，这唯一的动点，一下子使四周沉寂的山峰山谷多了些让人感动的东西。但究竟是什么样的感动，上等兵却又说不出来。上等兵就那样看着"黑家伙"一步一步走远，直到消失在他的视线里。视野里没有"黑家伙"的影子了，上等兵才一下子感到心里有点空落，四面八方涌来的寂寞把他从那种无名的感动中揪了出来，他抖抖身子，寂寞原来已在刹那间浸淫到他的全身。上等兵这才明白，原来"黑家伙"已在他的心中占了一大块位置。在平日的相处中，他倒没有太在意，而一旦"黑家伙"离开了他，哪怕像现在这样短暂地离开，他的失落感便像春日的种子一样迅速钻出土来。上等兵望眼欲穿地盼着山道上

"黑家伙"的身影出现。

过了一个多小时，果然"黑家伙"不负他望，又驮着空挑子下山来到河边。上等兵高兴极了，扑上去竟亲了"黑家伙"一口，当场表扬"黑家伙"的勇敢，并把自己在河边等"黑家伙"时割的青草奖赏给它。嫩嫩的青草一根一根卷进"黑家伙"的嘴中，"黑家伙"吃着，还不停地甩着尾巴，表示着它的高兴。

上等兵托人从石头城里买了一个铃铛回来，拴到"黑家伙"的脖子上。铃铛声清脆悦耳，陪伴着"黑家伙"行走在寂静的山道上。"黑家伙"喜欢这铃铛声，它常常在离上等兵越来越近的时候，步子也越来越快，美妙的铃铛声也就越加地响亮，远远地传到在盖孜河边等候着它的上等兵耳朵里。到了山上，负重的"黑家伙"脖子上的铃铛声也可以早早地让连队的人意识到"黑家伙"回来了。上等兵每天在河边只负责装水，装完水，他很亲热地拍拍"黑家伙"的脖子，说一声"黑家伙，路上不要贪玩"。"黑家伙"用它那湿湿的眼睛看一看上等兵，再低低叫唤几声，转身便又向连队走。上等兵再不用每趟都跟着"黑家伙"来回走了。

为了打发"黑家伙"不在身边的这段空闲时间，上等兵带上课本，送走"黑家伙"后，便坐在河边看看书，复习功课。上等兵的心里一直做着考军校的梦呢。复习累了，他会背着手，悠闲地在草地上散散步，呼吸盖孜河边纤尘不染的新鲜空气，感受远离尘世、天地合一的空旷感觉。在这里，人世间的痛苦与欢乐、幸福与失落、功利与欲望，都像是融进大自然中，被人看得那样淡薄。连"黑家伙"也一样，本来充满对抗的情绪，却慢慢地变得充满了灵性和善意。想到"黑家伙"，上等兵心里又忍不住漫过一阵留恋。他知道，只要他一考上军校，他就会和"黑家伙"分开，可他又不能为了"黑家伙"而放弃自己的理想。上等兵想着自己不管能不能考上军校，他迟早都得和"黑家伙"分开，这是注定的，心里好一阵难受，就扔开书本，拼命给"黑家伙"割青草。他想把"黑家伙"一个冬天甚至几个冬天要吃的草都割下、晒干、预备好，那样，"黑家伙"就不会忘记他，他也不会在分离的日子里备感难受。

在铃铛的响声中，又过了一年。这年夏天，已晋升为下士的上等兵考取军校。接到通知书的那天，连长对上等兵说，你考上了军校，还得感谢"黑家伙"呢，是它给你提供了复习功课的时间，你才能考出好成绩的。

上等兵激动地点着头说，我是得感谢"黑家伙"。他这样说时，心里一阵难过，为这早早到来的他和"黑家伙"的分手，几天里都觉得心里沉甸甸的。临离开高原去军校前的那一段日子，他一直坚持和"黑家伙"驮水直到他离开连队的前一天。他还给"黑家伙"割了一大堆青草。

走的那天，上等兵叫"黑家伙"驮着自己的行李下山，"黑家伙"似乎预感到什么，一路上走得很慢，慢得使刚接上驮水工作的新兵有点着急，几次想动手赶它，都被上等兵制止了。半晌午时才到了盖孜河边，上等兵给"黑家伙"背上的挑子里最后一次装上水，对它交代一番后，看着它往山上走去，直到"黑家伙"走出很远。等他恋恋不舍地背着行李要走时，突然听到熟悉的铃铛声由远及近急促而来。他猛然转过身，向山路望去，"黑家伙"正以他平时不曾见过的速度向他飞奔而来，纷乱的铃铛声大片大片地摔落在地，"黑家伙"又把它们踩得粉碎。上等兵被铃铛声惊扰着，心不由自主地一颤，眼睛被一种液体模糊了。模糊中，他发现，奔跑着的"黑家伙"是这凝固的群山中唯一的动点。